Theresia Seisenberger

Scheinbar

AF237496

Theresia Seisenberger,
Studentin,
geboren 1999 in Mühldorf am Inn

THERESIA SEISENBERGER

SCHEINBAR

Kriminalroman

Impressum
1. Auflage
Copyright © 2018 Theresia Seisenberger
Herstellung und Verlag: BoD - Books on Demand, Norderstedt
Printed in Germany
ISBN: 978-3-75285-180-9

Für mich selbst.

Weil es besser ist
ein Buch zu schreiben
als sich total hängen zu lassen.

Prolog

Wenn sie dich einmal gepackt hat, dann lässt sie dich nicht mehr los.
Mit eisernem Griff legt sie sich um dein Herz.
Du kannst ihr nicht entkommen.
Egal was du tust, sie begleitet dich.
Du bist jeden Tag mit ihr konfrontiert.
Ihre Last erdrückt dich fast.
Sie lässt dir keine Ruhe und raubt dir den Schlaf.
Mit ihr fallen dir die einfachsten Dinge unendlich schwer.
Selbst wenn du denkst, sie hat dich verlassen, ist sie noch da.
Und sie kommt in den unerwarteten Momenten.
Es gibt fast keine Möglichkeit, sich auf sie vorzubereiten.
Sie lässt niemals zu, dass du deine Augen schließt und alles vergisst.

Ich spreche von Angst.
Objektiv gesehen vielleicht eine unlogische Angst.
Subjektiv gesehen vielleicht eine berechtigte Angst.

Dein einziger Wunsch ist, ihr zu entkommen.
Aber das fällt dir schwer, denn sie lähmt dich.
Du weißt nicht, wie lange du noch durchhalten kannst.
Und ob du der Angst nicht ein Ende setzen willst.

Doch man kann sie nicht einfach so abschütteln.
Es ist eine große Herausforderung, sie zu bekämpfen.
Du musst jeden Tag an deine Grenzen gehen.
Und viele brechen unter dieser Belastung zusammen.
Wer noch genug Kraft hat, rafft sich ein letztes Mal auf.

Irgendwann siehst du keinen Ausweg mehr.
Was tust du?

1

Es war eiskalt draußen. Luisas braune Locken wehten ihr ständig ins Gesicht und trotz ihrer kuscheligen Stiefel spürte sie ihre Zehen kaum noch.

Seit ein paar Tagen war nun November. Ein unnötiger Monat zwischen freundlichem Herbst und gemütlichem Winter, wie sie fand. Es deprimierte sie jeden Tag aufs Neue, wenn sie aus dem Fenster lugte und nur trostloses Grau am Himmel hängen sah. Luisa hatte also guten Grund dazu, etwas missmutig zu sein und mit zusammengekniffenen Augen über die Stadthausbrücke zu eilen. Die Hände hatte sie tief in den Taschen ihres blauen Mantels vergraben, damit sie ein wenig Wärme abbekamen. An Handschuhe hatte sie an diesem Morgen leider nicht gedacht.

Die Gegend, in der Luisa arbeitete, war zugegebenermaßen nicht die schönste, die Hamburg aufzuweisen hatte. Zwar befanden sich auch dort immer wieder ein paar Grünstreifen, doch ansonsten reihten sich bunt gemischt Backsteingebäude und weiße Neubauten aneinander. Dabei handelte es sich hauptsächlich um Banken oder Versicherungen, soweit Luisa das beurteilen konnte. Hamburg war jedenfalls nicht hierfür, sondern für die viel schöneren Plätze wie den Hafen, die Speicherstadt oder die Binnenalster bekannt. Aber wie in jeder Großstadt gab es eben Viertel fernab der Touristenattraktionen, in denen der Alltag tobte.

Die Augen stur auf den Weg gerichtet, nahm Luisa ihre Umgebung an diesem Tag jedoch gar nicht richtig wahr. Der regenverhangene Himmel tauchte die Straßen in ein recht trostloses Licht und der sowieso schon spärliche Charme dieses Viertels war somit ganz verschwunden. Selbst die kleinen Bäumchen, die man angepflanzt hatte, verloren jetzt ihre Blätter.

Kurz vor ihrem Ziel wurde Luisa fast von einem Radfahrer erfasst. Als sie ihm hinterherschrie, fuhr er jedoch einfach weiter. Kopfschüttelnd stieg sie die Stufen hinauf, die zu einem Reihenhaus aus Backstein führten. Von außen betrachtet sah es sehr spießig und langweilig auf, drinnen herrschte jedoch fast rund um die Uhr Hochbetrieb. Sie stieß die große Glastür auf, rief ein kurzes „Moin" in den Raum und hängte dann ihren Mantel an den Haken.

Erst einmal brauchte Luisa unbedingt einen Kaffee. Die letzte Nacht war ziemlich schlaflos gewesen und sie hatte viel Zeit damit zugebracht sich herumzuwälzen und nachzudenken. Morgens konnte sie diesen verpassten Schlaf dann natürlich ziemlich gut gebrauchen, was sie fast täglich zu einem Morgenmuffel werden ließ.

Eine Hand legte sich auf ihre Schulter. Als sie sich umdrehte, stand Ben vor ihr und lächelte sie an. Er lächelte Luisa immer an. Seit ihrem ersten Tag, der inzwischen fast zwei Jahre zurücklag, schien sie bei ihm eine Sonderstellung eingenommen zu haben. Mit seinen sanften braunen Augen und den verwuschelten Haaren sah er zugegebenermaßen ziemlich hübsch aus und er war ein überaus hilfsbereiter Kollege. Trotzdem hatte sie sich nach ihrer letzten Trennung geschworen, sich erst einmal auf ihre Arbeit zu konzentrieren, statt sich in ein neues Abenteuer mit einem Mann zu stürzen. Sachte, aber bestimmt schob sie die Hand von ihrer Schulter und grinste zögerlich zurück. „Na, wiedermal etwas überambitioniert?", fragte sie mit Blick auf die dampfende Tasse in seiner anderen Hand. Sie versuchte natürlich nur die Stimmung aufzulockern, aber für Ben musste es wie eine eindeutige Ablehnung geklungen haben.

Das Lächeln verschwand aus seinen Augen und er drückte ihr den Kaffeebecher wortlos in die Hand. Luisa war bekannt für diese kühle Distanziertheit, die schon so manchen enttäuscht hatte. Sie sagte sich immer wieder, dass das genau die richtige Eigenschaft für ihren Beruf war und dachte daher nie länger darüber nach. Sie bemerkte aber wohl, dass Ben sich nicht unterkriegen ließ, auch wenn sie ihm noch so oft eine Abfuhr erteilte und das beeindruckte sie ein wenig.

Dass sie jetzt einen Kaffee in den Händen hielt, war für Luisa aber auch an diesem Morgen die Hauptsache und um nicht unhöflich zu sein, bedankte sie sich noch knapp, bevor sie sich an ihren Schreibtisch setzte und vorsichtig an dem Getränk nippte.

Noch war der große Raum ziemlich leer und außer ein paar leise geführten obligatorischen Telefonaten am Eingangstresen herrschte Stille. Luisa genoss es immer besonders, wenn sie eine der Ersten war. Langsam ließ sie den Blick durch den großen Raum schweifen. Am gegenüberliegenden Schreibtisch saß ihr Kollege und tippte hektisch in den Computer. Wie so oft hatte Luisa ihm wohl auch an diesem Tag die Laune verdorben, was ihr jetzt wieder aufrichtig leidtat. Leise seufzte sie und nickte dann den beiden Kollegen der Schutzpolizei zu, die gerade hereingekommen waren.

In den letzten beiden Tagen war es sonderbar ruhig auf dem Revier, die schlimmsten Vergehen waren ein gestohlenes Sparschwein, Fahrerflucht bei einem Unfall in St. Pauli und ein entlaufener Hund gewesen, dessen Besitzerin sich sicher gewesen war, dass es sich um eine Entführung handelte. Der kleine Dackel war natürlich nicht entführt worden, sondern in Behandlung eines Tierarztes, was die Frau aufgrund ihrer Demenz nicht mehr gewusst hatte. Und auch der Alltag der Kriminalbeamten plätscherte nur träge vor sich hin. Einen wirklich herausfordernden Fall hatte es schon länger nicht mehr gegeben. Meist waren es kleinere Delikte, bei denen es eine eindeutige Beweislage gab und die somit schnell abgeschlossen werden konnten. Die kriminalistischen Fähigkeiten des Teams um Luisa wurden so gesehen gar nicht mehr gebraucht.

Bevor sie weiter darüber nachdenken konnte, fiel die Eingangstür krachend ins Schloss und Nele stöckelte in den Raum.

„Es ist doch nicht zu fassen", schimpfte sie und ließ sich Luisa gegenüber auf einen Stuhl fallen.

„Was", sagte diese und war nicht wirklich interessiert. Nele war eher der Typ Mensch, der durchgehend positiv war und Party machte. Ihre Probleme sollten sich als nicht allzu grausam entpuppen.

„Meine Lieblingsbar wird neu verpachtet, und das obwohl es bei Malek doch immer so gemütlich war. Finden übrigens auch viele andere", betonte sie.

Luisa verdrehte die Augen und konzentrierte sich lieber auf den Zettel, der an ihrem Monitor klebte: „Bitte bei Rolf vorbeibringen!"

Na toll. Rolf war auf dem Polizeikommissariat 14 der Spezialist für alles, was mit Technik zu tun hatte. Sah so aus, als hätte das uralte Modell vor ihr nun endgültig den Geist aufgegeben. Bei Gelegenheit würde sie Adrian erneut um eine modernere Ausstattung bitten müssen, was sie schon gefühlt zehnmal getan hatte.

„Hallo", sagte Nele und schnippte mit ihren Fingern vor Luisas Gesicht herum. Sie lehnte jetzt neben ihrer Kollegin an der Tischkante.

„Ja, das ist unerhört", antwortete Luisa und strich Nele mit gespieltem Mitleid über den kurzen blonden Bob. Nele schnaubte und gab ihr lachend einen Klaps auf den Oberarm.

„Das kannst du laut sagen", kam es da aus dem Hintergrund. Es war Jonas, der Rechtsmediziner. In Sportklamotten. Was er hier tat, war den beiden allerdings ein Rätsel. Schließlich hatten sie keinen aktuellen Fall. Fragend schauten sie ihn an.

„Ihr habt nämlich eine neue Aufgabe", verriet er und hielt eine Tüte hoch. Nele unterdrückte ein Würgen und auch Luisa fand den Anblick nicht gerade appetitlich. Durch das Plastik schimmerte ihnen ein blutiger kleiner Finger entgegen.

„Gibt es dazu auch eine Leiche?", erkundigte sich Luisa.

„Das ist eine gute Frage. Ich bin vorhin zufällig auf den Finger gestoßen, als ich wie jeden Morgen an der Binnenalster joggen war."

„Wie, auf ihn gestoßen?", fragte Nele und verzog das Gesicht.

„Einige Passanten haben herumgeschrien, dass da ein Finger im Wasser schwimmt."

„Und da zückst du mal eben ein Tütchen und nimmst den Finger einfach mit?", platzte Luisa heraus und warf ihm einen fassungslosen Blick zu. „Du weißt schon, dass du nicht einfach so Material vom Tatort aufsammeln kannst, wenn kein Mensch Bescheid weiß oder?"

„Hätte ich ihn also einfach weitertreiben lassen sollen, auf die Gefahr hin, dass ihn irgendein Spaßvogel aus dem Wasser fischt? Oder noch besser: sein Hund?" Er warf Luisa einen siegessicheren Blick zu und schob noch hinterher: „Außerdem war ich schon bei Adrian. Alles gut."

Adrian Lemke war der Kriminalhauptkommissar im Team und ein ausgezeichneter Polizist mit recht sonnigem Gemüt. Luisa mochte und schätzte ihn. Dass er bereits in Kenntnis gesetzt worden war, beruhigte sie daher ein wenig.

„Hauptsache ihr fangt schnell mit dem Ermitteln an. Lange ist es noch nicht her, dass ich ihn gefunden habe. Und inzwischen reißen sich die Leute bestimmt darum, auch einen Blick in das blutige Wasser zu werfen", spornte Jonas die Kommissarinnen an.

Nele schnappte sich schon ihren Pelzmantel und stolzierte Richtung Tür. „Wieso hast du es denn auf einmal so eilig?", rief Luisa ihr nach. Sehnsüchtig schaute sie auf ihren Kaffee.

„Je eher wir eine Leiche finden, desto schneller haben wir es hinter uns. Also mach schon, Isa."

Jonas zuckte mit den Schultern und sagte noch: „Gefunden habe ich ihn übrigens nahe der Lombardsbrücke. Rechterhand." Zur Betonung hob er die Tüte noch einmal hoch. „Jetzt fahrt schon!"

Dann verließ er mit seiner großzügigen Gewebeprobe den Raum.

Seufzend nahm Luisa einen letzten Schluck vom Kaffee und wappnete sich für die kalte Luft, die sie draußen erwartete.

2

Atemnot. Erstickungsgefühle. Hitzewallungen. Zittern. Angstschweiß.

Es läuft fast immer gleich ab. Ich sehe es kommen, aber kann nichts dagegen tun. Die Symptome erfassen mich mit solch einer Wucht, dass ich taumelnd zu Boden gehe und erst viel später wieder die Kraft aufbringen kann, mich aufzurichten.

Sie haben mich in ihrer Gewalt.

Ich habe mich schon oft gefragt, was der Grund dafür ist.

Immer wieder drängen sich diese Bilder in meine Gedanken. Obwohl es schon so lange her ist, lassen sie mich nicht los.

Ich sehe die Situation vor mir, als wäre es erst gestern passiert. Die ganze Verzweiflung kommt wieder hoch. Falsch, sie war eigentlich immer da. Ich habe es verdrängt, so gut es ging, aber irgendwann wird man eben wieder davon eingeholt.

Ich bin es leid, so darunter zu leiden. Ich bin müde und antriebslos. Ich habe keine Kraft mehr. Ich bin am Ende. Und was das Schlimmste ist: Ich kann nichts gegen meine erbärmliche Situation tun.

Seit Jahren leide ich nun unter den Erinnerungen und es sieht nicht so aus, als ob sich das in nächster Zeit bessern würde. Ich habe verschiedenste Phasen durchlaufen und hin und wieder hat es tatsächlich den Anschein gemacht, dass ich darüber hinweg war. Doch immer dann, wenn alles zurückgekommen ist, war es schlimmer als jemals zuvor. Es tut schrecklich weh, sich an Verluste zu erinnern und gleichzeitig mit den aufkommenden Schuldgefühlen zurechtkommen zu müssen.

Irgendwann stand fest, dass es so nicht mehr weitergehen konnte.

Ich weiß, dass meine Entscheidung richtig war. Ich brauche Abstand von meinem alten Leben. So viele Dinge müssen sich ändern. Und endlich habe ich den ersten Schritt gemacht.

Trotzdem ist es noch immer sehr anstrengend. Meinen Kopf habe ich schließlich immer dabei und somit endet die Qual nie. Das Vorstellungsvermögen ist der größte Feind des Menschen. Manchmal reichen schon Kleinigkeiten aus, die dann gewaltsam dieses Szenario heraufbeschwören, das man vergessen wollte. Plötzlich sieht man alles wieder genau so vor sich, wie es damals war.

Man kann einen Ort nur voll und ganz verlassen, wenn man sich auch dazu zwingt, an etwas anderes zu denken. Man muss versuchen, alle Brücken abzubrechen und seine Gedanken in eine andere Richtung zu lenken. Doch wer kann das schon, solange er noch einen Funken Sensibilität in sich trägt?

Mir persönlich fällt das nicht leicht.

3

„Luisa Koch, Kriminalpolizei", stellte sie sich vor und hielt ihren Ausweis hoch. „Wer von Ihnen hat hier vorhin diesen sensationellen Fund gemacht?"

Aufgrund der vielen Menschen, die noch immer am Geländer lehnten und in die Alster starrten, waren Luisa und Nele nicht weit gekommen. Sie standen nach wie vor unter der Lombardsbrücke und hatten den Tatort somit noch gar nicht gesehen.

Die Leute brabbelten zwar einfach weiter, aber man konnte den angsterfüllten Gesichtern ansehen, dass sie wussten, von welchem Fund die Kommissarin sprach.

Auch Nele versuchte es: „Hier ist die Polizei, wir benötigen dringend Ihre Mithilfe."

Als immer noch alle weiter durcheinander redeten, fing sie plötzlich an zu brüllen.

„Stopp! Jetzt erklärt uns mal jemand, was hier gerade passiert ist!"

Tatsächlich drehten sich jetzt drei Männer zu ihnen um.

„Ja aiso i woas ned wos genau Sie jetz woin, aber mia san grod do auf da Bruckn aufgwacht, wia do oana zum Schreia ogfanga hod", sagte der Kleinste von ihnen.

„War a lange Nacht mit vui Alkohol", fügte der andere zwinkernd hinzu.

Bayerische Touristen. Mit sehr starkem Akzent. Luisa hatte nur die Hälfte verstanden.

„Wer hat den Finger gefunden?", fragte Nele. Sie wurde schon wieder ungeduldig. Eines ihrer Mankos, dass sie in ihrem Beruf schon oft behindert hatte.

„Der do", sagte der dritte Bayer jetzt und deutete auf einen muskulösen Mann Ende 30. Er stand etwas abseits und hatte die Arme vor der Brust verschränkt.

„Schon besser", freute sich Nele und setzte wieder ihr Lächeln auf. Sobald es um hübsche Männer ging, konnte sie mit der Situation mehr anfangen, ganz gleich ob es sich dabei um Verbrecher, Zeuge oder Passant handelte.

„Hagedorn, meine Kollegin Koch", sagte sie zu ihm und deutete vage hinter sich.

„Könnten Sie uns schildern, was passiert ist?"

„Ich komme morgens immer an der Binnenalster vorbei. Beim Joggen."

Er kratzte sich am Dreitagebart und schaute Nele nervös an.

„Und dann?", fragte sie mit einer plötzlich aufgetauchten Engelsgeduld.

„Hab eine Pause gemacht."

„Direkt am Wasser, nehme ich an?"

„Ja."

Der Mann schien nicht besonders redselig zu sein. Aufmunternd sah Nele ihn an. „Und dann haben Sie den Finger gesehen?"

Er nickte leicht.

„Und wann war das?", redete Luisa dazwischen und klappte ihren kleinen Block auf.

„So gegen halb sieben."

„Dann bräuchten wir noch Ihren Namen."

„Henri Falk." Er knetete seine Finger. Jetzt hatte er offenbar richtig Angst.

„Muss ich jetzt mit Ihnen kommen? Ich hab doch nichts getan oder?"

„Aber nein, Herr Falk, Sie haben natürlich überhaupt nichts verbrochen", säuselte Nele. „Sie helfen uns doch nur."

Dankbar atmete Herr Falk durch. Mit ihrem klasse Aussehen und ihrer liebenswürdigen Art konnte Nele die Männer immer beeindrucken. Und leider auch völligen Schwachsinn für wahre Worte verkaufen.

„Eigentlich haben Sie bisher ungefähr gar nichts gesagt und dadurch sind Sie nicht automatisch unschuldig", mischte Luisa sich wieder ein. Es störte sie manchmal, dass ihre Kollegin so leicht zu beeindrucken war. Außerdem wollte sie diese Befragung nicht unnötig in die Länge ziehen. Professionalität war ihr auf jedem Gebiet sehr wichtig.

Nele strafte Luisa für ihren Kommentar mit einem finsteren Blick.

Nach weiteren zehn Minuten traf die Spurensicherung ein. Die Kommissarinnen versuchten, die Schaulustigen mit freundlichen Worten zurückzudrängen, doch sie bekamen nur empörte Schreie und kleinere Beleidigungen zu hören. Also schlugen sie einen etwas schärferen Ton an und warfen Begriffe wie „Behinderung der polizeilichen Ermittlungsarbeit" in den Raum, was eine einschüchternde Wirkung hatte.

Als der Tatort mit Müh und Not endlich gesperrt war, verstummten auch die letzten klickenden Kameras und die Menschenmenge löste sich langsam auf. Die Kommissarinnen konnten also zur Tagesordnung übergehen.

„Gut. Wir haben einen Finger. Mitten in der Alster. Mehr wissen wir bisher nicht. Ziemlich wenige Anhaltspunkte also", stellte Luisa fest.

Nele lächelte schon wieder in die Richtung des attraktiven Finders. Genervt räusperte Luisa sich. Schnell drehte sie ihren Kopf wieder herum und setzte ihre Unschuldsmiene auf.

„Schau ihn dir doch an, Isa!"

Luisa schaute unbeeindruckt nach drüben und sagte nichts. Also gab Nele nach:

„Das stimmt. Und wir wissen nicht, ob der Finger einer Leiche gehört oder einer ansonsten quicklebendigen Person." Dann lachte sie kurz auf. „Also entweder hat jemand brutale japanische Verstümmelungsmethoden angewandt oder einen Menschen komplett zerstückelt."

„Beides nicht unbedingt angenehm", kommentierte Luisa.

„Wie lange soll ich noch warten?", fragte Herr Falk hinter ihnen.

„Ich nehme Sie kurz mit auf die Wache", bat Nele an. „Und dann schicke ich dir den tollen Ben" sagte sie an Luisa gewandt und zwinkerte ihr zu.

„Wieso willst du ihn plötzlich mitnehmen?", fragte Luisa irritiert. „Wir müssen ihn nicht noch einmal befragen."

„Und ein Protokoll brauchen wir auch nicht", flüsterte ihr Nele grinsend zu. „Aber das weiß er ja nicht. Und ich werde die Fahrt nutzen, um mich mit ihm zu unterhalten." Sie schenkte Luisa ein breites verschmitztes Lächeln.

„Tu, was du nicht lassen kannst", antwortete Luisa mit einem Schulterzucken. Nele nickte bestimmt und stöckelte mit Henri Falk im Schlepptau zum Auto.

„Erkundige dich auf jeden Fall, ob jemand als vermisst gemeldet wurde!", rief Luisa ihr noch hinterher.

Die Kriminaltechniker konnten Luisa nur sagen, dass sie Wasserproben genommen hatten und das Team später informieren würden, falls es verwertbare Spuren gab. Luisa schickte sie nach Hause und setzte sich auf eine Bank am Ufer. Wieso warf jemand einen Finger ins Wasser? Könnten vielleicht weiter draußen noch mehr Körperteile treiben? Und wer in aller Welt war zu so etwas fähig? Sie schüttelte die schrecklichen Gedanken schnell wieder ab und rief

Adrian an.

„Luisa!", meldete er sich. „Ben ist soeben aufgebrochen"

„Keine Ahnung, ob das vorerst was bringt. Wir wissen ja noch nicht einmal, wem der Finger gehört", seufzte Luisa.

„Da kann ich dir vielleicht weiterhelfen: Wir haben zwar noch keine DNA-Analyse, aber ich habe vorsichtshalber die neuesten Vermisstenmeldungen überprüft: es war nur eine einzige dabei, die hier eine Rolle spielen könnte. Eine Frau vermisst seit vorgestern einen Angehörigen und es gibt bisher keine Anhaltspunkte."

„Okay, wir schauen mal bei ihr vorbei. Wo wohnt sie denn?"

„Pelzerstraße 5, es handelt sich um eine circa 70-jährige Frau."

„Alles klar", sagte sie und legte auf.

Als sie Ben kurz darauf erspähte, ging sie ihm entgegen und informierte ihn, wo sie hinfahren würden.

„Andauernd besuchen wir Rentner" scherzte er.

„Ja, aber diesmal könnte mehr dahinterstecken als eine Demenz", gab Luisa zurück.

Insgeheim hatte sie aber ihre Zweifel daran. Das Ganze hörte sich für sie zu diesem Zeitpunkt nicht nach einer sonderlich spannenden Ermittlung an.

4

Um zur Pelzerstraße zu gelangen, mussten sie ein paar Blocks mit dem Streifenwagen zurücklegen. Wie so oft wurde auf der Fahrt nicht viel gesprochen. Luisa schaute viel lieber aus dem Fenster und beobachtete die vorbeiziehenden Geschäfte und Passanten. Sie genoss es, ihren Gedanken freien Lauf zu lassen, zumal sie die Gespräche mit Ben meistens als zu verhängnisvoll empfand.

Wenig später hielt der Wagen vor einem großen Wohnhaus. Beim Aussteigen blickte sie an der grauen Fassade hoch. Dem Zustand des Gebäudes nach zu urteilen wohnten hier nicht allzu wohlhabende Leute. Ben durchsuchte schon die Namensschilder neben der Tür.

„Renke, da ist es ja", murmelte er zufrieden und drückte auf den dazugehörigen Klingelknopf. Er wusste also sogar einen Namen, was durchaus hilfreich war. Luisa hatte gar nicht daran gedacht, dass es verschiedene Wohnungen geben könnte. Kurz darauf ertönte ein Summen und Ben stieß die Glastür auf. Er hielt sie einer aus dem Haus kommenden Frau auf, die pinke Strähnchen im Haar hatte und ein schreiendes Baby auf dem Arm trug. Sie schaukelte das Kind unruhig hin und her und versuchte gleichzeitig, sich eine Zigarette anzuzünden. Bedauernd schaute Luisa den beiden hinterher und ging dann hinter Ben die Treppe hoch.

Frau Renkes Wohnung lag gleich im ersten Stock. Vor der Tür lag ein zerschlissener Schuhabtreter mit kitschigen Katzen darauf. Die alte Dame hatte bisher nur einen Spalt breit geöffnet und lugte misstrauisch zu den Besuchern nach draußen.

„Wir sind von der Kriminalpolizei", fing Ben an und hielt lächelnd seinen Ausweis hoch. „Sie haben uns wegen einer vermissten Person verständigt."

Die Frau schien sich zu erinnern und schloss die Tür. Ben warf Luisa einen verwirrten Blick zu. Frau Renke nahm aber wohl nur die Kette heraus, um kurz später ganz zu öffnen. Eine relativ magere Frau stand in der Tür. Ihre blasse faltige Haut bildete einen starken Kontrast zu ihrer auffälligen Kleidung: Sie trug einen lila Wollpullover, eine blaue Jogginghose und rote Filzpantoffeln. Die dünnen grauen Haare hatte sie zu einem nachlässigen Zopf zusammengebunden.

„Na, dann kommen 'Se mal rein", meinte sie und ging voran in ein spärlich beleuchtetes Wohnzimmer. Im Hintergrund lief leise der Fernseher. Luisa ließ den Blick kurz durch den Raum schweifen: Das durchgesessene Sofa war bedeckt von Wollknäueln und Stricknadeln. Eine halbfertige Decke lag daneben, an der Frau Renke offenbar zurzeit arbeitete. Auf dem Esstisch stapelten sich benutzte Teller und ungeöffnete Briefe. Ein Wäscheständer stand mitten im Raum.

Mit einer kurzen Handbewegung bot Frau Renke die herumstehenden Stühle an. Während Ben sich mit einem dankbaren Lächeln setzte, blieb Luisa lieber stehen. Sie mochte es nicht, sich bei fremden Leuten wie ein richtiger Gast zu benehmen.

„Erzählen Sie uns doch einmal genauer, wen sie vermissen und seit wann."

„Ach, der Paul, mein Junge", seufzte sie und nestelte an der Wolle herum, die sie wieder auf den Schoß genommen hatte. „Seit zwei Wochen hab ich den schon nich mehr gesehen", sagte sie.

„Paul? Ihr Sohn?", hakte Luisa nach.

„Mein Enkel. Eltern hat der keine", sagte die Frau mit einer wegwerfenden Handbewegung. „Wissen 'Se, der wohnt hier eigentlich. War zwar immer 'n Kerl, der viel unterwegs war, aber so lang dann doch nich."

Sie steckte sich mit zitternden Händen eine Zigarette an. Erst jetzt fiel Luisa der stehende Rauch im Zimmer auf.

„Wieso haben Sie sich erst vorgestern bei der Polizei gemeldet?"

„Der Junge is doch erwachsen. Ich dachte, der wird schon wissen, was er tut."

Luisa und Ben wechselten einen besorgten Blick.

„Was können Sie uns denn über Ihren Enkel sagen? Haben Sie eine Idee, wieso er weg ist und wo er sein könnte?", bohrte Ben nach.

„Ne, das is es ja. Keinen Schimmer" antwortete Frau Renke gleichgültig und widmete sich wieder ihrer Handarbeit.

Irgendwie schien sie sich keine allzu großen Sorgen zu machen. Das beunruhigte Luisa ein wenig. Jeder sollte ihrer Meinung nach jemanden haben, der immer ein offenes Ohr hatte und sich kümmerte.

„Wohnt außer Ihnen und Ihrem Enkel noch jemand in dieser Wohnung?", fragte Luisa.

Ohne aufzublicken, schüttelte die Frau den Kopf.

„Wir haben heute Morgen einen Fund gemacht. Es könnte durchaus sein, dass Ihr Paul etwas damit zu tun hat", setzte Luisa sie in Kenntnis.

„Welchen Fund denn?", fragte Frau Renke verwirrt.

Noch bevor Luisa etwas erwidern konnte, schaltete sich Ben ein. Er verstand sich darauf, besonders einfühlsam mit den Angehörigen der Opfer zu sprechen.

„Bestimmt hat das Ganze nichts mit Ihrem Enkel zu tun", beruhigte er die Frau und warf Luisa einen warnenden, aber trotzdem milden Blick zu. „Zur Sicherheit wollen wir Ihnen aber kurz Speichel abnehmen, um eine DNA-Analyse vornehmen zu können."

Frau Renke blickte ihn zwar skeptisch an, zuckte dann aber mit den Schultern und sagte bloß: „Na, wenn's der Polizei hilft."

Als sie wieder draußen auf der Straße standen, tauschten sich die beiden Kommissare über ihren Eindruck aus. „Etwas gleichgültig, oder?", meinte Luisa und blickte noch einmal zu dem Fenster im ersten Stock hoch, an dem sie kurz vorhin noch gestanden hatte. „Ja, durchaus", pflichtete ihr Ben bei. „Wir sollten dringend beweisen, dass der Finger nicht zu ihrem Enkel gehört. Die Frau tut mir irgendwie leid."

Auch Luisa fand den Lebensstil stark gewöhnungsbedürftig. Die Einsamkeit, obwohl so viele Menschen in diesem Haus auf engstem Raum lebten. Der kalte Rauch. Die unordentliche Wohnung. Und eine Großmutter, die nichts über das Leben ihres Enkels wusste. Es wunderte Luisa nicht wirklich, dass Paul Renke das Weite gesucht hatte.

Im Kommissariat war es noch immer sonderlich ruhig. Nele erledigte gelangweilt ihren Papierkram und kratzte ständig an ihrem roten Nagellack herum. Wie sie mit ihrer Arbeitseinstellung damals den Job bekommen konnte, wunderte Luisa jedes Mal aufs Neue. Sie saß ihr gegenüber und wartete auf einen Anruf aus dem Labor. Inzwischen war sie gespannt, zu wem der Finger wohl gehörte. In der Datenbank des Landeskriminalamts hatte es zur DNA und zum Abdruck des Fingers wohl keinen Eintrag gegeben. Dadurch war die Vermisstenmeldung von Frau Renke eigentlich der einzige Anhaltspunkt. Anhand ihrer Speichelprobe würde sich herausstellen, ob der Finger zu Paul Renke gehören konnte.

Adrian gesellte sich an ihren Tisch. Mit seinem weißen, schon etwas lichteren Haar sah er wie der Bilderbuch-Großvater aus. Nur seine wachsamen Augen deuteten darauf hin, dass in ihm mehr steckte, als sein Aussehen vermuten ließ.

„Neuigkeiten?", fragte er in die Runde.

Nele hob nicht einmal den Kopf und schimpfte leise vor sich hin. Da Adrian sie gut kannte, schenkte er dem nicht viel Beachtung und ließ sie weiter murmeln. Irgendjemand musste schließlich auch die nervtötende Arbeit erledigen.

Da klingelte das Telefon. Luisa hob ab und meldete sich. Kurz wurde sie ruhig und schluckte. Als sie aufgelegt hatte, schaute Adrian sie neugierig an.

„Sieht so aus, als müsste ich Frau Renke mitteilen, dass ihr Enkel ermordet wurde. Oder zumindest verstümmelt."

Adrian blickte Luisa mitleidig an und legte ihr kurz seine Hand auf die Schulter. Dann verschwand er wieder in seinem Büro.

5

Es tut so weh. Wieder einmal hat es mich eiskalt erwischt und zwingt mich in die Knie. Gerade kann ich nicht einmal mehr sagen, ob diese Schmerzen körperlich oder psychisch sind. Mein einziger Gedanke ist: Flucht. Ich muss entkommen, koste es, was es wolle.

Mein Atem geht schnell und ich sehe fast nichts mehr. Meine Schultern beben und ich kann nicht mehr gerade sitzen. Mein Herz rast und ich habe das Gefühl, zu ersticken. Ich muss weiteratmen!

Einatmen. Ausatmen. Einatmen. Ausatmen.

Gibt es nicht irgendeine Möglichkeit, von diesen Qualen erlöst zu werden? Ich muss sicherlich nur abwarten.

Tatsächlich beruhige ich mich langsam und erlange wieder Kontrolle über mich selbst. Ich befinde mich wieder in der Realität. Aber was ist das schon für eine Realität? Ich habe viele Jahre versucht, meine Erlebnisse zu verarbeiten. Geschafft habe ich es jedoch nicht. Jetzt lebe ich in einem Scherbenhaufen aus Gefühlen und weiß nicht, wann ich welche Emotionen hervorholen muss.

Ich habe vergessen, wie man sich richtig freut und wie man einen Sinn im Leben findet. Seit ich etwas angeschlagen bin, zieht mir jeder noch so kleine Einschnitt den Boden unter den Füßen weg; die großen hingegen lassen mich zweifeln, ob es überhaupt noch Sinn macht, weiterzuleben.

Mit der Zeit werden die ohnehin seltenen unbeschwerten Tage noch seltener und irgendwann bleiben sie ganz aus. Da ist es klar, dass man sich eines Morgens sagt, dass es so einfach nicht weitergehen kann. Und obwohl ich etwas verunsichert bin, muss ich meinen Plan durchziehen. Ich muss mich endlich befreien.

Jeder hat mich bereits aufgegeben. Anfangs wollten alle helfen, doch mit der Zeit wurde klar, dass ich ein hoffnungsloser Fall bin.

Dann war ich ganz allein.

6

Ben und Luisa machten sich ein zweites Mal auf den Weg in die Pelzerstraße. Wieder verlief die Autofahrt ohne ein Gespräch. Das Überbringen trauriger Nachrichten hatte Luisa noch nie gefallen und auch heute fiel es ihr schwer, als sie der alten Dame an der Haustür von ihren Erkenntnissen berichteten. Frau Renke ging wortlos zurück in die Wohnung und ließ sich wieder aufs Sofa fallen.

Die beiden Kommissare folgten ihr und blieben diesmal beide stehen. Jetzt war das Ganze schon eine Spur ernster.

„Is er wirklich tot?", fragte sie mit traurigem Blick.

„Sicher können wir das natürlich nicht sagen, aber wir müssen davon ausgehen. Wir werden alles daran setzen, Ihren Enkel aufzuspüren", sagte Luisa.

Ben fügte noch hinzu: „Es kann natürlich auch sein, dass wir ihn wohlauf finden."

Frau Renke schien nicht sonderlich überzeugt davon zu sein. Gedankenverloren starrte sie auf ihre Hände.

„Wir bräuchten ein Foto von ihm", setzte Luisa wieder an. „Für die Fahndung."

„Ob ich da wohl eins hab?", überlegte Frau Renke laut und schlurfte in die Küche. Sie wühlte eine Weile in einer Schublade herum und hielt dann ein Stück Papier hoch. Dann faltete sie es auf, starrte darauf und gab es an Ben weiter.

Auch Luisa war interessiert und blickte ihm über die Schulter. Man konnte einen relativ jungen, finster drein schauenden Jungen sehen. Er hatte strubbeliges schwarzes

Haar und schöne Augen.

„Das nehmen wir mit", sagte Ben und steckte es in seine Jackentasche.

„Einige Informationen brauchen wir aber trotzdem noch über ihn", meinte Luisa und kramte ihren Block heraus.

„Naja, recht viel kann ich Ihnen nicht sagen. War eher ruhig. Eigentlich immer nett zu allen."

„Das heißt, es gibt niemanden, mit dem er Streit hatte?"

Frau Renke entfuhr ein Lachen. „Ich glaub, der hatte nich so viele Freunde. Ich kannte zumindest keine."

Sie steckte sich eine Zigarette an und schaute aus dem Fenster nach draußen.

„Hatte er eine Freundin?"

„Früher mal. Is schon lang nich mehr. Natascha hieß die", antwortete die Frau.

„Nachname?"

Frau Renke zuckte nur mit den Schultern.

„Können wir sein Zimmer sehen?"

Luisa und Ben wurden in ein kleines schmuddeliges Nebenzimmer geführt. Es war eher karg eingerichtet und sah nicht wirklich bewohnt aus. Nach Fotos oder persönlichen Gegenständen suchten sie hier vergeblich.

„Wie alt ist Paul eigentlich?", wollte Luisa wissen.

„Da schäm ich mich jetzt aber", seufzte Frau Renke, „aber ich würd sagen 25. Wissen 'Se, Geburtstage haben 'wa nich so oft gefeiert."

Als sich die Frau umdrehte und wieder aus dem Zimmer ging, zog Ben eine Augenbraue hoch und sah Luisa misstrauisch an.

„Würden 'Se dann bitte wieder gehen? Hab noch zu tun", war aus dem Wohnzimmer zu hören. Luisa und Ben verabschiedeten sich und liefen die Treppe hinunter nach draußen.

Irgendwie kam es Luisa komisch vor, dass Frau Renke so

ungerührt wirkte. Der Enkel tat ihr ausgesprochen leid, was auch immer mit ihm geschehen sein mochte. Auch wenn sie es nicht so zeigen konnte, berührten sie die Schicksale anderer Menschen. Eine intakte Familie zu haben, schätzte sie in diesen Momenten immer sehr.

„Immer noch seltsam", sprach Ben Luisas Gedanken laut aus, als er an einem Zebrastreifen anhielt.

Luisa nickte beipflichtend.

„Wir müssen die Ex-Freundin finden. Die Frage ist, wie wir das anstellen sollen."

Sie schwiegen wieder.

Adrian hatte eine erste Lagebesprechung einberufen. Auch Jonas war anwesend.

„Schieß los, Lord!", forderte Nele ihn auf, sobald alle da waren.

'Lord' nannte das Team ihren Rechtsmediziner aufgrund einer Legende. Anfang des zwanzigsten Jahrhunderts lebte ein gewisser 'Lord von Barmbeck' in Hamburg, der das Verbrechen zu seinem Beruf gemacht hatte. Er war angeblich stets adrett gekleidet und hoch angesehen bei seinen Bandenmitgliedern. Zu Jonas passte der Spitzname aus zweierlei Gründen: Zum einen teilten er und der richtige Lord ihren Nachnamen, Petersen. Zum anderen war auch Jonas ein piekfeiner Mensch, der nach Perfektion strebte und stets schicke Hemden trug. Besonders witzig wurde das Ganze natürlich dadurch, dass Jonas eigentlich gegen das Verbrechen arbeitete und nicht dafür.

„Wir können mit absoluter Sicherheit sagen, dass der Finger Paul Renke gehört. Aus den Proben der SpuSi ging jedoch nichts hervor. Auch unsere Taucher haben im näheren Umkreis der Fundstelle keine weiteren Teile seines Körpers gefunden."

„Wurden auch die Brücke und die Promenade

abgesucht?"

„Selbstverständlich. Leider nichts Auffälliges. Oder zum Glück."

„Genau genommen sind wir also bisher nicht viel weitergekommen", stellte Adrian grübelnd fest.

Ben meldete sich zu Wort: „Wenigstens haben wir seit ein paar Minuten die ungefähre Adresse seiner Ex-Freundin. Frau Renke rief an, da sie sich erinnerte, ihren Enkel einmal in der Niedernstraße abgeholt zu haben. Sogar das Haus konnte sie ein wenig beschreiben." Luisa war überrascht, dass Ida Renke sich nun doch noch Gedanken gemacht hatte. Vielleicht war ihre Gleichgültigkeit nur gespielt gewesen.

„Perfekt, dann könnt ihr das gleich übernehmen", freute sich Adrian und deutete auf Nele und Ben. Die beiden nickten und verschwanden. Luisa blieb mit Jonas und Adrian zurück. Die drei sahen sich eine Weile ratlos an, bis Jonas sich verabschiedete und sich wieder auf den Weg in die Rechtsmedizin machte.

„Komm mal mit", bat Adrian Luisa und winkte sie zu sich ins Büro.

Luisa setze sich vor ihn und betrachtete die vielen Fotos auf dem Schreibtisch ihres Vorgesetzten. Das aktuellste zeigte ihn mit seiner Frau in Norwegen.

Luisa hatte nicht sonderlich viel Lust auf dieses Gespräch, denn sie konnte sich schon denken, was er sie fragen würde.

„Wie kommst du mit dem Fall zurecht?"

„Gut. Wieso fragst du?"

„Weil du dich vielleicht zu sehr an etwas erinnert hast, das du vergessen wolltest", setzte Adrian mit mitleidigem Blick hinzu.

Luisa ließ ihre Gedanken kurz in die Vergangenheit schweifen. Lange bevor sie ins PK 14 geholt worden war, hatte sie einen Job in Neumünster gehabt. Einer der schwersten Fälle dort hatte ebenfalls mit einer Vermisstenmeldung zu tun. Luisa war maßgeblich an den Ermittlungen beteiligt gewesen und ihr Team konnte die Person nicht rechtzeitig finden, bevor sie eine Todesnachricht erreichte. Der junge Mann hatte sich in einer abgelegenen Scheune erhängt.

Die Parallelen waren also unübersehbar. Doch Luisa wollte sich nicht von der Vergangenheit beeinflussen lassen. Ihre Arbeit war ihr wichtiger als alles andere und es stand für sie an erster Stelle, sie professionell und gelassen auszuführen.

„Falls es mich einschränken sollte, gebe ich dir Bescheid", versuchte Luisa das Thema abzuhaken. Adrian schaute sie noch eine Weile prüfend an und nickte dann.

7

Luisa zeichnete gerade die einunddreißigste Blume auf ihren Block, als Ben auftauchte. Sofort sprudelte es aus ihm heraus: „Zuerst konnte uns niemand weiterhelfen. Dass fast alle Gebäude auf Frau Renkes Beschreibung passten, erschwerte die Suche noch. Nach einer Stunde machten wir also eine Pause, da wollte ein circa 50-jähriger Mann das Haus hinter uns betreten. Er trug einen Sack Katzenfutter und eine Orchidee auf dem Arm. Und endlich hatten wir Glück: Der Mann war tatsächlich gerade auf dem Weg in die Wohnung seiner Tochter Natascha. Morgen kommt sie aus dem Urlaub zurück."

„Dann bleibt uns nur zu hoffen, dass du die Richtige gefunden hast."

Ben starrte sie kurz an, bis Luisa begriffen hatte, wie mehrdeutig ihr Satz geklungen hatte. Schnell sagte sie: „Ich besuche sie morgen."

Ben riss kurzerhand den Zettel mit der Adresse ab, drückte ihn seiner Kollegin in die Hand und drehte sich um. Zerknirscht sah Luisa ihm hinterher.

Am nächsten Nachmittag klingelte Luisa an der Wohnungstür, die Ben ihr beschrieben hatte. Der Name Engel stand daneben. Eine Frau um die 20 öffnete die Tür und obwohl sie sichtlich überrascht war, bat sie Luisa hinein.

„Ich habe gleich eine Frage an Sie, um sicherzugehen, dass Sie die Person sind, die wir suchen. Waren Sie einmal mit einem Paul Renke liiert?", fiel sie mit der Tür ins Haus.

Natascha Engel schlug sich die Hände vors Gesicht. „Geht es ihm gut?"

„Bedauerlicherweise wissen wir das nicht so genau."

Der jungen Frau wich etwas Farbe aus dem Gesicht und sie lehnte sich an die Wand.

„Was wollen Sie damit sagen?"

„Wir konnten ihm einen Finger, den wir gestern Morgen gefunden haben, zuordnen."

„Oh Gott, wie makaber." Jetzt war ihr der Schock deutlich anzusehen.

„Deshalb hätte ich einige Fragen an Sie, wenn es Ihnen nichts ausmacht."

„Fragen Sie."

„Wann waren Sie in einer Beziehung mit ihm und wie lange?"

„Ich habe mich vor circa eineinhalb Jahren von ihm getrennt. Wir waren gute drei Jahre zusammen." Sie schaute auf den Boden, als ob sie sich an längst vergangene Erlebnisse erinnerte, die sie eigentlich lieber verdrängt hätte.

„Was genau war der Auslöser für die Trennung?", hakte Luisa nach.

„Es hat einfach nicht mehr gepasst. Ich fühlte mich nicht mehr wohl bei ihm."

„Können Sie das näher erläutern?", fragte Luisa und begann sich Notizen zu machen.

„Verstehen Sie mich nicht falsch", bat Frau Engel. „Er war ein toller Kerl. Selbst nachdem ich die Beziehung beendet habe, war er mir gegenüber noch loyal und freundlich. Aber ich habe gemerkt, dass er sehr mit der Sache zu kämpfen hatte."

Wieder erschien ein trauriger Ausdruck auf ihrem Gesicht. Luisa kam es vor, als wäre die Frau noch immer nicht über das Geschehene hinweggekommen.

„Hatten Sie in letzter Zeit Kontakt zu Paul?"

„Nein. Ich hab ihn ewig nicht gesehen. Er lebte ja generell lieber zurückgezogen."

„Wo arbeitete er denn damals?"

„In einem kleinen Maklerbüro in Altona. Paul ist wirklich recht intelligent."

„Wissen Sie den Namen?"

„Ich müsste ihn noch irgendwo aufgeschrieben haben", murmelte sie vor sich hin und ging auf eine riesige Pinnwand zu, die von Zetteln und Fotos nur so überquoll. Nachdem sie einige Zeit gesucht hatte, zog sie unter einer Broschüre eine Visitenkarte hervor.

„Noch besser. Das Kärtchen", stellte sie fest und überreichte sie Luisa.

„Danke. Das war es soweit. Ich komme eventuell später noch einmal auf Sie zu", verabschiedete sich Luisa.

Sie hatte beschlossen, gleich nach Altona weiterzufahren. Je eher sie irgendeinen Anhaltspunkt bekamen, desto besser. Wenn sie ehrlich war, wurde sie tatsächlich ein wenig an den längst verjährten Fall in Neumünster erinnert und das spornte sie an, das aktuelle Rätsel schnellstmöglich zu lösen.

Als Luisa ihr Ziel erreicht hatte, spähte sie erst einmal durch das große Schaufenster. Das Büro von Max Hurtig war ein unscheinbares Zimmer im Erdgeschoss eines Neubaus. Als Luisa durch die Tür ging, bimmelte eine schrille Glocke über ihr.

Der Mann, der am Schreibtisch in der Mitte des Raumes saß, blickte hoch und schob seine Nickelbrille von der Nase. Dann stand er auf und ging um den Tisch herum auf Luisa zu, um sie zu begrüßen. Herr Hurtig war ein klein gewachsener Mann mittleren Alters und hatte eine Glatze. Er trug ein weißes Hemd und eine Cordhose, die er mit gelben Hosenträgern befestigt hatte. Luisa musste sich bei seiner Erscheinung ein kleines Lachen verkneifen, denn der Mann war für sie der Inbegriff eines Maklers. Bei ihrem Hauskauf zwei Jahre zuvor war ihr ein Herr gegenüber gestanden, der dem, der ihr jetzt die Hand entgegenstreckte, ziemlich ähnlich sah.

„Guten Tag, Koch von der Kripo", sagte sie und schüttelte seine Hand.

„Ich wurde informiert, dass hier ein Paul Renke arbeitet."

Herr Hurtig fiel ihr sofort ins Wort: „Dreckskerl. Der hat schon vor einem halben Jahr gekündigt!" Mit wütendem Gesichtsausdruck hakte er die Finger unter seine Hosenträger und ließ sie dann zurückschnellen.

„Wieso?"

„Das hat er mir nie erklärt. Dreckskerl."

„Was waren seine Aufgaben hier?"

„Er hat den ganzen Papierkram erledigt. Allerdings nicht mal wirklich gut. Ein Dreckskerl eben."

Luisa sparte sich den Kommentar, dass er sich andauernd wiederholte.

„Wie lange hat er denn für Sie gearbeitet?"

„Einige Jahre."

„Dann kann er doch nicht so schlecht gewesen sein, oder?"

Er schnaubte. „Wissen Sie, die Geschäfte laufen nicht so gut. Ich konnte es mir nicht leisten, jemand anderen einzustellen."

Luisa fand die Aussage komisch, hakte aber nicht nach.

„Wann haben Sie ihn zuletzt gesehen?"

„Als er dort vorne aus der Tür gerannt ist. Vor einem halben Jahr"

„Das hätte ich gerne schriftlich."

„Bekommen Sie. Wenn Sie mich dann in Ruhe lassen."

Luisa nickte ihm zu und wandte sich zur Tür.

„Ich werde mich bei Ihnen melden."

Durch die Spiegelung in der Glastür sah sie, wie er ihr hinterherlief.

„Sie haben mir gar nicht gesagt, wieso Sie das alles wissen wollen!", rief er.

„Herr Renke wird vermisst", sagte sie nur und setzte sich in ihr Auto.

Der Mann stemmte die Hände in die Seiten und wurde nun doch ruhig. Es sah so aus, als hätte er ihn doch nicht allzu sehr gehasst.

Zurück auf dem PK 14 stieß sie fast mit Jonas zusammen. Luisa wich gerade noch aus und konnte sich ein Lachen nicht verkneifen.

„Hast du es etwa eilig, Lord?", fragte sie ihren Kollegen.

„Es gibt wie immer viel zu tun", antwortete er.

„Dann will ich nicht länger stören."

„Wenn du mit mir sprechen wolltest, nur zu."

Eigentlich war das zwar nicht Luisas Absicht gewesen, aber sie beschloss, dass es sicher nicht schaden würde, noch einmal bezüglich Paul Renkes Finger nachzuhaken.

„Hast du noch etwas Nützliches herausgefunden?", erkundigte sie sich daher.

„Leider kann ich dir nicht mehr sagen als vor ein paar Tagen. Das Gewebe des Fingers deutet auf nichts Ungewöhnliches hin. Und etwas anderes kann ich bisher ja nicht untersuchen."

Sie bedankte sich mit einem Seufzer. Dann winkte sie ihm kurz zu und setzte sich wieder an ihren Schreibtisch.

In diesem Fall konnte die Rechtsmedizin wirklich nicht helfen. Es blieb also an ihrem Team hängen, sich weitere Informationen zu beschaffen. Sie wussten bisher nur, wem der Finger gehörte. Das Umfeld des Opfers war so unauffällig, als ob es ihn gar nicht gegeben hätte. Zu allem Überfluss war nicht einmal klar, ob Paul Renke noch am Leben war oder ob ihn jemand auf dem Gewissen hatte. Obwohl alle Streifen der Stadt Paul Renkes Beschreibung erhalten hatten, gab es bisher noch keine Rückmeldung.

Wenn sie es sich recht überlegte, war es tatsächlich unwahrscheinlich, den Fall mit so wenigen Anhaltspunkten zu lösen.

Niedergeschmettert kritzelte sie auf einem Block herum. Luisa glaubte nicht an einen Mord. Sie war eher der Meinung, dass Paul Renke untergetaucht war. Es war jedoch fast unmöglich, diese These ohne Beweise aufrechtzuerhalten. Sie konnte nicht mehr tun, als abzuwarten, ob sich in nächster Zeit eine neue Spur auftat.

Ich bin mir absolut sicher. Er war es. Auch wenn ich mich an dieses Detail zuerst nicht wirklich erinnern konnte, habe ich jetzt Gewissheit. Diese Ähnlichkeit ist nicht zu übersehen.

Wieder einmal steigt Nervosität in mir auf. Ich habe so etwas noch nie getan. Aber ich muss nach vorne schauen. Die Zukunft könnte so schön sein.

Ein Leben ohne Angst.

Es ist tatsächlich ein schmaler Grad zwischen Verdrängung und Verarbeitung. Auf der einen Seite muss ich versuchen, alles aus meinen Gedanken zu verbannen, was mich an damals erinnert. Auf der anderen Seite verschwindet dieses grausame Gefühl wahrscheinlich nie, wenn ich mich nicht mit der Vergangenheit auseinandersetze. Ich bin hin- und hergerissen. So war das schon mein ganzes Leben. Zumindest die Zeit, an die ich mich erinnern kann. Wie war es davor? War alles gut? Habe ich mich wohlgefühlt? Ich werde es nie erfahren. Was passiert ist, ist passiert.

Ich bekomme wieder Kopfschmerzen. Seit ich meine Idee habe, kann ich überhaupt nicht mehr klar denken. Dabei ist doch jetzt alles ganz einfach und offensichtlich. Woher kommen dann diese Schmerzen? Ich war viel zu lange unsichtbar und kraftlos. Und bin es immer noch.

Wie gut, dass ich in dieser schweren Zeit wenigstens einen Freund an meiner Seite habe. Er unterstützt mich, auch wenn er die Geschichte nicht miterlebt hat. Dank ihm habe ich wieder etwas Mut gefasst. Es muss nicht so schlimm weitergehen. Alles kann besser werden.

Früher war mein Leben anders. Ich bin mir nicht ganz sicher, doch ich will glauben, dass ich schöne Tage erlebt habe. Dieser Glauben hat mir immer geholfen. Man lebt doch von Erinnerungen! Ich konnte sie eine Zeit lang immer hervorholen, wenn ich sie brauchte. Wieso schaffe ich das jetzt nicht mehr?

Er betritt den Raum und kommt lächelnd auf mich zu. Ich bin ihm so dankbar. Da ich sehr verspannt bin, massiert er mir kurz die Schultern und rät mir dann, zu schlafen. Wahrscheinlich ist das wirklich das Beste.

Aber ich kann nicht schlafen. Mein Kopf fühlt sich wie ein Bienenstock an. Die fleißigen Tierchen fliegen aufgeregt umher und hören einfach nicht damit auf. Alles dreht sich. Ich weiß, dass das nur von der Müdigkeit kommt, doch es bringt mich fast um. Auf meiner Stirn bilden sich Schweißtropfen. Ist es nicht viel zu warm hier drinnen? Ängstlich schaue ich auf meine Hände. Sie zittern.

Was soll ich tun? Ich habe keine Ahnung, wie ich die Angst aufhalten soll. In Sekundenschnelle hat sie Besitz von meinem ganzen Körper ergriffen. Ich muss mich ablenken.

Krampfhaft starre ich auf das gegenüberliegende Fenster und male mir aus, was auf der Straße wohl vor sich geht. Wie spät ist es?

Ich probiere es wieder mit der Atemübung: Einatmen. Ausatmen. Einatmen. Ausatmen.

Ich muss wieder klarer im Kopf werden. Schließlich habe ich einen Plan, der jetzt vorrangig ist. Wenn ich ihn nicht verwirkliche, werde ich weiterleiden. Womöglich für immer.

Doch wie lange ist für immer?

Es war Sonntagnachmittag. Luisa lag auf ihrer Couch und hörte Opernmusik. Das war eine ihrer Leidenschaften und wann immer Sie die Zeit dazu hatte, ließ sie sich für kurze Zeit verzaubern und in eine andere Epoche katapultieren. Aber heute war sie nicht wirklich entspannt. Der stetige Regen trommelte an die Fensterscheiben und Luisa konnte das dunkle Grau am Himmel schön langsam nicht mehr ertragen. Außerdem machte sie sich außerordentlich viele Gedanken über das Verschwinden des jungen Pauls. Er war gerade mal 26, wie sie inzwischen herausgefunden hatte, und hatte somit noch sein ganzes Leben vor sich. Luisa war natürlich an Morde gewöhnt, doch der Fund des Fingers war etwas ganz anderes. Schließlich konnte nicht mit Gewissheit gesagt werden, was dem Mann passiert war.

Während ihre Kollegen, Adrian eingeschlossen, den Fall schon fast aufgegeben hatten, beschäftigte Luisa die Geschichte noch immer. Sie konnte sich nicht vorstellen, dass jemand ohne triftigen Grund einen kleinen Finger verlor. Der Fund sprach ihrer Meinung nach eindeutig für kriminelle Machenschaften. Warum sonst hatte in keinem der Hamburger Krankenhäuser jemand eine entsprechende Verletzung behandeln lassen? Irgendwo würden sich bestimmt Antworten auf die vielen offenen Fragen finden lassen. Sie hätte zu gerne alle Hebel in Bewegung gesetzt, um dieses Verbrechen aufzuklären.

Doch sie erhielt mit der Zeit immer weniger Unterstützung. Es waren wieder neue kleinere Aufgaben auf das

Team zugerollt, der Alltag war wieder eingekehrt. Inzwischen konnte das Kommissariat die Fahndung nicht mehr aufrechterhalten, da bereits zu viel Zeit verstrichen war. Und auch wenn auf öffentlichen Plätzen noch immer Suchplakate zu finden waren, wurden die Chancen auf einen Erfolg immer geringer.

Luisa brühte sich eine Tasse Ingwertee auf. In ihrer Freizeit unternahm sie eher selten etwas mit ihren Freunden, auch wenn sie einige Menschen hatte, die ihr sehr wichtig waren. Sie lebte gerne allein und da sie fast die ganze Woche in der Arbeit war, nutzte sie die wenige Freizeit meist zum Nachdenken und Entspannen. Das war auch einer der Gründe, weshalb sie sich für eine Wohnung in der Nähe der Michelwiese entschieden hatte. Sie mochte es, neben einem ruhigen Fleckchen Grün zu wohnen, während sich gleich daneben der Hamburger Michel befand, der unzählige Touristen anlockte. Es war für sie die perfekte Mischung aus Ruhe und belebtem Hamburg.

Luisa schaute gedankenverloren aus dem Fenster.

Konnte es sein, dass sie der Fall tatsächlich wegen des Selbstmords vor einigen Jahren so aufwühlte? Sie wollte es sich nicht wirklich eingestehen, aber sie hatte durchaus auch eine sehr sensible Seite an sich.

Es machte sie stutzig, dass man weder den lebendigen Paul noch seine Leiche gefunden hatte. Trotz öffentlicher Fahndung waren keine Hinweise aus der Bevölkerung eingegangen und auch die polizeiliche Arbeit hatte bisher keine verwertbaren Ergebnisse eingebracht. In diesem Fall gab es tatsächlich nicht einen einzige Spur, was relativ ungewöhnlich war. Deshalb ging Luisa inzwischen eher davon aus, dass Paul Renke abgetaucht war. Durch die nur sehr vagen Aussagen der Leute, die ihn kannten, konnte sie sich aber auch kein Bild von ihm machen. War er der Typ Mensch, der sein ganzes Leben änderte und wegging, ohne irgendwelche Spuren zu hinterlassen? Oder war er einfach nur so unauffällig, dass man ihn ohne Aufsehen entführen konnte?

Adrian ging noch immer von einem Mord aus. Er argumentierte damit, dass Verstümmelungen mitten in Hamburg eher unüblich seien. Außerdem könnten sie nicht so unauffällig durchgeführt werden, wenn man den Fundort bedächte. Dass der Finger in der Alster gefunden worden war, bedeutete zwar nicht, dass das auch der Tatort war, aber Luisa hatte schnell erkannt, dass sie nicht viel gegen die Sichtweise ihres Teams ausrichten konnte: für die anderen war Paul tot und der Fall somit auf der Prioritätenliste vorerst nach unten gerutscht. Wirklich viel konnten sie im Moment tatsächlich nicht tun.

Also genehmigte sich Luisa doch noch eine ganze Oper und schaffte es irgendwann, die Gedanken beiseite zu schieben.

10

„Es gab einen Anschlag!"

Als Luisa Neles entsetztes Gesicht sah, war sie sofort in Alarmbereitschaft.

„Wo?", fragte sie und machte gleich auf dem Absatz kehrt. Sofort war die Fortbildung, die für diesen Tag vorgesehen war, vergessen. Solche brenzligen Angelegenheiten durfte man nicht warten lassen.

Nele lief ihr hinterher und wickelte sich gleichzeitig achtlos ihren Schal um den Hals. „In meiner Lieblingsbar", schnaufte sie. Luisa erinnerte sich an das Gespräch, das sie vor kurzem geführt hatten. Damals war Neles einzige Sorge gewesen, dass diese neu verpachtet worden war.

Draußen starteten bereits einige Streifenwagen zum Einsatzort.

„Verletzte?", erkundigte sich Luisa routinemäßig.

„Keine Schwerverletzten zumindest", erwiderte Nele, während sie den Motor anließ. „Die Bar liegt direkt in Neustadt. Nähe Enckeplatz", erzählte sie weiter, während sie das Blaulicht anschaltete und mit halsbrecherischer Geschwindigkeit die Straßen entlangbrauste. „Eine Frau Ganter hat uns vorhin verständigt, dass sie von der anderen Straßenseite aus Schüsse gehört hat. Außerdem hat sie kurz einen in Schwarz gekleideten Mann gesehen. Gut beschreiben konnte sie den allerdings nicht." Nele rollte genervt mit den Augen. Gleichzeitig hupte sie, als ein Radfahrer direkt vor ihr einfach die Spur wechselte. „Hey!", brüllte sie laut. Außer Luisa hörte diesen Ausbruch natürlich niemand. Als sie den Mann schließlich überholten, erkannte sie in ihm denjenigen, der sie Anfang des Monats beinahe umgefahren hatte. So unvorsichtiges Fahren empfand auch Luisa als nervtötend und gefährlich.

An der Bar angekommen, bahnten sie sich einen Weg durch die ganzen Schaulustigen, die wissen wollten, was sich hier ereignet hatte.

Luisa und Nele hielten ihren Ausweis hoch und wurden von einem Mitarbeiter der Spurensicherung ins Innere der Kneipe geführt. Die Leute, die wahrscheinlich soeben noch an ihrem Bier genippt hatten, wurden nach draußen begleitet. Alle redeten wild durcheinander und ihnen war anzusehen, dass der Anschlag sie schockiert hatte. Wenigstens konnte Luisa unter den Gästen keine Verletzten ausmachen.

Im Ladeninneren war es dagegen ungewöhnlich ruhig. Der Schankraum wirkte verlassen und ungemütlich. Alle Lichter brannten, was die typische Atmosphäre einer Bar völlig zerstörte.

Vor dem Tresen saß ein Mann mittleren Alters und unterhielt sich mit den zwei zuständigen Streifenpolizistinnen. In der Hand hielt er ein Glas Wasser, er zitterte jedoch so stark, dass es ihm beinahe entglitt. Luisa und Nele lösten die beiden Frauen ab.

„Koch, meine Kollegin Hagedorn", eröffnete Luisa das Gespräch. „Können Sie uns schildern, was passiert ist?"

Der Mann stotterte ein wenig, als er mit der Berichterstattung begann.

„Ich ha-ha-habe alles so gemacht wie immer. Es waren re-re-recht viele Leute da. Auf einmal wurde di-di-die Tür rabiat aufgestoßen. Ich konnte den Mann ni-ni-nicht so gut erkennen. Er war ganz schwarz ge-ge-gekleidet."

Er nahm einen großen Schluck aus seinem Glas.

„Atmen Sie ruhig kurz durch", riet Nele ihm.

Er kam ihrem Vorschlag nach und man merkte sichtlich, wie ihn die Erinnerung an das eben Erlebte schmerzte.

„Er hat geschossen", stieß er hervor.

„Wurde jemand getroffen?" fragte Luisa, die bereits wieder auf ihrem Notizblock herumkritzelte.

Der Mann zeigte hinter sich. „Nur der Schrank mit dem Whiskey."

Hinter der Bar ergoss sich ein See aus Hochprozentigem auf dem Boden. Zwei Männer in weißem Schutzanzug waren bereits dabei, das Einschussloch und das Projektil näher zu untersuchen. Blut war zum Glück nirgends zu sehen.

„Und wo standen Sie?", fragte Nele nach.

„Hinter dem Tresen. Ungefähr hier." Mit zitterndem Finger zeigte er auf eine Stelle neben dem kaputten Schrank.

Luisa atmete tief durch. „Also sind Sie der Besitzer der Bar?"

Der Mann nickte.

„Aber noch nicht lange", mischte sich Nele trotzig ein.

„Stimmt, es sind erst zwei Wochen. Bis heute lief auch alles glatt."

„Wie ist denn Ihr Name?"

„Schmied."

„Danke. Ruhen Sie sich erst mal ein wenig aus", riet sie ihm und tätschelte ihm die Schulter. Sie winkte eine Sanitäterin herbei und bat sie, sich um Herrn Schmied zu kümmern.

„Meinst du, der Anschlag galt ihm?", grübelte Nele beim Hinausgehen. Der Andrang Neugieriger war immer noch nicht weniger geworden. Überall wurden Handys gezückt, während einige Polizeibeamte versuchten, die Leute zurückzudrängen und so viele Fotos wie möglich zu verhindern. Es widerte Luisa an, dass sich die Passanten so sensationslüstern verhielten. Noch dazu, wo man an diesem Tatort auf den ersten Blick gar nichts Ungewöhnliches entdecken konnte. Trotzdem galt offenbar: Je schlimmer das Vergehen war, desto interessanter wurde es.

„Ich weiß es nicht", antwortete Luisa. „Dadurch, dass nur ein einziger Schuss abgegeben wurde, ist es durchaus denkbar."

Nele fuhr sich durch die Haare. „Wir müssen auf jeden Fall noch Augenzeugen befragen. Der Kollege Utrecht hat ja schon angefangen."

Inzwischen war tatsächlich auch Ben eingetroffen und unterhielt sich mit einer verängstigt dreinblickenden Jugendlichen. Sie gestikulierte wild herum und ihre Wimperntusche war verschmiert vom ganzen Weinen.

Nele ging auf einen Jungen zu, der etwas hinter dem Mädchen stand und sich unsicher umblickte.

Auch Luisa schnappte sich einen Zeugen. Ein etwa 80-jähriger Mann hatte sich auf die Treppenstufen vor dem Eingang gesetzt und trank von seinem Bier. Das war ihm wohl wichtiger als der ganze Trubel.

„Darf ich Ihnen ein paar Fragen stellen?"

Verwirrt blickte der Herr auf und stellte eine Gegenfrage: „Wieso fragen Sie ausgerechnet mich?"

Geduldig setzte sich Luisa neben ihn. „Weil Sie gerade Zeuge eines Anschlags geworden sind, Herr..." Fragend sah sie ihn an.

„Lau" brummte er. „Kennen Sie mich denn nicht? Mich kennt doch hier jeder!"

Luisa musste schmunzeln. Der alte Mann schien wohl öfter in dieser Kneipe zu sein.

„Natürlich", sagte sie, als hätte sie sich soeben wieder erinnert. „Was haben Sie denn heute beobachtet?" Schließlich wollte sie nicht von ihrer Routine abweichen.

Herr Lau stellte sein Bierglas nun doch ab und holte tief

Luft. In seiner Lunge rasselte es gefährlich, was Luisa darauf schließen ließ, dass er entweder Kettenraucher war oder einfach ein starkes Atemproblem hatte.

„Ich saß an meinem Stammplatz hinten im Eck. Als die Tür aufging, unterhielt ich mich gerade mit einem jungen Kerl am Tisch neben mir. Kannte sich großartig mit dem HSV aus! Das Spiel letzte Woche hätten Sie sehen müssen! Da haben sie die Leverkusener grandios geschlagen! Diese Vorlage von Bobby Wood! Der ist ein ganz flinker Bursche!" Seine Augen glitzerten beim Erzählen und er schaute Luisa erwartungsvoll an. Die lächelte schon wieder, auch wenn sie noch nie etwas von Bobby Wood gehört hatte. Irgendwie war ihr dieser Greis sympathisch. Trotz allem musste sie aber ihre Arbeit machen und hatte nicht ewig Zeit, um sich Geschichten über Fußball anzuhören.

„Kommen Sie bitte zum Punkt. Wie sah denn der Attentäter aus?"

„Sie sind aber eine Spielverderberin. Ich habe ihn ja nicht mal wirklich gut gesehen. Meine Brille liegt nämlich zu Hause."

Drängend sah Luisa ihn an.

„Von der Statur her männlich. Er trug wie gesagt unauffällige Klamotten und noch dazu eine Sturmmaske. Viel gesehen hat man von ihm nicht."

„Wissen Sie die genaue Uhrzeit, zu der er hereingekommen ist?"

„Hereingekommen stimmt so nicht", berichtigte Herr Lau Luisa. „Er schwang nur die Tür auf, feuerte seine Pistole ab und haute nach einem Schuss wieder ab."

„Wann?"

„Es war die 54. Spielminute des Bundesliga-Spiels."

Luisa seufzte. Sie würde sich also doch nochmal mit Fußball beschäftigen müssen.

„Sie haben sich zu diesem Zeitpunkt das Spiel angesehen?"

„Nein, ich höre mir alle Spiele im Radio an."

„Und dafür gehen Sie extra in eine laute Kneipe?"

„Ich mag vielleicht schlecht sehen, aber ich habe ein gutes Gehör, falls Sie das meinen." Er grinste verschmitzt und wackelte leicht mit den Ohren. Luisa musste laut lachen. Sie mochte den Humor des alten Mannes. „Außerdem macht erst ein kühles Bier den Fußball-Nachmittag perfekt."

„Gut, aber kommen wir wieder zur Sache: Können Sie die Pistole beschreiben?"

„Würde ich mich mit so etwas auskennen, säße ich doch nicht immer bei Malek", sagte der Mann und zwinkerte ihr zu. „Obwohl. Jetzt ist es ja Herr Schmied, der uns bewirtet."

Luisa blickte über sich auf das rote Schild. MALEK stand da in großen schwarzen Lettern.

„Stimmt, Malek ist ja umgezogen. Wissen Sie, wohin?"

„Der gute Malek. Bei dem war immer was los. Er hat jetzt eine Bar in St. Pauli. Die Mietpreise waren wohl zu teuer."

„Verstehe. Und jetzt sind Sie eben alle Herrn Schmieds Stammgäste."

„Quatsch", winkte Herr Lau ab. „Nur ich. Die anderen sind quasi mit ihm umgezogen. Aber meine alten Knochen machen das nicht mit. Weiter als quer über die Straße schaffe ich es nicht." Er deutete mit dem Kopf auf das Haus auf der gegenüberliegenden Straßenseite. Luisa begriff und nickte. Sie bedankte sich und eilte noch einmal ins Ladeninnere.

„Herr Schmied, eine Frage noch."

Mittlerweile war dieser wieder aufgestanden und räumte benutzte Gläser in den Geschirrspüler am Tresen.

„Ja?"

„Wie hieß Ihr Vorgänger denn mit Nachnamen?"

„Sorokin"

Luisa kritzelte den Namen auf ihren Notizblock.

„Kennen Sie die Adresse seiner neuen Kneipe?"

„Nein. Aber er hatte vor, sie auch wieder MALEK zu taufen. Unter der Bedingung, dass ich den Schuppen hier umbenenne."

„Danke!"

Luisa hatte die Informationen, die sie brauchte. Es sah so aus, als würde sie dem beliebten Malek bald einen Besuch in St. Pauli abstatten.

11

Einatmen. Ausatmen. Einatmen. Ausatmen.

Wo ist er? Ich kann ihn nirgends sehen. Ich kann genau genommen gar nichts sehen. Alles ist schwarz. Wo bin ich? Fünfmal habe ich mich jetzt schon im Kreis gedreht und gelauscht. Es ist alles ruhig.

Langsam entspanne ich meine Muskeln. Ich zittere am ganzen Körper und plötzlich sacke ich in die Knie. Regungslos sitze ich da und versuche, mich in den Griff zu bekommen.

Die Bilder kommen wieder hoch. Klar und deutlich, als wäre ich wieder mitten in der Situation.

Ich sehe ihn. Was soll ich tun? Soll ich mich lieber bedeckt halten? Oder soll ich auf ihn zugehen?

Krampfhaft versuche ich, die Gedanken wegzuschieben.

Wieso hört das nie auf? Ist es normal, seit so vielen Jahren ein Wrack zu sein? Wo war ich in der Zeit? War ich überhaupt ich selbst?

Ich schaue auf meine Finger. Sie zittern. Einatmen. Ausatmen. Einatmen. Ausatmen. Einatmen. Ausatmen.

Jetzt lege ich mich ganz auf den Boden. Meine bibbernden Hände lege ich auf den Bauch. Gleißendes Licht brennt auf meinen geschlossenen Lidern. Reflexartig sehe ich nach oben. Die Decke über mir dreht sich. Ich brauche ihn. Sofort. Wenn sich doch nicht alles drehen würde. Außerdem habe ich Durst. Meine Kehle ist ganz trocken. Als ich nach ihm rufen will, bekomme ich kein Wort heraus. Seit Wochen hatte ich keinen solchen Durst mehr.

Ein greller Ton weckt mich auf. Dann spüre ich, dass mir in die Backe gezwickt wird. Er ist endlich hier. Ich setze mich langsam auf und fahre mir durch die Haare. Ich zaubere ein gezwungenes Lächeln auf mein Gesicht.

Doch er schüttelt nur den Kopf. Ich blinzle ein paarmal, um seine Mimik besser lesen zu können. Er sieht wütend aus. Seine Augen sind zu dünnen Schlitzen geworden und seine Unterlippe bebt. Dann schluckt er laut und reibt sich über die Stirn. Ist er sauer auf mich oder auf sich selbst?

„Was hast du getan?", schreit er mich an.

„Es tut mir leid", stammle ich.

„Was zur Hölle hat dir das gebracht?"

Ich zucke unter seiner lauten Stimme zusammen. „Nichts."

Er sieht so aus, als wollte er noch etwas hinzufügen, klappt dann aber seinen Mund wieder zu. Seine Zähne knirschen unschön aufeinander. Die Finger presst er so fest zusammen, dass die Knöchel weiß hervortreten. Ich sehe ihm deutlich an, dass er versucht, sich zu beherrschen.

Dann ist es plötzlich vorbei. Er beugt sich zu mir und nimmt mich in den Arm. Sofort vergesse ich seine Standpauke und fühle mich einfach geborgen. Dass er hier ist, ist jetzt das Einzige, was zählt. Beruhigend streicht er mir über den Kopf.

Außerdem weiß ich, dass er recht hat.

12

Im Besprechungsraum drehte sich alles um das MALEK. Die Kommissare hatten soeben die Aussagen der Gäste abgeglichen, um sich einen genauen Überblick verschaffen zu können. Die Schilderungen stimmten alle überein; nur hier und da gab es Ergänzungen, die sich aber gut in das Gesamtbild einfügten. Herr Laus Erzählung war dabei fast die detaillierteste gewesen – auch ohne die Ausführungen über das Fußballspiel hinzuzuzählen.

„Was haben die Mitarbeiter der KTU gesagt?", fragte Adrian Ben.

„Sie konnten das Kaliber des Projektils bestimmen: 9×19 Millimeter."

„Also eine gängige 9 Millimeter Luger", warf Nele ein. Durch die Kriminaltechnische Untersuchung wurde den Ermittlern die Arbeit meist ziemlich erleichtert, in diesem Fall jedoch nicht.

„Da kommen viele Modelle in Frage", sagte nun auch Adrian resigniert.

Ben hob abwehrend die Hände hoch: „Ich kann auch nichts dafür."

„Wie ist der Plan?", fragte Nele.

„Ermitteln. Wir müssen überprüfen, ob Herr Schmied Feinde hatte. Oder ob es unzufriedene Gäste gab. Vielleicht war er auch in unschöne Machenschaften verwickelt. Bisher können wir nichts ausschließen", meinte Adrian.

Ben ergänzte: „Und wir müssen ihm vorläufig besonderen polizeilichen Schutz gewähren. Soll ich mich darum kümmern?"

Adrian reckte den Daumen in die Höhe.

„Der Mann muss zur Fahndung ausgeschrieben werden. Auch wenn wir natürlich fast keine Anhaltspunkte haben."

„Schon unterwegs", entgegnete Nele und salutierte zum Spaß.

Luisa wandte sich an Adrian: „Ich schließe nicht aus, dass der Täter eigentlich einen anderen hinter dem Tresen erwartet hat."

Der zog eine Augenbraue hoch. „Wie kommst du denn darauf?"

„Klar, ich kann nicht ausschließen, dass er keine bestimmte Person treffen wollte und einfach Amok gelaufen ist. Die Anzahl der Schüsse spricht aber irgendwie dagegen."

Adrians Interesse schien geweckt zu sein. „Ein einziger. Du hast recht. Was schlussfolgerst du?"

„Vor ein paar Wochen wurde die Bar neu verpachtet", fing sie an. „Es könnte doch sein, dass der Attentäter schlecht informiert war und eigentlich Malek Sorokin treffen wollte."

„Den früheren Besitzer?"

„Exakt."

„Dazu würde auch passen, dass er daneben geschossen hat. Vielleicht hat er erkannt, dass der Falsche vor ihm steht und aus Panik aber trotzdem einmal abgefeuert."

Schweigend gab ihm Luisa recht. Adrian stützte das Kinn in die Hände und massierte leicht seine Schläfen. Nach kurzer Zeit sagte er: „Es kann sich aber auch einfach um einen sehr ungeübten Schützen handeln, der Angst bekommen hat, als der erste Schuss misslang. Dann wäre deine Theorie hinfällig."

„Lass es mich überprüfen", bat Luisa.

Irgendwo hier in der Nähe musste es sein. Seit einer halben Stunde spazierte Luisa schon durch St. Pauli und befragte Passanten nach dem Weg zum MALEK. Dummerweise hatte sie vergessen, beim Gewerbeamt anzurufen, weshalb sie beschlossen hatte, die Adresse einfach im Internet zu suchen. Nach einigen Versuchen hatte sie ihr Handy genervt wieder in ihrer Jackentasche verstaut. Laut virtuellem Stadtplan befand sich Maleks Kneipe immer noch in Neustadt. Dass die Neueröffnung der Bar auch bei den Anwohnern noch nicht die Runde gemacht hatte, stellte ein weiteres Problem dar. Trotzdem befragte sie weiterhin hartnäckig alle Leute, die ihr entgegen kamen.

Der Dezember stand vor der Tür und dementsprechend war die Luft inzwischen schneidend kalt. Obwohl Luisa sich warm angezogen hatte, spürte sie die Kälte am ganzen Körper. Sie musste dringend die Bar finden, um sich aufwärmen zu können. Immer wieder blies sie sich in die Hände und starrte sehnsüchtig in die Läden, an denen sie vorbeikam. Bei manchen von ihnen stand sogar trotz des Wetters die Tür weit offen, um den Leuten einen Blick ins Innere zu gewähren.

„Auf uns!", tönte es da aus dem Haus, an dem sie gerade vorbeischlenderte. Um auch ja nichts zu übersehen, was eventuell Maleks Kneipe sein könnte, lugte sie kurz nach drinnen. An der hinteren Wand stand in großen Buchstaben „COCACOA BAR", also machte sie kehrt. Als sie schon wieder auf der Straße stand und weitergehen wollte, hörte sie aber etwas, das sie innehalten ließ: „Malek, mach mir mal noch 'n Buddelship!"

Also ging sie doch wieder hinein und wandte sich an den Mann am Tresen, der gerade dabei war, ein Bier zu zapfen.

„Malek Sorokin?", fragte sie.

Überrascht blickte der Mann Luisa an, während er unbeirrt weiter seine Arbeit tat.

„Was verschafft mir die Ehre?", gab er zurück.

Sie zog ihre Polizeimarke hervor.

„Ich bin von der Kripo. Mein Name ist Luisa Koch."

„Hab ich was verbrochen? Oder wollen Sie nur ein Bier?" Er schien relativ unbeeindruckt zu sein.

„Weder noch", antwortete Luisa. „Können wir uns irgendwo ungestört unterhalten?"

Herr Sorokin zuckte mit den Schultern und brachte dem jungen Mann, der vorhin geordert hatte, sein Bier. Währenddessen sah Luisa sich in der Kneipe um. In der Raummitte stand ein großer runder Tisch, an dem zurzeit die einzigen Gäste saßen. Außen herum zählte sie noch zehn weitere Tische, die jedoch viel kleiner waren. An den Wänden hingen zahlreiche gerahmte Fotos, die an vergangene Abende in der Bar erinnerten und vermutlich noch Herrn Sorokins Vorgänger gehörten. Vor dem Tresen, an dem sie lehnte, standen ein paar hohe Barhocker. Alle Möbel waren aus dunklem Eichenholz. Von der Decke baumelten zwei große Kronleuchter, die den Raum in schummriges Licht tauchten. Luisa empfand das ganze Ambiente als durchaus typisch für eine Hamburger Bar.

Malek Sorokin, der jetzt zurückgekommen war, deutete auf eine leere Sitzecke und bat Luisa, Platz zu nehmen.

„Sie haben von dem Anschlag in Neustadt gehört?", fragte Luisa ihn direkt.

Um seine Nervosität zu überspielen, fing Malek an, mit einem Bierdeckel zu spielen. Er antwortete nicht und konzentrierte sich voll und ganz auf seine Hände, die anfingen, ein kleines Häuschen aus den Untersetzern zu bauen.

„Haben Sie gehört, was ich gefragt habe?", hakte Luisa nach.

„Durchaus", antwortete er und machte wieder eine Pause. Ein paar Minuten verstrichen, die Luisa ihm geduldig einräumte. Nele hätte schon lange die Nerven verloren.

„Hab davon gelesen", sagte er plötzlich und blickte wieder hoch.

Seit ein paar Tagen fand man in fast allen Hamburger Zeitungen einen ellenlangen Bericht über den Anschlag. Es war beinahe unmöglich, nicht davon gehört zu haben.

„Wissen Sie, ich bin einfach nur erleichtert, dass nicht ich es war, der dort stand. Noch vor ein paar Wochen hätte es vielleicht mich erwischt."

Luisa empfand seine Aussage dem betroffenen Barbesitzer gegenüber zwar wenig kollegial, konnte ihn aber durchaus verstehen. Niemand wollte so etwas erleben.

„Zum Glück ist ja niemandem etwas passiert", sagte sie. Als er nickte, sprach sie weiter: „Ich frage mich nur, ob..."

„Ob der Schuss eigentlich mir gelten sollte?" unterbrach er sie.

„Wie kommen Sie darauf? Wurden Sie bedroht?"

„Nein. Aber selbstverständlich stellt man sich diese Frage. Bis vor kurzem war das schließlich mein Laden. Ich war ein Neustädter Urgestein, wissen Sie. Fragen Sie mal Ihre Kollegin", riet er ihr mit einem selbstgefälligen Grinsen.

Luisa musste kurz lachen. Anscheinend war Nele öfter in dieser Bar zu Gast gewesen, als sie angenommen hatte.

„Ich hab mir die selbe Frage gestellt, ja. Könnten Sie sich vorstellen, wer es war?"

„In der Zeitung stand eine knappe Täterbeschreibung, stimmt. Männlich, circa 1,80 groß, ganz schwarze Kleidung. Etwas verunsichert."

„Sie haben sich wohl tatsächlich damit befasst", meinte Luisa.

„Selbstverständlich! Vielleicht bin ich ja der Nächste!"

„Angenommen, er hätte wirklich Sie gesucht: jetzt, wo die Fahndung läuft, wird er sehr vorsichtig sein. Es geht ja groß durch die Presse."

„Na hoffentlich haben Sie recht. Aber nein, ich weiß

nicht, wer das sein könnte. Wenn ein Wagen mit verdunkelten Scheiben vorbeifährt, können Sie ja auch nicht auf Anhieb sagen, wer darin sitzt. Es gibt schließlich viele solcher Autos."

„Stimmt, das muss nichts bedeuten", antwortete sie.

„Danke jedenfalls für die Infos. Vielleicht trinke ich jetzt doch ein Bier."

Herr Sorokin schmunzelte und ging an die Theke, um ihr eines einzuschenken.

Luisa rief Nele an, denn es war inzwischen Abend und sie war sich sicher, dass ihre Kollegin gerne herkam und ihr Gesellschaft leistete.

Sie hatte sich nicht geirrt.

Zwei Stunden später saßen die beiden immer noch nebeneinander am Tisch und plauderten fröhlich über den neuesten Klatsch und Tratsch. Das Bier hier schmeckte toll und sie hatten sich schon ein paarmal nachschenken lassen. Malek setzte sich zu ihnen, um ein wenig mitreden zu können. Luisa wurde den Verdacht nicht los, dass es wieder einmal an Nele lag. Heute trug sie einen tief ausgeschnittenen Pullover, hatte dunklen Lidschatten aufgelegt und ein paar blonde Haarsträhnen fielen ihr locker ins Gesicht. In Kombination mit ihrem umwerfenden Lächeln sicherlich der Traum eines jeden Mannes.

„Kennst du eigentlich den Paul?", fragte Nele gerade, wohl doch in leicht benebeltem Zustand. Langsam legte sie Malek ihre zarten Hände auf den Arm.

„Lass das, Nele. Das ist geheime Ermittlungssache", winkte Luisa ab.

„Quatsch, der steht zur Fahndung aus. Renke heißt der", berichtete sie Herrn Sorokin.

„Er stand zur Fahndung aus", korrigierte Luisa, doch Herr Sorokin fiel ihr ins Wort: „Der wird gesucht? Und ob ich den kenne!" Er haute mit der flachen Hand auf den Tisch.

Luisa wurde mit einem Schlag wieder klarer im Kopf. Es ging hier um ihren Fall.

„Waren Sie mit ihm befreundet?"

„Nein. Er kam manchmal her, um nach der Arbeit ein Bier zu trinken. Ich kann Ihnen aber gleich sagen, dass ich ihn schon länger nicht mehr gesehen habe. Weder hier noch in Neustadt."

„Wie war er denn so?"

Sie wühlte in ihrer Tasche herum, bis sie endlich ihren Block gefunden hatte.

„Kannst du denn nie den Feierabend genießen?", rügte Nele sie mit ironischem Unterton.

Luisa ignorierte sie einfach und blickte den Barmann auffordernd an.

„Ruhiger Typ. Nicht sehr gesellig. Man hat fast nie was von ihm gehört."

Luisa schrieb es auf.

„Bis auf einen Abend. Da war er total aufgebracht. Fing plötzlich mitten im Lokal an zu schreien."

„Aus welchem Grund?"

„Anfangs wusste das keiner so recht. Ein paar hilfsbereite Männer – inklusive mir – setzten uns dann zu ihm und fragten, was los war."

„Und was war los?" Luisas Neugier war geweckt. Endlich konnte jemand mehr über ihren Vermissten sagen.

„Er hat gemeint, dass er Panik bekommen hat. Ganz plötzlich."

„Eine Panikattacke?", warf Nele dazwischen."

„Möglich, aber damit kenne ich mich nicht aus" gab Malek zu. „Jedenfalls hat er dann einen Mann erwähnt. Und eine Schürze. Einen Zusammenhang konnten wir allerdings nicht erkennen. Seine Sätze waren abgehackt und ergaben nicht wirklich viel Sinn."

„Wen meinen Sie mit 'wir'?", hakte Luisa nach.

Herr Sorokin deutete auf den großen runden Tisch in der Mitte des Lokals.

„Die Jungs vom Stammtisch. Sind immer so zwischen vier und acht. An dem Abend damals waren ein paar von denen dabei."

Er ließ den Blick über den Tisch schweifen und nannte ein paar Namen.

„Wir müssen sie wohl befragen", verkündete Luisa, deren Arbeitswut trotz Alkohol zurückgekommen war. Nele seufzte theatralisch, aber Luisa war schon aufgestanden und zum Nebentisch hinübergegangen.

„Guten Abend, die Herren. Meine Kollegin hier und ich sind von der Kripo."

Gemurmel wurde laut. Einer erkannte Nele und sagte: „Ja, die junge Deern kennen wir ja schon!"

Die Männer nickten Nele zu und winkten ihr. Sichtlich geschmeichelt stand diese nun doch auf und stellte sich neben Luisa.

„Erinnern Sie sich an den Abend, an dem ein gewisser Paul Renke in der Bar in Neustadt war?"

„Der war nicht nur einen, sondern viele Abende da. Saß manchmal mit am Stammtisch", meinte ein etwa 50-jähriger Mann mit rötlichem Haar.

„Ich spreche von dem Abend, an dem er sich so merkwürdig verhalten hat. Laut Malek waren Sie alle anwesend."

Die Männer schienen sich zu erinnern.

„Wir haben ihn getröstet. Dem ging es richtig beschissen", merkte ein älterer Herr an.

„Wann war das ungefähr?", fragte Luisa.

„Dürfte so vor drei Monaten gewesen sein", sagte jetzt ein recht unscheinbarer Herr, den Luisa bis dahin gar nicht richtig bemerkt hatte, weil er von seinem Nachbarn verdeckt worden war.

Die anderen nickten zustimmend.

„Was hat er Ihnen genau erzählt?"

„Erst hat er geschrien: 'Geh weg!' Hat richtig getobt."

„Als wir auf ihn zugegangen sind und fragten, was los war, hat er nur irgendwas von einem Mann erzählt."

„Der redete aber wirres Zeug in dem Moment. Vielleicht war er einfach kurz eingenickt und hatte schlecht geträumt."

„Naja, heftig war das schon. Außerdem sah er nicht so aus, als hätte er geschlafen."

„Man kann auch mit offenen Augen schlafen, Georg! Ich mach das auch manchmal!"

Richtig einig schienen sich die Männer nicht zu sein. Luisa sah ein, dass diese Befragung nicht viel Sinn machte. Zudem war sie ziemlich müde und hatte Kopfschmerzen.

Immerhin hatte sie jetzt einen groben Ansatzpunkt, in welche Richtung sie ermitteln musste.

Also verließen die beiden Kommissarinnen die Kneipe, natürlich nicht, bevor Herr Sorokin Nele liebevoll umarmt hatte. Luisa begnügte sich mit einem Handschlag.

13

Seit Tagen ist jetzt nichts mehr passiert. Aber mir macht das nichts aus, ich bin schließlich daran gewöhnt. Wenn man erst einmal angefangen hat, die Zeit zu vergessen, ist es ein Kinderspiel. Aus zwei Wochen werden zwei Tage. Aus zwei Monaten werden zwei Wochen. Und letzten Endes fühlt sich das vergangene Jahr an, als hätte es nicht einmal existiert.

Was ich da sage, klingt komisch. Anfangs war es tatsächlich schwer, die ganzen leeren Tage zu überstehen. Doch wie so vieles ist auch die Zeit leicht zu überlisten. Ich habe die stillen Momente mit Angst gefüllt. Angst ist ein sehr effektiver Zeitvertreib, wenn auch kein schöner. Sobald ich also angefangen habe, zu denken, raste der Uhrzeiger nur so dahin. Und plötzlich war schon wieder Abend.

Irgendwann verliert man jegliches Gefühl für Raum und Zeit. Die Umwelt verschwimmt immer mehr, Farben verblassen, Geräusche werden leiser, während die Stimme im Kopf immer lauter wird. Man sehnt sich nach einer Routine, die guttut, einem Tagesablauf, der nicht nur trübsinniges Denken beinhaltet, einem Leben, das einen Sinn hat. In Gedanken spielt man immer wieder die Situationen durch, die man ändern hätte müssen, die man sogar ändern hätte können, die man aber ruhen lassen muss, weil es jetzt schon viel zu spät ist. Ich weiß nicht mehr, welchen Monat wir haben, geschweige denn, welchen Wochentag.

Aber hat er nicht neulich etwas von Weihnachten

gesagt? Dieses Fest bedeutet mir schon seit Jahren nichts mehr. Es hat nur eine Bedeutung, wenn man Menschen hat, die einen von Herzen lieben. Ich habe so jemanden nicht.

Denken ist anstrengend. Ich spreche nicht von den Momenten, in denen man sich zwingt, einen Gedanken zu Ende zu führen. Das fällt mir im Normalfall leicht. Es geht um Momente, in denen man einfach nicht mehr aufhören kann, zu grübeln – unentwegt, in einer Spirale. In denen man nichts anderes will, als wieder klar im Kopf zu werden.

Wenn ich einen Gedankengang abgeschlossen habe, fängt er sofort von neuem an. Eine Ruhephase gibt es nicht. So ein Chaos spüren zu müssen, ist schrecklich und ich wünsche es niemandem. Immer wieder kommt der Moment, in dem ich mir einfach nur wünsche, nicht mehr zu existieren, um diese Gedanken endlich los zu sein.

Heute geht es mir verhältnismäßig gut. Ich kann zwar kaum aufstehen, so wenig Kraft habe ich, doch der schlimmste Fall ist noch nicht eingetreten. Natürlich ist die Angst davor allgegenwärtig. Sie kann jeden Augenblick auftauchen und alles kaputt machen, was man sich aufgebaut hat. Dass sie wiederkommt, weiß ich sowieso.

Wieso gehe ich dann nicht gelassener damit um? Wieso gebe ich mich nicht einfach geschlagen? Diese Fragen stelle ich mir oft, und auch, wenn ich es versuche, schaffe ich es nicht. Ich habe Angst vor der Angst. Ich finde, das klingt verrückt, aber genau so ist es eben.

14

Es waren einige Tage ins Land gegangen, an denen auf dem PK 14 nicht sonderlich viel passiert war. Bei den Ermittlungen im Umfeld von Herrn Schmied war das Team bisher auf nichts Auffälliges gestoßen. Nele und Ben hatten ihn ausführlich befragt und auch sein überschaubarer Freundeskreis wusste nichts Genaueres über ihn. Er lebte noch nicht allzu lange in Hamburg.

Eine allgemeine Ernüchterung hatte sich breit gemacht. Die Zeugin Xenia Ganter, die zur Tatzeit auf der gegenüberliegenden Straßenseite gestanden hatte und somit den besten Blick auf den Täter gehabt hatte, konnte trotz Bedenkzeit nicht mehr sagen als zuvor. Und auch die Gäste der Bar, die während des Anschlags anwesend gewesen waren, konnten ihren Aussagen nichts Wichtiges mehr hinzufügen. Kameras gab es nicht.

Der Mann war sozusagen ein Phantom. So schnell wie er aufgetaucht war, war er auch wieder verschwunden. Obwohl auch die anderen Kommissariate verständigt worden waren, gab es keine verwertbaren Spuren vom Täter. Das löste natürlich eine demotivierende Stimmung bei allen beteiligten Polizisten aus.

Da Nele an diesem Tag schon den ganzen Papierkram erledigt hatte, feilte sie jetzt bereits seit einer halben Stunde an ihren ohnehin perfekten Nägeln. Im Moment waren sie goldglänzend mit weißen Steinchen darauf. Luisa fragte sich gerade zum zehnten Mal, wie man so viel Wert auf das Aussehen von Fingernägeln legen konnte, als das Telefon läutete.

Am Apparat war Malek Sorokin.

Luisa lauschte gebannt, was er zu sagen hatte. Insgeheim hoffte sie, ihm wäre noch etwas zu Paul Renke eingefallen, was ihnen nun weiterhelfen konnte. Zu diesem Zeitpunkt hatte sich nämlich immer noch niemand auf die Öffentlichkeitsfahndung hin gemeldet.

„Es ist mir etwas unangenehm", nuschelte Herr Sorokin ins Telefon. „Aber ich wollte Sie fragen, ob man mir einen Personenschützer bestellen könnte."

„Fühlen Sie sich beobachtet oder bedroht?" Luisa war sofort hellhörig.

„Das ist es nicht. Ich habe einfach Angst. Der Gedanke, dass er zurückkommen könnte, macht mich nervös und da sie ja zugegeben haben, dass sie die Verwechslung für möglich halten, dachte ich..."

„Dachten Sie an etwas zusätzlichen Schutz. Durchaus verständlich. Ich werde mit meinem Chef darüber reden."

„Danke. Auf Wiederhören."

Luisa marschierte zu Adrians Büro und klopfte an.

Sie setzte sich zu ihm und wollte gerade anfangen, zu sprechen, als Adrian ihr das Wort abschnitt: „Was soll ich eigentlich dem Staatsanwalt sagen? Haben wir irgendwelche verwertbaren Spuren?"

„In der Bar sind wir bisher nicht weit gekommen", erwiderte Luisa. „Aber ich bin schon dabei, mir Informationen zu beschaffen."

„Sehr gut, das werde ich ihm mitteilen", beschloss Adrian und griff schon zum Telefon. Mitten in der Bewegung hielt er inne. „Wolltest du etwas Bestimmtes?"

Sie nickte und schilderte ihm noch einmal, was Malek vermutete. Adrian verstand die Angst des Barbesitzers zwar, aber wollte keine eindeutige Gefahrenlage erkennen.

„Luisa, du kannst nicht jedem einen Personenschützer

zuteilen, der unter Umständen gefährdet sein könnte. Du hast doch keine Beweise. Oder gibt es einen Drohbrief?"

Sie schüttelte resigniert den Kopf.

„Also sei einfach weiterhin wachsam und es wird nichts passieren."

Luisa hatte verstanden, dass es sich nicht lohnte, weiter zu diskutieren. Dabei war es ihr wirklich wichtig, diesen Mann zu schützen. Sie wollte kein zweites Mal die Teilschuld an einem Todesfall tragen.

Luisa hatte schon des öfteren vom Anblick des toten Mannes in der Scheune geträumt. Es waren keine wirklichen Alpträume, aber das Bild schlich sich immer wieder in ihre Gedanken und beunruhigte sie. Selbstverständlich hatte sie keine Schuld an diesem Selbstmord, das war ihr immer wieder eingeredet worden, doch es machte sie traurig, dass sie nicht in der Lage gewesen war, etwas zu tun. Vermisste Personen waren immer eine besondere Herausforderung. Nie konnte man sicher sagen, ob sie die Opfer oder die Täter waren, ob sie im In- oder im Ausland waren, ob sie freiwillig oder unfreiwillig gegangen waren, ob sie tot oder lebendig waren. In der Ausbildung war Luisa beigebracht worden, logisch zu denken und alle Möglichkeiten ins Auge zu fassen. Aber es gab eben Dinge, die konnte selbst der beste Kommissar nicht wissen. Über viele Verbrechen wusste die Polizei überhaupt nicht Bescheid, da niemand sich um die Opfer kümmerte. Dieser Gedanke machte Luisa oft traurig. Sie konnte nur da eingreifen, wo ihre Hilfe auch zugelassen wurde.

Bei dem Fall in Neumünster war es anders gewesen. Aus unerfindlichen Gründen hatten sie das letzte wichtige Detail zu spät bemerkt und waren nicht mehr rechtzeitig gekommen. Als sie ihn gefunden hatten, war der Mann schon ein paar Stunden tot. Die Unwissenheit, wo der Fehler genau lag, belastete Luisa dabei am meisten. Wie in fast allen brenzligen Situationen im Leben weiß man nie genau, aus welchem Grund Dinge passiert sind.

War sie selbst diejenige, die alles falsch gemacht hat? Waren es andere, die unsauber gearbeitet hatten? Oder waren es einfach äußere Umstände, die zu dem Punkt geführt hatten, an dem man feststellen musste, dass man nichts mehr tun konnte?

Sogar psychologische Hilfe war Luisa damals angeboten worden. Sie hatte sie sogar dankend angenommen, doch mit der Zeit hatte sie festgestellt, dass sie keine posttraumatische Belastungsstörung hatte, sondern einfach nur unendlich viele Fragen. Sie hatte nach dem Unfall keine großartigen Veränderungen an sich feststellen können. Schon immer war sie jemand gewesen, der viel und gerne über Dinge nachgedacht hatte, und somit überraschte es sie nicht, auch über diesen Fall nie ganz hinweggekommen zu sein. Sie hatte bis zum jetzigen Zeitpunkt einfach keine Möglichkeit gefunden, ihn ganz abzuschließen, denn ihr eigenes Leben hatte sie immer abgelenkt. Und das war auch gut so.

Da Luisa bezüglich des Neustädter Anschlags im Augenblick nicht mehr tun konnte, beschloss sie, noch einmal Ida Renke zu befragen. Schließlich gab es gerade zwei mysteriöse Männer, um die sie sich kümmern musste. Sie erhoffte sich nicht wirklich eine weiterhelfende Antwort, weshalb sie nur zum Telefonhörer griff, anstatt in die Pelzerstraße zu fahren.

Nach dem fünften Klingeln sprang der Anrufbeantworter an und Luisa legte auf.

„Kein Erfolg?", fragte Ben hinter ihr.

„Nein", seufzte sie.

„Hast du Hunger?"

„Ein wenig", sagte Luisa. Tatsächlich grummelte ihr Magen in diesem Moment sehnsüchtig und etwas frische Luft würde ihr gewiss nicht schaden. Außerdem wollte sie sehr gerne verdrängen, dass sie gerade in einer Sackgasse standen. Ben schien ihre niedergeschlagene Miene zu bemerken.

„Vielleicht kommt dir ja beim Essen die rettende Idee", tröstete er sie und half ihr in ihren Mantel.

„Döner?", schlug Luisa vor.

Kurz flackerte Enttäuschung in Bens Augen auf. Es sah fast so aus, als hätte er sich ein wirkliches Date gewünscht und nicht nur eine kleine Plauderei an der Imbissbude.

„Gehen wir!", sagte er dann aber und setzte wieder das gewohnte Lächeln auf.

15

Heute zittern meine Hände nicht. Wenn es ihn nicht gäbe, wäre ich nicht mehr am Leben. Langsam schlurfe ich zum Herd. Ich werde die Suppe vom Vortag noch einmal aufwärmen. Endlich habe ich wieder Hunger.

Da schiebt sich wieder das altbekannte Bild in meine Gedanken. Einen kurzen Moment lang bin ich enttäuscht, denn ich hatte es endlich geschafft, kurzzeitig an nichts zu denken. Zumindest an eine leere weiße Wand. Ich frage mich, ob es jemanden gibt, der alle Gehirnströme ausschalten kann. Natürlich willentlich.

Noch immer sehe ich ihn vor mir. Wie konnte ich nur so lange schlafen? Wie konnte ich diese Gesichtszüge nicht wiedererkennen? Ich muss völlig von der Rolle gewesen sein. Das markante Kinn und das fiese Lachen. Unglaublich.

Jedenfalls muss ich vorsichtiger werden. So etwas darf nicht noch einmal passieren. Schon wieder schüttelt es mich vor Entsetzen. Auch wenn es sehr riskant war, hatten wir ja alles genau durchgesprochen. Und ich habe alles planmäßig ausgeführt. Wieso fühlt es sich dann so komisch an? Liegt es daran, dass ich mein Ziel nicht erreicht habe?

Noch nicht, sage ich mir immer wieder. Was nicht ist, kann noch werden. Doch der Gedanke daran lässt mich schon wieder erschaudern. Von einem plötzlichen Impuls übermannt, fange ich an, zu springen und meine Arme auszuschütteln. Dass das keine bösen Hirngespinste verdrängt, ist mir natürlich klar, aber es schenkt mir für kurze Zeit ein besseres Gefühl. Ich bin vor allen Dingen stolz, die Kraft dafür aufgebracht zu haben.

Alle Knochen tun mir weh. Ich habe mich viel zu lange nicht mehr bewegt. Und die Bilder sind immer noch da. Das ist etwas, was ich auch früh gelernt habe: Wenn ich aktiv versuche, alles zu verdrängen, holt es mich umso schneller wieder ein. Als ich den Deckel vom Topf nehme, zittert mein Zeigefinger wieder. Eine Zeit lang betrachte ich meine Hände. Irgendwann schiele ich auf den kleinen Küchenwecker. Eine halbe Stunde ist vergangen, während ich einfach nur gedankenverloren vor dem Ofen gestanden habe. Ich sollte jetzt etwas essen.

Als ich den Löffel zum Mund führen will, packt es mich. Ich bin mir sicher, dass jemand hinter mir steht. Ein Schauer läuft mir den Rücken hinunter. Jetzt beben meine Hände richtig und mit einem lauten Platschen fällt das Besteck in die Suppe. Heiße Flüssigkeit spritzt mir auf die Hose. Ich versuche es wieder mit den Atemübungen: Einatmen, Ausatmen, Einat-

Jetzt legt sich eine Hand auf meine Schulter. Meine Gedanken überschlagen sich. Ich sehe ihre rosa Schürze. Aber was hat die hier zu suchen? Was ist hier los?

Atmen. Einfach atmen.

Was?

Hilfe.

Ich werde panisch. Alle Geräusche wachsen auf ein Maximum an. Würde ich jetzt losschreien, würde ich es nicht hören können. Meine Augenlider flackern.

Ich muss mich zusammenreißen!

Ein Teller schiebt sich in mein Gesichtsfeld. Ein Teller?

Wie in einer Küche, in der man kocht und Schürzen trägt.

Hilfe. Sie ist tatsächlich hier. Und er auch.

Meine Lunge ist wie zugeschnürt und der Schweiß bricht mir aus. Wenn mich jetzt niemand rettet, werde ich ersticken. Mir wird schwarz vor Augen.

Ich höre eine gedämpfte Stimme. Sie befiehlt mir, wieder zu mir zu kommen. Bin ich nicht bei mir? Ich weiß es nicht. Und genauso wenig weiß ich, wo ich mich befinde.

„Du hast noch nicht aufgegessen."

Stoßweise lasse ich die angehaltene Luft entweichen und schlage meine Augen auf. Diese Stimme kenne ich. Tröstend legt sich seine Hand auf meine Schulter.

„Ich wollte dich nicht erschrecken."

„Ganz kurz dachte ich..."

„Was dachtest du?", fragt er besorgt.

„Ich dachte..."

„Du kannst es mir erzählen."

„Sie war hier."

„Ich kann dich beruhigen. Nur wir beide sind hier. Und jetzt solltest du weiteressen."

Langsam nicke ich. Meine Hand greift nach dem Löffel. Sie zittert. Ich muss mich von dem Schock erholen. Bevor ich wieder anfange, zu essen, sage ich noch heiser: „Erschreckt."

Wo ist meine Stimme? Kann ich keine Sätze mehr bilden? Meine Finger beben jetzt richtiggehend. Bitte, es muss einfach vorbei sein!

Einatmen. Ausatmen.

„Ich habe mich so erschreckt", versuche ich es noch einmal.

Er starrt mich ein paar Sekunden an und meint dann nur: „Du bist eben besonders."

Ich weiß nicht genau, was er mir damit sagen will. Ist es denn positiv oder negativ, besonders zu sein? In meinem Fall ist das wohl eindeutig. Ich sollte mich einfach anstrengen. Normale Menschen reagieren ja auch angemessen auf eine unerwartete Berührung. Schweigend esse ich weiter. Die Suppe ist jetzt kalt.

Inzwischen sind es drei Stunden. Wir sitzen beide nur da und sehen uns an. Er sieht nachdenklich aus. Seine Blicke lösen widersprüchliche Gefühle in mir aus. Ich bin ruhig in seiner Gegenwart und fühle mich wohl. Aber ich kann seine gerunzelte Stirn nicht deuten. Was geht in ihm vor? Sucht er nach einer Lösung? Hat er private Sorgen? Falle ich ihm zur Last? Ist er traurig, dass es mir nicht besser geht?

Vermutlich ist es das. Er ist immer so gut zu mir.

Schön langsam weiß ich nicht mehr, was überhaupt los ist.

War ich vorhin panisch?

Oder war es gestern?

Wieso war die Erinnerung auf einmal wieder so präsent?

Hin und wieder hat er den Raum kurz verlassen. Ich persönlich fühle mich hier sicherer und will nicht nach draußen. Eine gewohnte Umgebung ist Gold wert. Ich fahre mir durch das fettige Haar. Die Schweißausbrüche verwandeln mich in einen Zombie. Ich ekle mich vor mir selbst.

Als er das fünfte Mal aufsteht, dreht er sich mitten in der Bewegung zu mir um und lächelt mich an. Seine glänzenden Augen verraten mir, dass er eine gute Idee hat.

„Es gibt eine kleine Planänderung."

Ein undefinierbares Gefühl breitet sich in mir aus.

16

In der ersten Dezemberwoche hatte Luisas kleine Schwester Mia Geburtstag. Traditionell feierte sie diesen im kleinen Kreis und dazu gehörten natürlich auch die engsten Familienmitglieder.

Luisa hatte sich eine hellblaue Bluse und eine schwarze Anzughose zugelegt, um angemessen gekleidet zu sein. Mit Röcken und Kleidern konnte sie noch nie besonders viel anfangen. Ihre lockige Mähne hatte sie zu einem strengen Dutt hochgebunden.

Obwohl Mia ebenfalls in Hamburg wohnte, sahen sich die beiden eher selten. Jeder hatte sein eigenes Leben, das wenig Freizeit übrig ließ – Mia war Bereichsleiterin in einem großen Medienkonzern und dadurch sehr oft unterwegs. Sobald sie zu Hause war, verbrachte sie dann lieber Zeit mit ihrem Mann, einem netten Handchirurgen namens Björn. Entsprechend dieser gutbezahlten Berufe hatten die beiden ein großes Haus in Harvestehude gekauft.

Vor diesem stand Luisa nun und drückte auf den Klingelknopf. Durch das schmale Fenster sah sie ihre Schwester schon. Ein paar Sekunden später wurde die Tür schwungvoll aufgerissen und Mia warf sich in Luisas Arme.

„Schwesterherz!"

„Schwesterherz!", echote Luisa und übergab ihr lachend das kleine Päckchen und die Flasche Sekt, die sie mitgebracht hatte.

„Alles Liebe zum Geburtstag!"

Im Wohnzimmer war Björn gerade dabei, ein paar Lichterketten aufzuhängen, als er Luisa sah und sie kurz begrüßte.

Dann machte er sich wieder an die Arbeit und begann, rote Luftballons aufzublasen, auf denen groß die Zahl 30 stand. Seufzend dachte Luisa an ihren eigenen dreißigsten Geburtstag, der inzwischen einige Jahre zurücklag.

Weder Luisas Eltern noch die Freunde des Paars waren bisher eingetroffen, also half Luisa ihrer Schwester, den großen Mahagoni-Tisch zu decken. Nebenbei plauderten die beiden über Mias neueste Reiseziele. Sie war ganz begeistert, in der kommenden Woche nach Lima in Peru fliegen zu dürfen, denn dort war selbst sie noch nie gewesen, während die Besuche in den Großstädten Amerikas und Chinas für sie schon zur Gewohnheit geworden waren.

Luisa hörte lächelnd zu und warf hin und wieder ein paar Fragen ein, wenn Mia zwischen ihren Wortschwallen kurz Luft holte.

Als es an der Tür klingelte und Mia nach draußen ging, um zu öffnen, checkte Luisa kurz ihren Nachrichteneingang. Schließlich war die Bedingung für den freien Nachmittag gewesen, erreichbar zu bleiben und wenn sie unterwegs war, bemerkte sie das Vibrieren oft nicht. Tatsächlich war eine SMS von Ben eingegangen: „Rundmail von WAPO: Toter in Elbe."

Luisa musste schlucken. Die Elbe war zwar nicht das Gebiet ihres Polizeikommissariats, aber trotzdem hatte sie da keine schöne Nachricht erhalten.

Sie fühlte sich verpflichtet, irgendetwas zu antworten und schrieb: „Todesursache? Name?"

Gerade hatte sie ihr Handy zurück in die Hosentasche gesteckt, da kamen ihre Eltern um die Ecke und der Todesfall war vorerst vergessen.

Es war ein schöner Nachmittag gewesen, das musste Luisa

zugeben, denn es freute sie immer, etwas aus ihrem routinierten Polizistenleben ausbrechen zu können. Auch wenn sie beim Ermitteln unermüdlichen Ehrgeiz zeigte, war es einfach immer schön, eine kleine Pause einzulegen und Zeit mit der Familie zu verbringen.

Inzwischen war es nach acht und da sie ihrer Schwester und deren Mann noch etwas Zweisamkeit gönnen wollte, war sie zeitig aufgebrochen. Unschlüssig, was sie jetzt tun wollte, bog sie wie von selbst in Richtung St. Pauli ab. Vielleicht würde ihr etwas Gesellschaft in einer gemütlichen Bar ja noch ganz guttun.

In Maleks Kneipe war es relativ ruhig. Nur die Stammtisch-Runde, die sie vor kurzem kennengelernt hatte, saß auch an diesem Tag beisammen und spielte Karten.

Luisa setzte sich an einen kleinen Tisch in der Nähe des Eingangs. Da sie noch fahren musste, bestellte sie diesmal nur ein kleines Wasser.

Sie lehnte sich zurück und beobachtete die ein- und ausgehenden Leute. Es machte ihr Spaß, zu analysieren, was die Menschen wohl gerade dachten oder wo sie hinwollten. An den Männern, mit denen sie neulich noch gesprochen hatte, blieb ihr Blick aber am häufigsten hängen. Wahrscheinlich hatte sie den Einfall, hierherzukommen, auch ihrem Unterbewusstsein zu verdanken, denn Paul Renkes Verschwinden ließ sie einfach nicht mehr los.

Gleich neben ihrem Platz begann die Theke, über die sich jetzt Herr Sorokin beugte.

„Stress im Job?"

„Nein, ich bin einfach so hier."

„Also finden Sie den Laden gemütlich?"

Luisa überlegte kurz und nickte ihm dann freundlich zu.

„Schade, dass Sie ihre Kollegin heute nicht dabeihaben."

Tadelnd blickte sie ihn an, aber Malek lachte nur. Dann fing er an, den Tresen abzuwischen.

Luisas Handy summte. Ben hatte ihr eine Nachricht mit Anhang geschickt.

„Mann muss erst identifiziert werden. Bild ist angehängt."

Schnell öffnete sie das Foto vom Tatort. Es war der Kopf eines Mannes mit geschlossenen Augen und blauen Lippen zu sehen. Er musste sich ziemlich lange im kalten Wasser befunden haben. Außerdem war seine linke Schläfe blutüberströmt. Es sah so aus, als wäre er mit einem Schlag oder einem Schuss getötet worden.

Zu spät bemerkte sie, dass Malek von oben herab auf ihr Handy lugte. Er hatte die Augen weit aufgerissen.

„Herr Sorokin! Das war eindeutig privat! Beziehungsweise beruflich!", rief Luisa verärgert. Sie war sich im Klaren darüber, dass dieses Foto niemand außer ihr hätte sehen dürfen.

„Aber ich kenne den doch!", sagte er erschrocken und war jetzt wirklich blass. Er ließ sich gegen den Tresen sacken.

„Wer ist das denn?", fragte Luisa.

„Zeigen Sie ihn mir nochmal?"

Jetzt war es eh schon zu spät. Sie kippte das Display, sodass er einen Blick darauf erhaschen konnte.

Malek Sorokin schluckte laut.

„Er heißt Georg. Seinen Nachnamen kenne ich nicht."

Luisa bat ihn, sich zu ihr zu setzen.

Langsam schlurfte er um den Tisch herum und ließ sich ihr gegenüber auf einen Stuhl plumpsen.

„Wer hat ihn denn so zugerichtet?"

„Ich beantworte Ihnen jetzt gar nichts mehr", stellte Luisa klar. „Sie haben eh viel zu viel erfahren. Das ist normalerweise interne Ermittlungssache."

Sie war immer noch sauer auf sich selbst, dass ihr dieser Fehler unterlaufen war.

„Dann eben nicht."

Malek stützte den Kopf in die Hände und schniefte laut.

„Kannten Sie den Mann so gut?", informierte sich Luisa und hatte nun doch Mitleid.

„Gut ist übertrieben. Er war eben auch ein Gast. Da berührt einen das schon mal. Jeder Tod ist schrecklich."

Da musste Luisa ihm recht geben.

„Was können Sie mir denn über ihn erzählen?"

Luisa wusste zwar, dass das Ganze nicht ihren Zuständigkeitsbereich betraf, aber sie war neugierig geworden.

„Er war ein recht lebensfroher Mensch, der fast andauernd gelacht hat, wenn er hier war", erzählte Malek. „Ich wüsste keinen, der ihm was antun würde."

„Da kann man sich schnell täuschen", gab Luisa zu bedenken.

Malek reagierte kaum.

„Und er war bis vor kurzem immer hier bei Ihnen?"

„Klar. Einer meiner Stammgäste sozusagen."

„Kann es denn sein, dass ich ihn vielleicht gesehen habe, als ich letztens hier war?"

„Nein. An dem Abend war er nicht da."

„Hat er Freunde unter den Gästen der Kneipe, die man befragen könnte?"

„Alle, die am Stammtisch sitzen, würde ich sagen."

Luisa beschloss, den Tipp so bald wie möglich an die Kollegen der Wasserschutzpolizei weiterzugeben.

Sie hob ihr Glas, um mit Malek auf den Toten anzustoßen.

Mitten in der Bewegung hielt sie inne. Der Gedanke war recht abwegig, aber sie wollte auf keinen Fall irgendwelche Hinweise übersehen haben, wenn der Fall von Paul Renke eines Tages ungeklärt zu den Akten gelegt werden würde.

„War Georg bei Herrn Renkes Panikattacke anwesend?"

Malek runzelte die Stirn, als würde ihn diese Frage überraschen.

„Ich glaube schon."

„Glauben?"

Der Barkeeper massierte seine Schläfen.

„Doch. Ja. Er war dabei."

Luisa wusste nicht genau, was sie von dieser Information halten sollte. Fast hatte sie gehofft, dass sie sich geirrt hätte, denn jetzt fing sie bereits wieder damit an, völlig zweifelhafte Parallelen zwischen den Fällen herzustellen.

Schließlich schaffte sie es doch noch, sich ein wenig zu entspannen und vermied es für den restlichen Abend, über irgendwelche brenzligen Themen zu sprechen.

17

„Da es dich interessiert hat, habe ich mal beim WSPK nachgehakt und siehe da: Der Mann wurde laut aktuellem Ermittlungsstand tatsächlich ermordet. An der Seite des Kopfes ist deutlich eine Eintrittswunde zu erkennen. Um welches Projektil es sich handelt, wird gerade noch untersucht."

Ben hatte sich lässig an Luisas Schreibtisch gelehnt und streckte ihr den kleinen Zettel hin, den er gerade noch in der Hand hielt. Dann zeigte er ihr noch einmal in besserer Qualität das Foto, das er ihr am Vortag geschickt hatte. Luisa begutachtete es eingehend und verschränkte dann die Arme vor der Brust.

„Er hatte noch seinen Ausweis bei sich. Sein Name ist Rothensteiner."

„Georg Rothensteiner", ergänzte Luisa.

Überrascht schaute Ben sie an.

„Woher weißt du das denn?"

Luisa zuckte nur mit den Schultern.

„Du kanntest ihn, oder?", fragte er und sah sie traurig an.

Sie wollte ihren Kollegen zwar auf der einen Seite nicht anlügen, auf der anderen Seite konnte sie ihm aber auch schlecht von ihrem Fehltritt erzählen.

„Ein bisschen", wandelte sie die Wahrheit ab.

Ben nahm sie tröstend in den Arm, doch nach nur wenigen Sekunden befreite sich Luisa wieder. Sie wollte schließlich nicht, dass Ben sich in ihrer Nähe allzu wohl fühlte.

Luisa grübelte lange darüber nach, ob der Tote aus der Elbe etwas mit Paul Renke zu tun haben könnte. Die beiden hatten schließlich nur eine einzige Gemeinsamkeit: sie besuchten dasselbe Lokal. Sie hatten normalerweise noch nicht einmal am gleichen Tisch gesessen. Man konnte aus diesem Fakt jedenfalls noch lange keine Schlüsse ziehen. Um sich eine zweite Meinung einzuholen, beschloss sie, Adrian zu fragen, was er davon hielt.

In diesem Moment schwang die Tür zum Büro ihres Chefs auf und eine wütende junge Frau stürmte aus dem Zimmer. Sie blieb kurz stehen und schrie in den Raum: „Die Polizei ist so was von unfähig!"

Den Gesichtern der restlichen Bediensteten nach zu urteilen, fanden alle diesen Auftritt eher merkwürdig. Ben schaute Luisa fragend an. Auch die hatte keine Ahnung, was da los war. Da sie eh gerade auf dem Weg zu Adrian war, würde sie ihn eben auch gleich danach fragen.

„Nicht wundern. Ich hatte gerade seltsamen Besuch", begrüßte er Luisa.

„Das haben wir alle bemerkt. Was wollte sie denn?"

Adrian machte eine wegwerfende Handbewegung. „Sie war auf der Suche nach einer ehemaligen Studienfreundin. Da sie sie nach elf Jahren nicht mehr im Telefonbuch finden konnte, dachte sie wohl, wir könnten ihr helfen."

Luisa kicherte darüber, wie eigenartig manche Menschen dachten.

„Nachdem ich ihr dann gebeichtet habe, dass wir nicht das Einwohnermeldeamt sind, war sie etwas wütend."

„Etwas", stellte Luisa das Wort ironisch heraus.

Sie lachten beide.

„Aber deshalb bist du nicht hier, oder? Was gibt es?"

„Es geht um Herrn Rothensteiner."

„Der Mann, den man in der Elbe gefunden hat?"

„Genau der."

„Über den solltest du dir doch keine Gedanken machen. Das Team der Wasserschutzpolizei kriegt das schon hin."

„Dessen bin ich mir sicher."

Adrian verstand nicht, worauf Luisa hinauswollte und bat sie stumm, weiterzusprechen.

„Rothensteiner ging abends immer in die gleiche Bar wie Renke. Wahrscheinlich ist das nur ein Hirngespinst, aber ich komme nicht umhin, über mögliche Zusammenhänge zwischen den Fällen nachzudenken."

Adrian lehnte sich zurück.

„Ich glaube, da geht in der Tat die Fantasie mit dir durch, Luisa."

„Aber schau doch: Erst verschwindet Renke spurlos. Und dann stirbt nur ein paar Wochen später ein Bekannter von ihm. Normalerweise passieren innerhalb eines Personenkreises nicht so viele Verbrechen gleichzeitig."

„Das ist trotzdem zu weit hergeholt. Bitte sei so lieb und konzentrier dich weiterhin lieber auf den Anschlag. Das ist zurzeit vorrangig. Und um den Toten kümmern sich unsere Kollegen an der Elbe. Die sind sicherlich schon fleißig dabei, Herrn Rothensteiners Umfeld genauer unter die Lupe zu nehmen."

Luisa sah ihn mit starrem Blick an. In Gedanken war sie wieder ganz woanders.

„Es belastet dich, oder?"

Sie nickte widerstrebend.

„Ich weiß, dass du unter dem Fall in Neumünster gelitten hast. Nichtsdestotrotz musst du deine Arbeit machen! Schließlich hast du gewusst, worauf du dich einlässt, als du bei der Polizei angefangen hast, oder?"

„Natürlich", sagte sie niedergeschlagen.

Aufmunternd lächelte er ihr zu und schlug gleichzeitig eine der Mappen auf, die vor ihm auf dem Tisch lagen. Ein unmissverständliches Zeichen dafür, dass Luisa nun besser ging. Seufzend stand sie auf.

Dann würde sie die Sache eben ohne die Mithilfe ihrer Kollegen angehen müssen.

18

Tags darauf klopfte Luisa frühmorgens an die gläserne Trennwand am Eingang des Wasserschutzpolizeikommissariats. Der Beamte, der dahinter saß, sah kurz auf, erkannte in Luisa eine Polizistin und winkte sie herein.

„Moin", begrüßte sie ihn fröhlich.

„Was führt Sie vom Festland zu uns?" fragte ihr Gegenüber sie und lachte schallend über seinen Witz. Sein sehr jugendliches Aussehen ließ Luisa darauf schließen, dass er noch nicht allzu lange hier arbeitete. Dazu passte auch sein Rangabzeichen, das ihn als Polizeimeister der Wasserwacht auswies: zwei goldene Streifen und ein weißer Stern auf blauem Untergrund.

„Ich komme wegen Ihres aktuellsten Falls."

„Sie meinen den 'Elb-Toten'?"

Tatsächlich hatten einige Zeitungen diesen Namen verwendet. Luisa nickte.

„Der Fall interessiert unser Revier eventuell ebenfalls."

„So ist das also", machte der Polizist.

„So ist das also", antwortete Luisa mit derselben Einsilbigkeit.

Er fing wieder an, laut zu lachen. Flacher Humor schien gut bei ihm anzukommen.

„Dann setzen Sie sich doch mal. Kaffee?"

„Das wäre sehr nett", erwiderte Luisa dankbar. Er überreichte ihr eine blaue Tasse mit dem Wappen des WSPK.

„Was wollen Sie wissen?"

„Ein grober Überblick über die bisherigen Ermittlungen

würde mir reichen."

„Wir untersuchen gerade das Umfeld des Mannes. Bisher ist nichts auffällig."

Er schlürfte geräuschvoll aus seiner Tasse.

„Wen haben Sie bisher befragt?"

„Gestern war seine Freundin da. War natürlich am Boden zerstört. Die beiden waren wohl erst seit kurzem ein Paar. Wollten bald zusammenziehen."

Luisa kannte das schon. Solche traurigen Geschichten begegneten ihr aufgrund ihres Berufs fast täglich. Sie hatte gelernt, rein sachlich an diese Dinge heranzugehen und nicht emotional zu werden. Trotzdem war ihr bewusst, wie sehr diese Frau jetzt litt.

„Also keine Beziehungstat."

„Niemals. Die hatten sogar Meerschweinchen." Wieder lachte der junge Polizist.

Luisa war diese Schlussfolgerung zwar etwas zu lapidar, aber ein Mord erschien da auf den ersten Blick wirklich unwahrscheinlich.

„Jedenfalls sind gerade Kollegen auf dem Weg zu seinen Eltern."

„Und seine ganzen Freunde?"

„Die müssen wir natürlich auch noch befragen. Rothensteiners Freundin hat uns eine Liste zusammengestellt."

„Was haben Ihre Rechtsmediziner herausgefunden?"

„Eine ungefähre Tatzeit beispielsweise."

„Die da wäre?"

„Naja, verständigt wurden wir vorgestern gegen sechs Uhr morgens von einem Fischer. Der Bug seines Kutters stieß an ein Hindernis im Wasser."

„Herr Rothensteiner", sagte Luisa mehr zu sich selbst als zu dem jungen Polizisten.

„Genau. Der Fischer war natürlich panisch. Hat aber alles richtig gemacht und uns sofort angerufen."

„Und weiter?"

„Der Mann muss da jedenfalls schon ein paar Stunden im Wasser gelegen haben. Er war vollständig ausgekühlt. Wir vermuten, dass er zwischen zwei und drei Uhr erschossen wurde."

„Also ganz sicher ein Schuss?"

Als Antwort bekam sie nur einen vorwurfsvollen Blick.

„Schon gut, ich vertraue auf Ihre KTU. Fahren Sie fort."

„Dann wurde er mit dem Boot nach draußen geschippert und von Bord gehievt."

„Was Sie nicht beweisen können."

„Natürlich nicht. Aber wir haben Druckspuren gefunden. Und die Leiche kann nicht allzu weit umhergetrieben sein. Die Arbeiter am Containerhafen hätten doch in dem Licht was gesehen."

„Wer sagt denn, dass er in diese Richtung getrieben wurde?" Schön langsam war Luisa von der Selbstsicherheit des jungen Polizeimeisters etwas genervt.

„Na die Strömungsrichtung der Elbe. Und der Wind war nicht sehr stark."

Luisa biss sich auf die Lippen. Die Frage war überflüssig gewesen.

„Dankeschön!", sagte sie also, stellte die Tasse ab und wandte sich zum Gehen.

„Das Projektil interessiert Sie nicht?", rief der Beamte ihr hinterher.

„Sollte es das denn?"

„Ich denke schon. Ist ziemlich selten. 5,45×18 Millimeter."

Das war in der Tat eine ziemliche Ausnahme. Soweit Luisa wusste, gab es nur eine einzige Pistole, die dazu passte: die PSM.

Luisa winkte zum Abschied und machte sich auf den Rückweg ins PK 14. Es wäre auch zu schön gewesen, wenn sie auf eine verwertbare Spur gestoßen wäre. Zumindest hatte sie jetzt Gewissheit, dass es sich beim Neustädter Attentäter und dem Mörder von Herrn Rothensteiner nicht um dieselbe Person handelte. Die Projektile sprachen eigentlich eine deutliche Sprache. Diese Erkenntnis beruhigte sie, denn es war immer unangenehm, mit einem anderen Kommissariat um die Bearbeitung eines Falls zu streiten.

19

Das Fenster, aus dem ich blicke, hat eine Milchglasscheibe. Obwohl ich also nicht allzu gut sehen kann, was draußen vor sich geht, bin ich mir sicher, dass es ein herrlich klarer Tag ist. Der blaue Himmel strahlt selbst durch das dicke Glas vor mir. Plötzlich schiebt sich eine blasse Erinnerung in meine Gedanken. War da nicht einmal ein Tag am See mit Föstchen? Ich stelle verblüfft fest, dass ich leicht lächeln muss, als ich an den ungewöhnlichen Spitznamen meines früheren Freundes denke. Auch damals war der Himmel strahlend blau gewesen und es war unfassbar warm. Jetzt ist der Winter eingebrochen, das merke ich selbst hier. Fröstelnd ziehe ich die Schultern nach oben. Wie lange dieser Sommertag wohl schon her ist?

Als ich mich vom Fenster abwende, bin ich verwirrt. Woher ist diese Erinnerung nur gekommen? Meine Kindheit war abgeschlossen. Ich wusste nie, wie es damals gewesen war. Es fühlte sich für mich fast so an, als wäre ich als erwachsener Mensch geboren. Wieso also ausgerechnet jetzt? Hat das schöne Wetter meine Gedanken beeinflusst?

Generell war es seltsam, dass mich die Sonnenstrahlen ablenken konnten. Irgendetwas ist heute anders.

Doch diese Euphorie hält nur kurz an. Im nächsten Augenblick bahnen sich die üblichen Sorgen und Zweifel wieder einen Weg in meinen Kopf.

Noch immer bin ich innerlich unruhig. Und ich werde

noch unruhiger. Ich kann einfach nicht glauben, was passiert ist. Wie weit ich gegangen bin. Und wie unverändert mein Zustand trotz allem ist. Müsste ich nicht endlich glücklich sein?

Gerade eben war ich doch glücklich. War ich das?

Ich muss mich setzen. Die Bienen haben wieder ihre Arbeit aufgenommen. Sie tummeln sich in meinen Gehirnwindungen, sodass ich keinen klaren Gedanken mehr fassen kann. Es ist noch lange nicht vorbei.

Nach einer gefühlten Ewigkeit mache ich eine traurige Feststellung: Ich bin keineswegs erlöst oder frei oder entspannt. Stattdessen fühle ich mich jetzt schwächer denn je. Das ist normal, meint er.

Zusätzlich beschäftigen mich seit ein paar Tagen auch einige grundsätzliche Fragen: Wer bin ich überhaupt? Kenne ich mich wirklich? Mache ich das, was ich für richtig halte? Bin ich mir selbst treu geblieben?

Dass ich mit meinem Leben nicht zufrieden bin, steht fest. Bisher habe ich es nie geschafft, einen Tag genau so zu leben, wie ich es mir vorgestellt habe. Aber wieso? Es ist nicht leicht, eine Antwort darauf zu finden. In meiner Situation ist es schwierig, sich an Pläne zu halten, selbst wenn es einem so vorkommt, als wäre das Leben viel leichter, wenn es durchstrukturiert ist. Das stimmt tatsächlich, aber das Problem ist viel mehr, nicht mit Änderungen umgehen zu können. Und an manchen Tagen fehlt mir schlicht und einfach die Kraft, genau das zu tun, was ich will. Denn auch in einem traurigen Dasein gibt es Momente, die noch trauriger sind. Dementsprechend bin ich aber auch dann traurig, wenn es mir gut geht. Irgendwann gibt es eben nichts anderes mehr als die Traurigkeit. Und natürlich: Man nimmt, was man bekommt und versucht, sich an den kleinsten Dingen festzuhalten. Aber so richtig glücklich macht mich das nie.

Das ist ein weiterer Punkt. Wieso bin ich nie glücklich? Wieso lasse ich es nicht einfach zu, meine Vergangenheit hinter mir zu lassen? Und wieso schaue ich nie auf die guten Seiten des Lebens?

Wieder eine Frage, auf die ich keine eindeutige Antwort habe. Habe ich es vielleicht einfach verlernt, glücklich zu sein?

Ich habe immer und immer wieder versucht, dieses furchtbar kurze, aber warme Gefühl heraufzubeschwören, dass ich vorhin verspürt habe. Am Fenster. Wann war das? Ich habe absolut kein Zeitgefühl. Das ist die einzige Sache, in der ich noch schlechter als im Vergessen bin.

Jedenfalls habe ich es einfach nicht geschafft. Das Gefühl ist weg.

Fakt ist, dass ich in meinem Leben nichts Positives mehr habe. Und mit den Jahren voller Misserfolge kommt die Einsicht, dass all die Versuche sowieso nichts bringen. Aber damit nicht genug: Man bemerkt, dass die anfangs zahlreichen Freunde immer rarer werden und irgendwann nichts mehr mit diesem seelischen Wrack zu tun haben wollen.

Von meiner damaligen Beziehung brauche ich gar nicht erst zu sprechen. Es wurde ihr einfach zu viel. Ich wurde ihr zu viel. Und irgendwo, ganz hinten in meinem Kopf, sitzt eine Gehirnzelle, die mir sagt: Sie hat tatsächlich ein unbeschwerteres Leben verdient. Solche Dinge denkt man, wenn man einen Menschen liebt.

Und es gibt noch eine andere Person, bei der ich mich melden sollte. So viel überflüssige Angst wünsche ich schließlich niemandem. Ich weiß nur noch nicht, wie ich es anstellen soll.

Ich habe damals lange gebraucht, um herauszufinden, dass so viel von den Menschen abhängt, die an dich glauben. Mit der Zeit haben mich alle aufgegeben, die ich noch hatte. Niemand kann schließlich nachvollziehen, wie es ist, mit dieser Panik zu leben. Und das ist eigentlich gut so.

Auch mein Freund weiß es nicht. Trotzdem steht er mir bei, wo er nur kann. Ich bemerke eine Veränderung an mir. Es fühlt sich zwar alles fremd an, doch gleichzeitig ist dieser Neuanfang verheißungsvoll.

20

Luisa saß gerade an ihrem Schreibtisch und aß ein Fischbrötchen, als an die Eingangstür geklopft wurde. Verwundert lugte sie um die Ecke nach draußen. Sofort legte sie ihr Essen weg und schluckte hastig hinunter. „Lassen Sie die Dame bitte herein!", wies sie den Beamten am Empfangstresen an.

„Sie könnte doch einfach reingehen!", gab dieser zurück.

„Jetzt machen Sie schon!"

Also schlurfte er zur Tür und bat Ida Renke herein.

Zielstrebig ging sie auf Luisa zu und packte sie am Arm.

„Frau Koch! Mein Junge hat angerufen!"

„Was?" Völlig erstaunt über diese Nachricht bat sie der Frau einen Stuhl an. Da sie bisher angenommen hatte, dass Herr Renke untergetaucht war, ergab es für sie keinen Sinn, dass er sich plötzlich meldete. Andererseits verspürte sie auch eine gewisse Freude darüber, dass sie Recht behalten hatte: Paul Renke lebte. Es war noch nicht zu spät, das Schlimmste zu verhindern.

„Was hat er gesagt?"

Frau Renke schien sich anstrengen zu müssen, um den genauen Wortlaut wiedergeben zu können: „Ich bin am Leben." Sie betonte dabei jede einzelne Silbe.

„Sonst nichts?"

Die alte Frau schüttelte den Kopf.

„Kannten Sie die Nummer? War es sein Handy?"

Wieder verneinte sie: „Da stand nur 'Unbekannt'."

Er hatte also wahrscheinlich absichtlich seine Nummer

unterdrückt und von einem Prepaid-Handy aus angerufen. Luisa atmete tief durch. Es gab endlich eine neue Spur.

„Vielen Dank, Frau Renke! Sie haben uns sehr geholfen!"

Zur Bekräftigung drückte sie kurz ihre Hände. Als Luisa aufstehen wollte, umklammerte die Frau ihr Handgelenk und starrte ihr in die Augen.

„Aber wieso haben 'Se denn dann seinen Finger gefunden?"

„Das werden wir alles herausfinden", beruhigte Luisa sie.

„Kommt er jetz vielleicht nach Hause?"

Luisa wunderte sich über diesen Sinneswandel. Auf einmal schien Frau Renke einiges an ihrem Enkel zu liegen. Vielleicht war es ihr aber auch von Anfang an schwer gefallen, ihre Gefühle zu zeigen. Dass Paul zurückkehrte, hielt sie jedoch für eher unwahrscheinlich.

„Warten wir es doch einfach ab."

Traurig nickte die Frau und erhob sich langsam von ihrem Stuhl. Dabei ächzte sie laut und verzerrte das Gesicht vor Schmerzen. Luisa hakte sich bei ihr unter und brachte sie zur Tür.

„Soll ich Sie nach Hause bringen?", fragte sie besorgt.

Frau Renke winkte ab: „Geht schon. Tschüss!"

Luisa informierte sofort ihre Teamkollegen über die unverhoffte Nachricht.

„Klasse, Isa!", lobte Nele ihre Kollegin und klopfte ihr auf die Schulter. „Da hattest du den richtigen Riecher!"

„Sieht fast so aus", gab sie bescheiden zurück.

„Da wir jetzt ja Gewissheit haben, dass er lebt, müssen wir auf jeden Fall die Fahndung fortsetzen", ordnete Adrian an.

„Er ist doch wahrscheinlich sowieso schon auf einem anderen Kontinent untergetaucht", entgegnete Nele gelangweilt.

„Trotzdem müssen wir tun, was wir können!", herrschte Ben sie an.

Alle waren überrascht, dass er solch einen patzigen Ton anschlagen konnte.

„Sie haben recht", sagte Adrian, während er Nele einen strengen Seitenblick zuwarf.

Ben lächelte Luisa zu. Sie hatte das starke Gefühl, als würde er sich besonders für den Fall einsetzen, seit er wusste, wie wichtig es Luisa war, ihn zu lösen. Sie gab ein angedeutetes Lächeln zurück.

Auf einmal platzte Jonas in die Runde. Er war ganz außer Atem.

„Das glaubt ihr nicht!"

Alle schauten ihn mit großen Augen an.

„Ratet mal, mit wem ich gerade zusammengestoßen bin!"

„Paul?", fragte Luisa hoffnungsvoll.

„Das wäre dann doch zu schön gewesen. Nein, mit Frau Dolfing."

Frau Dolfing war eine Kriminaltechnikerin und eigentlich ziemlich nett. Die Aufregung des Rechtsmediziners hatte also vermutlich etwas mit ihrer Arbeit und nicht mit ihrem Charakter zu tun.

„Sie war ziemlich geknickt und hat irgendetwas von einem Missverständnis gesagt."

„Ein Missverständnis? Jetzt mach es doch bitte nicht so spannend, Lord!", bat ihn Nele.

Jonas hielt eine Mappe hoch: „Da sie keine Zeit hatte, selbst herzukommen, hat sie mir die Akte in die Hand gedrückt."

Er überreichte sie Adrian und sagte in würdevollem Ton: „Für die Kripo." Mit erwartungsvollem Blick schaute er den Kriminalhauptkommissar an.

Dieser schlug die erste Seite auf und ein zorniger Ausdruck erschien auf seinem Gesicht.

„Ben, wer zum Teufel hat dir etwas von einer 9 Millimeter Luger erzählt?"

„Das war ein Praktikant. Aber das macht ja schließlich keinen Unterschied."

„Oh doch! Einen sehr großen sogar! Er hat die Ermittlungsakten vertauscht!"

Ben riss ihm die Mappe aus der Hand. Luisa und Nele stellten sich neben ihn, um auch einen Blick auf das Geschriebene zu erhaschen.

Luisa war wie erstarrt. „Die Patrone weist also ein Kaliber von 5,45×18 Millimeter auf", las sie vor.

„Da hat uns der junge Mediziner wohl auf den Holzweg geschickt", stammelte Ben.

Adrian war immer noch sauer: „So etwas darf Ihnen nicht passieren, Herr Utrecht!"

Ben nickte schuldbewusst.

Luisa hatte sich währenddessen gesetzt und las immer wieder den Bericht.

Als Jonas das bemerkte, deutete er mit dem Kopf auf sie, sodass auch die anderen aufmerksam wurden.

„Es handelt sich um eine PSM, richtig?"

„Ist anzunehmen", gab Adrian zu. „Das hilft uns aber auch nicht weiter!"

„Da wäre ich mir nicht so sicher", sagte Luisa. „Auch auf Herrn Rothensteiner wurde mit einer PSM geschossen."

„Woher willst du das wissen?"

„Ich habe zufällig einen Mitarbeiter des WSPK getroffen."

„Zufällig?", hakte Adrian tadelnd nach.

Luisa überging seinen Einwand einfach: „Jedenfalls hat er mir dann dieses Detail verraten."

Adrian schickte seine übrigen Mitarbeiter mit den Worten „Ihr wisst, was zu tun ist!" zurück an ihre Schreibtische und setzte sich zu Luisa.

„Luisa, das hatten wir doch geklärt."

„Aber plötzlich erscheint alles in einem anderen Licht!", gab sie zurück.

„Nur weil zweimal die gleiche Pistole verwendet wurde, heißt das nicht, dass es sich um den gleichen Täter handelt."

„Nicht zwingend natürlich, aber es besteht eine realistische Möglichkeit!"

„Auch wenn das Kaliber durchaus selten ist – eine PSM kann man leicht auftreiben."

„Ja, man kann jede Pistole auftreiben, wenn man sich ins Zeug legt und Kontakte hat. Ich denke nicht, dass das eine große Rolle spielt", widersprach Luisa.

„Fassen wir zusammen: du willst überprüfen, was der missglückte Anschlag und die Erschießung von Herrn Rothensteiner miteinander zu tun haben."

„Ja."

„Stützt du dich da vielleicht auf Informationen, die wir anderen gar nicht haben?"

Luisa blickte ihn unsicher an.

„Raus damit!", drängte er. Seine Neugier hatte seine Wut über Alleingänge wohl besiegt. Seine Augen verrieten, dass ihn Luisas Erkenntnisse wirklich interessierten.

„Zuerst wird der Barmann in Maleks ehemaliger Kneipe angegriffen. Er wird nur knapp verfehlt und der Typ verschwindet. Dann wird ein toter Mann aufgefunden. Auch hier hat man keine kriminaltechnischen Anhaltspunkte, die auf den Täter schließen lassen. Außer einer Sache: Man findet heraus, dass es sich bei beiden Projektilen um ein seltenes Kaliber handelt. Ein Kaliber, das nur zu einer Waffe passt: zur PSM. Es ist sozusagen das Einzige, worauf wir uns derzeit stützen können. Wir müssen also unbedingt in diese Richtung ermitteln!"

Luisa hatte sich richtig in Rage geredet.

„Ich weiß nicht so recht."

„Adrian! Ein Angriff auf den Barmann und einer auf seinen Gast! Ich finde, es ist jetzt durchaus an der Zeit, auf Zusammenhänge zu schließen!"

Adrian legte sich Daumen und Zeigefinger ans Kinn.

„Falls der Angreifer unbedingt Herrn Sorokins Tod möchte, ist dieser vermutlich in großer Gefahr."

Luisa ließ sich wieder nach hinten sacken und sah ihn vielsagend an, da er nun endlich den Ernst der Lage erkannt hatte.

„Er bekommt Personenschutz."

„Danke", sagte sie.

„Und du hörst dich am besten noch einmal in der Kneipe um."

„Soll ich die Kollegen vom WSPK verständigen?"

„Ich will zuerst wissen, was an der Sache dran ist."

„Gut. Dann führe ich also ein paar Befragungen durch?"

„Vorerst ist Zurückhaltung geboten, Luisa!" „Was ist mit dem Staatsanwalt? Wir brauchen endlich Ergebnisse! Es wird ihm nicht gefallen, wenn wir ewig auf der Stelle treten." Sie wusste, dass sie damit einen wunden Punkt bei Adrian getroffen hatte. Der zuständige Anwalt war tatsächlich sehr streng und liebte es, das Team unter Druck zu setzen.

„Du hast recht. Trotzdem, Luisa!"

„Keine Angst!"

21

Ich habe Angst.

Bereits zum zweiten Mal versuche ich jetzt, mich genauer zu erinnern. Die Panik sucht mich nämlich nach wie vor heim. Es muss eine Kleinigkeit geben, die ich noch nicht auslöschen konnte. Ich merke ihm an, dass er ebenfalls daran zweifelt, ob wir den richtigen Weg eingeschlagen haben. Und er ist der festen Überzeugung, dass ich nichts verarbeiten kann, was ich gewaltsam verdränge.

Also denke ich wieder an diesen Abend, der schon so lange zurück liegt. Es macht mir Angst, diese Gedanken zuzulassen und ich weiß, dass ich darunter leiden werde. Danach wird es umso besser, sagt er. Die Kunst besteht darin, sich auf die Bilder vorbereiten zu können. Diese Technik schult mich für alle kommenden Anfälle.

Um mich herum erscheint verschwommen ein dunkler Raum. Es war schon dunkel, daran erinnere ich mich. Mein Magen brodelt, aber ich zwinge mich, weiterzudenken und den ekligen Geschmack hinunterzuschlucken.

Ich sitze also da und lasse meine Augen umherschweifen. Obwohl ich sehr müde und erschöpft bin, sehe ich mich aufmerksam um. Auf den ersten Blick sieht alles so aus wie immer. Ich bin beruhigt und starre wieder auf meine Hände. Ein harmloser Tick. Ich höre eine Stimme, doch sie hört sich anders an als sonst. Angestrengt lausche ich. Aber ich erkenne keinen Sinn in dem, was sie sagt. Meine Aufmerksamkeit gehört jetzt einer anderen Person. Sie ist nur ein paar Meter von mir entfernt. Ich kenne sie nicht. Und da erfasst es mich eiskalt. Sie gehört hier nicht her. Sie darf hier nicht sein. Sie ist böse. Meine Gedanken überschlagen sich und ich kann mich nicht mehr kontrollieren.

Alles kommt wieder hoch.

Mein Körper wird von einem ungeheuerlichen Zittern erfasst und ich spüre, wie mir die Luft ausgeht. Das Gefühl zerquetscht mich fast.

Voller Angst reiße ich meine Augen weit auf.

Es ist schon wieder passiert. Ich habe mich von ihm erschrecken lassen.

„Habe ich dich gestört?"

Ich bin ja so dankbar, dass er hier ist.

„Erinnerungen in der Erinnerung...", stammle ich.

„Hat es dir geholfen?"

„Es funktioniert nicht."

„Du hast nichts gesehen?"

„Doch, aber es war noch schlimmer als sonst."

„Erzähl mir davon."

„Ich habe ihn entdeckt."

„Wie sah er aus?"

„Das hatten wir doch schon; ich kann sein Gesicht nie klar sehen."

Er holt ein Blatt Papier aus der Tasche und hält es mir hin: „So?"

Ich senke die Lider und werde schlagartig wieder in meinen Tagtraum hineinkatapultiert. Noch immer sitze ich dort. Das Bild, das mir soeben gezeigt wurde, taucht vor meinem geistigen Auge auf. Es passt perfekt.

22

Es passte Luisa nicht wirklich, dass Adrian ihr nicht den Rückhalt gab, den sie sich erhofft hatte. Am liebsten wäre es ihr gewesen, alle Bekannten der beiden Betroffenen sofort vorzuladen und zu befragen. Dass das nicht der richtige Weg war, war ihr natürlich bewusst. Trotzdem erschien es ihr nicht gerade vielversprechend, einfach noch einmal in der Bar mit den Gästen zu plaudern. Sie hatte eine andere Idee. Um diese nicht alleine in die Tat umsetzen zu müssen, wandte sie sich an Ben. Bei ihm war sie sich ziemlich sicher, dass er ihr gerne helfen würde.

„Stopp", sagte er gerade, denn Luisa wollte ihm eine Tasse Ingwertee einschenken. Sie hatte es sich zur Gewohnheit gemacht, in der Vorweihnachtszeit immer Tee von zu Hause mitzubringen. Leider war der Ingwergeschmack nicht jedermanns Sache.

„Du musst mich nicht mit deinem umwerfenden Tee bestechen", neckte er sie.

„Umso besser", freute sie sich. „Ich brauche deine Hilfe."

„Solange es legal ist, gerne."

„Es ist zumindest nicht illegal", antwortete sie vage.

„Adrian hat es dir nicht erlaubt?", verstand er sofort.

„Nicht ganz. Aber ich bin mir dennoch sicher, dass es der richtige Weg ist."

„Der da wäre?"

„Wir müssen eine Befragungsrunde machen. Mit allen Bekannten der Opfer."

„Mit allen? Das sind doch bestimmt sehr viele!", gab Ben

zu bedenken.

„Ich spreche ja auch von der Schnittmenge."

Fragend sah er sie an.

„Personen, die sowohl zu Malek Sorokins als auch zu Georg Rothensteiners Freundeskreis zählen", half sie ihm auf die Sprünge. „Wir müssen schließlich herausfinden, ob und worin ein Zusammenhang zwischen den beiden besteht."

Man sah, dass Ben sie nun verstand.

„Du willst sie in die Mangel nehmen?"

„Ein bisschen zumindest. Natürlich dürfen sie keinen allzu großen Verdacht schöpfen."

„Okay. Was ist meine Aufgabe?"

„Es wäre toll, wenn du mir bei der Befragung assistieren könntest."

„Assistieren klingt komisch."

„Das ist doch jetzt egal. Und denkst du, dass du irgendwie an die Liste mit den Freunden von Herrn Rothensteiner herankommst. Seine Freundin hat eine angefertigt. Sie liegt allerdings auf dem WSPK."

Ben schnaubte: „Ich weiß nicht, ob das eine gute Idee ist."

„Hast du denn einen besseren Vorschlag?"

Er überlegte und sagte dann: „Nicht wirklich, aber unsere Kollegen kommen sicher auch von selbst auf die Lösung."

„Aber wann ist doch die entscheidende Frage. Und ich wüsste momentan keine sinnvollere Beschäftigung!", schloss sie zufrieden.

„Malek, Sie wünschen?"

„Herr Sorokin! Luisa Koch hier!"

„Es ist mir eine Ehre, Frau Kommissarin. Wo brennt es diesmal?"

„Die Sache ist ernst. Genaueres erkläre ich Ihnen, wenn wir zu Ihnen kommen."

„Okay?"

Luisa konnte seine Verwirrung durch das Telefon hören.

„Ist Ihr Stammtisch vollzählig?"

„Fast."

„Lassen Sie die Männer nicht nach Hause. Sie bekommen später noch Besuch."

„Es ist doch schon fast acht. Sind Sie überhaupt noch im Dienst?"

„Ich bin immer im Dienst", entgegnete Luisa und legte auf.

Luisa und Ben hatten sich darauf geeinigt, mit jedem der Männer einzeln zu reden. Um ja keine Details zu verpassen, wollten sie die Befragungen gemeinsam durchführen.

Schon bei Betreten der Kneipe war den beiden die angespannte Atmosphäre aufgefallen. Die Männer rund um den Stammtisch wirkten allesamt etwas verkrampft, als die Kommissare auf sie zugingen, was vermutlich daran lag, dass sie genauso wenig wie Malek wussten, worum genau es ging.

Luisa zog einen Stuhl heran und setzte sich.

„Meine Herren", grüßte sie. „Gleich vorweg eine Frage an Sie: Gehe ich richtig in der Annahme, dass hier nur feste Stammtisch-Mitglieder am Tisch sitzen?"

Die Männer nickten alle zustimmend. Ben stand etwas weiter abseits und beobachtete seine Kollegin, die jetzt zur Einleitung überging.

„Gut. Bestimmt fragen Sie sich, wieso ich ihre abendliche Runde schon wieder störe. Nun, es ist so: Wie Sie sicher aus der Zeitung wissen, wurde in der Elbe ein toter Mann aufgefunden. Dass Sie seine Identität kennen, ist jedoch eher unwahrscheinlich."

Sie blickte langsam von einem zum anderen. Es war still geworden und die Herren hatten ratlose Gesichter.

„Der Name des Toten ist Georg Rothensteiner."

Entsetztes Raunen wurde laut. Zwei Männer hielten sich erschrocken die Hand vor den Mund. Ein anderer riss die Augen weit auf und starrte ins Leere. Die Nachricht schien die Mitglieder des Stammtisches relativ unerwartet zu treffen. Mit dieser Reaktion hatte Luisa schon gerechnet und somit wurde auch ihre Vermutung bestätigt, dass die Männer alle gut mit Herrn Rothensteiner befreundet waren. Sie konnte auf viele Informationen über dessen Privatleben hoffen.

„Wir haben jetzt vor, mit jedem von Ihnen kurz alleine zu sprechen. Es wäre gut, wenn Sie uns alles erzählen, was Sie wissen."

„Da die Ermittlungen momentan schlecht voran gehen, benötigen wir Ihre Mithilfe wirklich sehr dringend", ermutigte auch Ben sie.

„Wie lange wollen Sie unsere Zeit in etwa beanspruchen?", fragte ein etwa 20-jähriger Kerl nervös.

„Wenn Sie kooperieren, geht das ganz schnell. Ach ja, eine Sache noch: Es handelt sich hier natürlich nicht um ein tatsächliches Verhör. Vielmehr ist das ein kleiner nützlicher Plausch. In einem ungezwungenen Ambiente lässt es sich doch sowieso viel besser reden. Sind wir uns da einig?"

Die Männer bejahten.

„Dann fangen wir doch mal mit dem Jungen an, der unter Zeitdruck steht", verkündete Ben und zwinkerte ihm zu. Er bat ihn zu einem Tisch in der hinteren Ecke, wo sie ungestört sein würden.

„Wie heißen Sie?", begann Luisa das erste Gespräch.

„Tizian Anders", antwortete dieser.

„Wie gut kannten Sie Herrn Rothensteiner?"

„Nicht sonderlich gut. Ich bin erstens nicht jeden Abend hier und zweitens bin ich ja auch um die dreißig Jahre jünger als er. Er könnte mein Vater sein."

„Was führt sie immer genau zu MALEK?"

„Ich bin Student und habe wirklich viel zu tun. Nebenbei helfe ich noch in einem kleinen Laden aus. Da sucht man schon mal nach ein bisschen Ausgleich. Und da ich in der Nebenstraße wohne, ist es für mich ein Klacks, hin und wieder den Abend in der Bar zu verbringen."

„Das heißt, Sie kommen erst seit einem Monat hierher?"

„Eben seit die Bar eröffnet hat, ja. Echt nett, dass die Jungs mich so schnell aufgenommen haben."

„Danke, das war es erst einmal."

Tizian Anders verabschiedete sich mit einem Blick auf die Uhr und eilte aus der Bar.

Luisa und Ben schauten sich an und sagten gleichzeitig: „Uninteressant."

Sie mussten darüber lachen und Luisa strich sich verlegen eine Strähne hinters Ohr. Ihr Kollege hingegen sah aus, als hätte er gerade im Lotto gewonnen, so ungewohnt war für ihn Luisas Aufgeschlossenheit ihm gegenüber.

„Hättest du eigentlich Lust...", setzte er gerade an, doch er wurde von dem Mann mit den rötlichen Haaren unterbrochen, an den sich Luisa aufgrund seiner Haarfarbe noch gut erinnern konnte.

„Kann ich gleich als nächstes?"

„Natürlich!"

„Wieso haben Sie es denn so eilig?", setzte Ben hinzu.

„Ach, ich wollte es einfach hinter mich bringen. Ich mag es nicht sehr gerne, wie ein Verbrecher durchleuchtet zu werden."

Luisa warf Ben einen kurzen Seitenblick zu und sagte dann: „Sie werden ganz sicher nicht durchleuchtet. Und solange Sie offen und ehrlich auf unsere Fragen antworten, wird Ihnen nichts passieren."

Er nickte unruhig.

„Wie ist Ihr Name?"

„Ulf Bernstein."

Luisa musste sich ein Lächeln verkneifen. Die Kombination aus diesem Nachnamen und der Haarfarbe war wirklich gelungen. Manches konnte man sich eben nicht aussuchen.

„Wie oft besuchen Sie diese Kneipe?"

„Jeden zweiten Abend."

„Auch schon in Neustadt?"

„Ich kenne Malek seit drei Jahren und war von da an sein Stammgast. Wenn ein Barkeeper ein so sonniges Gemüt wie Malek hat, wechselt man nicht so schnell die Kneipe."

„Das ist durchaus verständlich. Wie würden Sie Malek beschreiben?"

„Er ist ein herzensguter Mann und würde nie jemandem bewusst schaden. So gesehen kann ich mir gar nicht vorstellen, wieso jemand ihn erschießen wollte."

„Sie wissen von diesem Verdacht?", fragte Luisa und zog eine Augenbraue hoch.

„Malek hat es uns vor Kurzem erzählt, ja. Seine Personenschützer sind ja nicht zu übersehen."

„Was halten Sie von dem Anschlag?"

„Was soll ich schon davon halten! Es war einfach furchtbar und ich bin froh, nicht dabei gewesen zu sein. Den betroffenen Barbesitzer kenne ich im Übrigen nicht."

„Das wäre meine nächste Frage gewesen."

„Aber eigentlich geht es doch um Georg, oder?"

„Stimmt genau. Wie gut kannten Sie ihn?"

„Er ist im Laufe der Zeit ein guter Freund geworden. Ich habe ihn ja schon fast öfter als meine eigene Frau gesehen!", lachte er.

„Dazu sage ich jetzt lieber nichts. Demnach war Herr Rothensteiner auch fast jeden Abend hier?"

Herr Bernstein bejahte.

„Und wie muss ich mir diese Freundschaft vorstellen?"

„Wir waren uns sehr ähnlich und hatten sogar ein gemeinsames Hobby."

„Und zwar?"

„Angeln."

„Waren da noch andere Männer beteiligt?"

„Nur wir beide."

„Danke, Sie können jetzt gehen."

Er stand auf und wand sich schon zum Gehen, da sagte er noch leise: „Ist wirklich gruselig geworden hier."

Luisa sah noch einmal von ihren Notizen auf und hakte nach: „Wie meinen Sie das?"

„So viele Verbrechen. Und Paul wird schließlich auch noch gesucht."

„In der Tat. Wissen Sie dazu etwa auch noch etwas? Trotz Ihrer Abneigung gegenüber Verhören sind Sie ja ziemlich auskunftsfreudig", stellte Luisa fest und zwinkerte ihm zu.

„Nein, ich habe ihn schon seit einer Ewigkeit nicht mehr gesehen. Aber wissen Sie, der Junge tat mir einfach leid. Dieser Vorfall, den Sie neulich angesprochen haben, war nicht ohne."

„Setzen Sie sich doch noch einmal", bat ihn Ben.

Er kam seiner Bitte nach. Inzwischen war den übrigen Stammgästen deutlich anzumerken, dass sie neugierig waren, wieso Herrn Bernsteins Gespräch so lange dauerte. Auch wenn sie in ihr Kartenspiel vertieft zu sein schienen, warfen manche immer wieder verstohlene Blicke in die Ecke der Bar, wo die Befragung stattfand. Luisa hatte ihren Platz extra so gewählt, dass sie alle beobachten konnte und somit war ihr die Neugier mancher Männer nicht entgangen.

„Schildern Sie uns bitte, was an diesem Abend mit Paul Renke passiert ist."

„Also gut. Ich trank wie jeden Abend mein Bier mit den

Jungs vom Stammtisch. Paul saß ein bisschen weiter weg. Er hatte es nie darauf angelegt, bei uns zu sitzen und war auch so eher ein Einzelgänger."

„Woher wissen Sie das?"

„Na von dem Abend, an dem ich mit ihm gesprochen habe", sagte er leicht ungeduldig.

Luisa hob abwehrend die Hände und bat ihn, weiterzureden.

„Er hatte schon eine ganze Weile vor sich hin gestarrt, als er plötzlich die Augen schloss und zu zittern begann. Ich hatte das bemerkt und bin sofort zu ihm hingelaufen, denn es war offensichtlich, dass etwas mit ihm nicht stimmte. Also strich ich ihm über den Rücken und redete ihm gut zu. Es dauerte ein paar Minuten, bis er sich wieder beruhigt hatte. Ich fragte ihn kurz, was los sei und er antworte nur: 'In meinem Haus war ein Mörder'."

Schockiert unterbrach Ben ihn: „Wieso erzählen Sie uns das erst jetzt?"

„Naja, ich habe dem nicht recht viel Bedeutung beigemessen. Der Junge war ja nicht bei sich, als er das sagte."

Luisa schüttelte den Kopf und notierte sich Herrn Bernsteins Ausführungen. Paul Renkes Aussage irritierte sie und sie vermutete, dass darin vielleicht die Lösung für das Rätsel um sein Verschwinden lag. Allerdings konnte sie in diesem Moment nicht viel damit anfangen.

„Und dann?", fragte sie gebannt.

„Dann kamen auch die anderen dazu. Wir alle haben versucht, zu verstehen, was in ihm vorging, aber was Paul dann sagte, war nur noch verworreneres Zeug. Er redete immer noch von irgendeinem Mann, und von Angst, aber ansonsten konnten wir kein Wort verstehen. Nach einer kurzen Zeit haben wir ihn dann in Ruhe gelassen und ihm angeboten, ihn nach Hause zu bringen. Er lehnte nur dankend ab und verließ die Bar, so schnell es ging."

„Das ist wirklich hochinteressant", sagte Luisa. „Danke."

Herr Bernstein nickte ihnen zu und schlurfte wieder an den Stammtisch hinüber.

„Was hältst du davon?", fragte Ben Luisa.

Die schwieg eine Weile und schaute starr auf ihre Unterlagen.

„Ich weiß es nicht", gab sie zu, „aber eigentlich glaube ich Herrn Bernstein."

„Ja, er macht einen ehrlichen Eindruck", stimmte auch Ben zu.

„Ich bin gespannt, was die restlichen Befragungen ergeben", sagte sie. „Vielleicht stoßen wir ja noch einmal auf eine wichtige Info."

„Was ich dich eigentlich vorhin fragen wollte...", setzte Ben wieder an.

„Nicht jetzt", bat Luisa. „Wir müssen weitermachen."

Ben klappte gekränkt den Mund zu und rief den nächsten Mann zu ihnen an den Tisch.

23

„Ich heiße Stefan Quaden."

„Erzählen Sie uns bitte ein bisschen über Ihr Verhältnis zu Herrn Sorokin und zu Herrn Rothensteiner."

„Wieso über Malek? Glauben Sie wirklich, dass der Anschlag ihm galt?"

„Sagen Sie es uns."

„Das kann ich mir wirklich nicht vorstellen."

„Sie mochten ihn?"

„Wie jeder hier eben. Ich bin zwar nicht so oft hier wie die anderen, weil ich oft Überstunden machen muss, aber wenn ich hier bin, ist er ein echter Gentleman."

„Also kennen Sie ihn nicht näher?"

„Nein."

„Und Herrn Rothensteiner?"

Er wippte leicht mit dem Kopf und sagte dann: „Wie man es nimmt. Georg war ein ehemaliger Schulfreund von mir. Wir kennen uns seit der dritten Klasse." Herr Quaden schwelgte sichtlich in Erinnerungen. Dann wurde er wieder ernst und korrigierte sich: „Wir kannten uns seit der dritten Klasse."

„Können Sie sich jemanden vorstellen, der ihm schaden wollte?"

„Ehrlich gesagt nicht."

Luisa seufzte.

„Und was können Sie uns zu Paul Renke sagen?"

„Wieso geht es jetzt denn auf einmal um Paul?"

Als niemand antwortete, kratzte er sich am Kopf und

sagte: „Ich hab ihn nur an diesem einen Abend wahrgenommen, an dem er dummes Zeug geschwätzt hat."

„Sie sind entlassen, danke. Schicken Sie bitte den nächsten Mann zu uns."

Ben dachte angestrengt nach und runzelte dabei die Stirn.

„An was denkst du?", fragte Luisa ihn.

„Ich zweifle nur gerade an der Sinnhaftigkeit dieser Gespräche."

„Wir haben doch schon was Tolles herausgefunden!", widersprach Luisa.

„Schon, aber das hilft uns vorerst auch nicht wirklich weiter."

„Wo soll ich mich hinsetzen?", brummte da ein großer breitschultriger Mann. Luisa schätzte ihn auf ungefähr 30. Sie zeigte auf den Stuhl vor sich.

„Wie heißen Sie?"

„Wiehler."

„Wie noch?"

„Ist das wichtig?"

„Eigentlich nicht, Sie haben recht."

Selbstgefällig grinste Herr Wiehler.

„Wie standen Sie zu Georg Rothensteiner?"

„Gut."

„Waren Sie befreundet?"

„Ging so."

„Kennen Sie jemanden aus seinem direkten Umfeld?"

„Nein."

„Wie sieht es mit Herrn Sorokin aus?"

„Wieso?"

„Beantworten Sie einfach die Frage", entgegnete Luisa. Es störte sie schön langsam, dass ihr Gegenüber anscheinend nur einzelne Wörter sagen konnte.

„Er war eben der Barkeeper."

„Also hatten Sie zu ihm keinen näheren Kontakt?"

„Seh ich so schwul aus?"

„Das meinte meine Kollegin doch nicht!", mischte sich jetzt Ben ein, der sich ansonsten großteils aus der Befragung heraushielt.

„Gut."

„Also?"

„Was?"

„Herr Wiehler!", mahnte Ben ihn.

„Wir waren auch keine Freunde."

„Haben Sie überhaupt Freunde? Über einen großen Wortschatz scheinen Sie ja nicht zu verfügen und für ein angeregtes Gespräch ist der durchaus nötig", stellte Ben fest.

„Ich sag Ihnen jetzt gar nichts mehr." Mit diesen Worten stand Herr Wiehler auf und schlurfte zurück zum Stammtisch.

„Komischer Kauz", stellte Ben fest.

„Du hast ihn mit deiner Unhöflichkeit vergrault", motzte Luisa.

Ben schaute beschämt auf seine Hände. „Er hat dich doch auch provoziert."

„Trotzdem kannst du nicht so mit unserem Zeugen sprechen. Wir sind noch nicht einmal dazu gekommen, ihn nach Paul Renke zu fragen."

„Sollen wir ihn nochmal herholen?"

„Jetzt ist es auch schon zu spät", stellte Luisa fest.

„Es tut mir leid", sagte Ben und sah sie schuldbewusst an. Luisa seufzte nur und rief den Leuten am Tisch zu: „Der Nächste bitte!"

Ein älterer Mann erhob sich und ging auf die beiden Kommissare zu.

„Guten Tag, mein Name ist Wilhelm Tautrich."

Im Gegensatz zu Herrn Wiehler schien Herr Tautrich

eher gesprächig zu sein und noch dazu recht höflich.

„Nehmen Sie Platz. Wir würden gerne etwas über Herrn Rothensteiner erfahren."

„Sicher doch. Wir waren durch die Kneipenbesuche gute Bekannte geworden. Er fehlt uns allen sehr", sagte er mit gesenktem Blick.

„Das verstehen wir natürlich. Hatten Sie auch außerhalb der Kneipe etwas mit ihm zu tun?"

„Aber nein", winkte der alte Mann ab. „Jedenfalls war er ein recht bodenständiger und netter Kerl, ich glaube, er wollte demnächst mit seiner Freundin zusammenziehen"

„Da liegen Sie richtig", antwortete Luisa.

„Ich wüsste jedenfalls nicht, wieso ihm jemand etwas antun sollte. Wie ist er denn umgekommen?"

Herr Tautrich war der Erste, der ihnen diese Frage stellte. Es hatte Luisa schon gewundert, wieso sich niemand dafür interessiert hatte.

„Er wurde erschossen", klärte Ben ihn auf.

Der alte Mann schaute betroffen drein.

„Und Herr Sorokin war für Sie ebenfalls einfach eine nette Bekanntschaft, bei der man gerne sein Bier trinkt, nehme ich an?"

„Korrekt."

„Also können Sie uns auch über sein Privatleben keine Auskunft geben."

„Bedauerlicherweise."

„Dann haben wir jetzt nur noch eine Bitte: Würden Sie uns von dem Abend erzählen, an dem Paul Renke diesen ominösen Anfall bekommen hat?"

Der Mann schluckte laut. „Ich weiß zwar nicht, wofür Sie das wissen müssen, aber ich werde es Ihnen erzählen. Ich kam zu dem Zeitpunkt dazu, als er versuchte, Herrn Bernstein zu erzählen, was in ihm vorging. Wie schon gesagt, brachte er aber keinen anständigen Satz zusammen."

„Hat er da einen Mörder erwähnt?"

„Wer hat Ihnen denn diesen Schwachsinn erzählt?"

„Ulf Bernstein."

Jetzt war Wilhelm Tautrich unruhig geworden.

„Ich habe davon zwar noch nie etwas gehört, aber es beunruhigt mich zutiefst. Der arme Paul, was muss er wohl erlebt haben?"

Der Mann stützte den Kopf in die Hände und ein trauriger Ausdruck schlich sich auf sein Gesicht.

„Sie können sich wieder zu den anderen setzen", sagte Luisa, die bemerkte, dass die Geschichte Herrn Tautrich mitgenommen hatte.

Er nickte. Als er seinen Stuhl zurückschob, geriet Malek, der gerade vorbeiging, fast ins Stolpern. Sofort entschuldigte Herr Tautrich sich. Malek klopfte ihm versöhnlich auf die Schulter. Dann ließ er sich auf den Stuhl plumpsen.

„Ich nehme an, Sie wollen mich auch zu Herrn Rothensteiner befragen?"

„In der Tat. Schließlich können Sie uns am ehesten sagen, inwiefern ein Zusammenhang zwischen Ihnen beiden besteht."

„Ein Zusammenhang? Ich glaube, da muss ich Sie enttäuschen. Er war eben einer meiner Gäste. Das habe ich Ihnen doch schon gesagt."

„Stimmt. Aber eine Gemeinsamkeit gibt es schon: Die Leute, die wir gerade alle befragen, waren gute Bekannte von Ihnen beiden."

„Gute Bekannte ist zu viel gesagt."

Jetzt ergriff wieder Ben das Wort: „Die entscheidende Frage ist doch die: Würden Sie einem der Männer Ihres Stammtisches einen Mord zutrauen? Oder den Anschlag? Gab es mit einem von ihnen mal Streit?"

„Naja, es gab immer wieder mal Kleinigkeiten. Aber das passiert schon mal! Alkohol benebelt die Sinne! Und nur deshalb jemanden umbringen? Das glauben Sie doch selbst nicht."

Luisa und Ben schauten sich kurz an und schüttelten dann den Kopf. Bisher hatten alle Befragten angegeben, ein nicht vorhandenes oder gutes Verhältnis zum Mordopfer zu haben. Auch Malek schien jeder zu mögen.

„Danke, Herr Sorokin. Und jetzt zurück an die Arbeit! Sie haben gerade wieder Kundschaft bekommen", bemerkte Luisa und zeigte mit dem Finger auf die Tür, durch die gerade ein paar laut lachende Frauen hereinstolperten.

Schnell machte er sich wieder auf den Weg zum Tresen.

„So wie es aussieht, haben wir nur noch einen Kandidaten übrig", meinte Ben und strich gerade den vorletzten Namen von seiner Liste.

„Zumindest von den hier Anwesenden. Herrn Ober müssen wir wohl oder übel zu uns aufs Revier bitten."

„Meinst du nicht, dass das etwas übertrieben ist?"

„Du kannst auch gerne zu ihm nach Hause fahren oder ihn hier in der Bar abpassen."

„Eine viel bessere Idee wäre doch, Nele die Befragung übernehmen zu lassen. Sie ist doch ohnehin gerne in diesem Schuppen."

„Also gut."

„Herr Fost bitte!"

Mit wütender Miene und abgehackten Schritten kam ein junger Mann auf sie zu.

„Meinen Namen spricht man mit einem langen O. Es heißt Fooost."

„Pardon. Dürfen wir Ihnen ein paar Fragen stellen?"

Herr Fost schlug die Beine übereinander und schaute uninteressiert an die Wand. Dabei strich er sein Sakko glatt. Luisas Empfinden nach passte dieser Mann so gar nicht zu den restlichen Stammgästen der Kneipe. Er passte generell nicht in eine solche Umgebung.

„Wenn Sie es für nötig halten."

„Das tun wir durchaus", sagte Ben und seufzte. Inzwischen war schon eine ganze Stunde vergangen und auch Luisa war ziemlich müde geworden.

„Berichten Sie uns einfach von Ihrem Verhältnis zu Herrn Sorokin, Herrn Rothensteiner oder Herrn Renke. Sie können sich aussuchen, mit wem Sie anfangen."

„Zu den ersten beiden kann ich Ihnen nichts sagen. Aber Paul und ich waren mal gut befreundet, da wir als Kinder Nachbarn waren. Sie wollen sicher wissen, wie er so war und ob er Feinde hat. Es gibt aber schlicht und ergreifend nicht viel darüber zu sagen. Paul hat sich schon immer eher im Hintergrund gehalten, hat nie viel gesprochen und generell eher wenige Bekannte gehabt."

„Hatten Sie in letzter Zeit Kontakt?"

„Aber nein. Das letzte Mal, dass ich eine richtige Unterhaltung mit ihm geführt habe, ist sicherlich ein Jahr her. Da war er stinksauer auf Natascha. Die beiden waren zu dem Zeitpunkt zwar schon lange getrennt, aber es gab wohl immer noch Redebedarf."

„Das ist ja interessant. Und damals in der Bar? Was ist da passiert?"

„Bei seiner Panikattacke war ich zwar dabei, aber ich kannte das ja schon."

„Inwiefern?"

„Naja, schon früher hatte er manchmal diesen schockierten Gesichtsausdruck und das Zittern. Darüber habe ich aber nie weiter nachgedacht."

Luisa fand dieses Detail durchaus bemerkenswert und schrieb es sich auf.

„Sie haben uns geholfen. Einen schönen Abend noch."

Pikiert nickte er ihnen zu und trippelte wieder mit übertriebener Eleganz zu seinen Freunden am Stammtisch zurück.

Zehn Minuten später saßen Luisa und Ben im Auto und grübelten vor sich hin. Es regnete ziemlich heftig und deshalb hatten die beiden beschlossen, noch ein paar Minuten mit dem Losfahren zu warten.

„Wir müssen unbedingt noch einmal zu Natascha Engel. Von diesem Streit hat sie mir gar nichts erzählt", sagte Luisa unter Gähnen.

Ben sagte darauf nur: „Aber erst morgen!" und schloss die Augen.

Luisa lachte. „Was wolltest du vorhin eigentlich fragen?"

Auf einen Schlag war Ben wieder wacher.

„Naja, ich dachte nur, wir beide könnten mal zusammen ausgehen. Als Entschuldigung für den vergraulten Herrn Wiehler sozusagen."

Obwohl Luisa schon vermutet hatte, dass seine Frage in diese Richtung ging, war sie jetzt äußerst verlegen. Sie wusste einfach nicht, ob sie sich einen Gefallen damit tat, mit ihm essen zu gehen oder ob sie ihm dadurch nur falsche Hoffnungen machte. Andererseits hatte sie ihm bisher noch nie eine wirkliche Chance gegeben, sich zu beweisen und es tat ihr leid, ihn andauernd so abzuwimmeln. Da fiel ihr etwas ein: „Wolltest du diese Frage nicht schon stellen, bevor du Herrn Wiehler so angefahren hast?", fragte sie mit strengem Gesichtsausdruck.

Ben schlug sich mit der flachen Hand gegen die Stirn: „Wie dumm von mir."

„Ich komme trotzdem mit", sagte Luisa da. Ben grinste und legte den Rückwärtsgang ein, um aus der Parklücke zu setzen.

Der Regen war inzwischen schwächer geworden und somit war es bis auf den Verkehr um sie herum fast totenstill, denn die Fahrt verlief wie immer schweigend.

24

Wie konnte mein Leben eigentlich derart aus den Fugen geraten? Als Kleinkind habe ich sicherlich keinen negativen Gedanken verschwendet. Bestimmt war alles entspannt und es gab schlicht und einfach nichts, worüber ich mir Sorgen hätte machen müssen. Ich spreche von meinem richtigen Leben. Das Leben, das ich vor dieser grausamen Sache gehabt haben muss.

Vielleicht ist es ja ganz normal, dass ich mich daran nicht mehr genau erinnern kann. Dinge, die verjähren, verblassen irgendwann in der Erinnerung. Zusätzlich war ich ja noch ein kleines Kind. Kann man sich in diesem zarten Alter überhaupt schon etwas merken?

Von der darauffolgenden Zeit müsste ich jedoch massenweise Eindrücke behalten haben. Wie habe ich meine Ferien verbracht? Wer waren meine Klassenkameraden? Was war mein Lieblingsbuch? Wer war mein erster großer Schwarm? Und wie habe ich bloß meinen Abschluss geschafft?

Nichts davon kann ich beantworten. Vor allem die letzte Frage nicht. Schon damals ging es mir nicht gut, so viel steht fest. Wie habe ich es da nur hinbekommen, halbwegs passable Noten zu schreiben? Ein allzu guter Schüler kann ich jedenfalls nicht gewesen sein.

Es ist absolut verquer, dass ich von all den Dingen, die ein normaler Teenager niemals vergessen würde, nichts mehr weiß. Nur die eine unausweichliche Erinnerung wird immer wieder hochgespült. Ich würde alles dafür tun, sie gegen andere Bilder eintauschen zu können. Sei es nun ein Erlebnis aus der Schulzeit oder ein ganz normaler Arbeitstag.

Dass ich gearbeitet habe, weiß ich nämlich sehr wohl. Nur kann ich mich nicht mehr entsinnen, wie der Name des Geschäfts war oder wie es dort ausgesehen hat.

Die letzten Jahre waren die trostlosesten von allen. In dieser Zeit gab es nun mal keinen nennenswerten Passagen und alle Eindrücke erschienen mir wertlos.

Hin und wieder ist es aber passiert, dass kleine Fetzen meiner Erinnerung aufgetaucht sind. Momente, die ich mir im Nachhinein schöner vorstelle, als sie eigentlich waren.

Das ist ganz logisch. Sobald man etwas verloren hat, kommt es einem vor wie ein kostbarer Schatz. Während man es aber greifbar vor sich hatte, war man viel zu beschäftigt mit all den Problemen.

Der Verlust steigert den Wert. Immer.

Ich konnte also für wenige Sekunden ein längst verlorenes Gefühl spüren, das ich unterbewusst mit einem bestimmten Augenblick verbinde.

Noch nie war es aber so stark gewesen, wie neulich, als ich mich an diesen blauen Badetag erinnert habe.

Ich habe Hoffnung geschöpft.

Während ich über die Bedeutung von Erinnerungen nachdenke, fällt mir plötzlich noch ein anderes Ereignis ein.

Mein erster Schulball.

Eine seltsame Wärme durchströmt mich. Gleichzeitig wird mir ganz kalt.

Gleich darauf ist es wieder weg. Aber ich will mich nicht geschlagen geben. Angestrengt kneife ich die Augen zusammen und versuche, mir die Situation genauer ins Gedächtnis zu rufen. Ich will diese merkwürdigen Gefühlsregungen verstehen.

Schulball. Schulball. Schulball. Ich sage mir das Wort immer wieder.

Ein Mädchen.

Ja, dort war ein Mädchen. Meine Handflächen werden schwitzig, als ich erkenne, dass die Erinnerung zum Greifen nahe ist.

Und plötzlich ist der Tag wieder da und läuft ruckelig vor meinem inneren Auge ab. Ich denke jetzt an die geschmückte Turnhalle, die gute Musik und den geschäftigen Fotografen. Das sind die ersten Eindrücke, die mir in den Sinn kommen. Je länger ich die Erinnerung halten kann, desto besser kommt mir das alles noch vor. Ein wundervoller Ball.

Dann reiße ich erschrocken die Augen auf. Irgendetwas ist komisch an der Veranstaltung. Es ist fast so, als würde ich gewaltsam verdrängen, dass es auch unschöne Seiten daran gab. Denn die gab es. Wenn ich ehrlich zu mir bin, war dieser Abend bei weitem nicht so schön, wie ich ihn heute sehe.

Vor Anspannung zitternd lasse ich mich an der Wand herunterrutschen und konzentriere mich wieder auf das Ereignis, das inzwischen so viele Jahre zurückliegt.

An diesem Abend hatte ich einen schrecklichen Streit mit meiner Großmutter. Ich war gerade volljährig geworden und hatte tatsächlich Lust auf den Ball. Ein ganz bestimmtes Mädchen hatte es mir angetan und ich freute mich darauf, sie in einem wundervollen Kleid zu sehen.

Doch zu Hause lief wie immer alles schief. Ich war zu spät dran und meine Großmutter saß in der Küche und weinte. Sie hielt alte Fotos in den Händen und eine Flasche Rum stand vor ihr auf dem Wohnzimmertisch.

Ich durchschaute sofort, was los war. Als ich ihr jedoch gut zureden wollte, was mich auch immer einiges an Kraft gekostet hatte, fing sie an, meine Aufmachung zu kritisieren. Mein ohnehin minimales Selbstbewusstsein schrumpfte zusammen, bis es so klein war, dass ich nichts mehr davon bemerkte.

Sogar das Wort „hässlich" fiel. Ich wollte es mir nicht eingestehen, doch unsere Beziehung hatte sehr stark unter den Vorfällen gelitten. Jenen Vorfällen, die zu diesem Zeitpunkt bereits zwölf Jahre zurücklagen.

Schlecht gelaunt und viel zu spät betrat ich die Schulturnhalle, die zum Ballsaal umfunktioniert worden war. Meine Auserkorene tanzte mit einem gutaussehenden und unkomplizierten Jungen, der mich blöd angrinste, als ich zu ihnen sah. Spätestens an diesem Punkt war mir klar, dass der Abend tatsächlich gelaufen war.

Sobald sich ein negativer Gedanke in meinem Kopf eingenistet hatte, wurde ich ihn nicht so schnell wieder los. Das war immer so. Und ist noch immer so.

Ich setzte mich also in eine Ecke, trank eine Apfelschorle und dachte unaufhörlich darüber nach, wieso ich es nicht leichter hatte. Wieso war gerade ich ein relativ unbeliebter Junge, der mit Problemen überhäuft war? Mit achtzehn Jahren hatten die Panikattacken bereits begonnen und ich hasste sie mehr als alles andere.

Dann geschah etwas Unerwartetes: Das Mädchen, für das ich schwärmte, kam zu mir. Sie begann ein Gespräch. Zuerst freute ich mich ungemein und plapperte mit ihr über Belanglosigkeiten, was ich schon länger nicht mehr getan hatte. Es wurde immer später und lustiger und ich fühlte mich ausnahmsweise richtig gut. Bis sie eine verhängnisvolle Frage stellte. Ob ich denn irgendein Geheimnis hätte, das ich nur ihr anvertrauen wollte?

In mir brach ein Sturm los und ich wusste einfach nicht, was ich darauf sagen sollte.

Lügen und irgendeine erfundene Geschichte erzählen?

Oder besser doch bei der Wahrheit bleiben, auf die Gefahr hin, dass sie mich stehen ließ? Wieso überlegte ich da überhaupt noch. Das Gespräch war bisher so gut gelaufen und sie schien so einfühlsam zu sein, dass ich es wagen wollte.

Ich fasste in drei kurzen Sätzen zusammen, dass ich unter Panikattacken litt.

Sie schaute mich mit großen Augen an. Da ich das als Interesse deutete, führte ich genauer aus, was in jenen Schreckenssekunden mit mir passierte. Von den Schweißausbrüchen bis zum totalen Blackout ließ ich nichts aus. Ich hatte mich ganz in Rage geredet, da unterbrach sie mich.

Sie entschuldigte sich, stellte ihr Glas ab und ging zurück auf die Tanzfläche. Wenige Minuten später tanzte sie mit einem anderen Jungen.

Mein Atem geht flach. Mir ist schlecht.

Was war das nur für eine Erinnerung? Sie hatte sich so schön, so normal angefühlt. Und ohne, dass ich mich darauf vorbereiten hätte können, wurde sie ungemütlich. Das ist noch untertrieben. Ich habe mich schon lange nicht mehr so schlecht gefühlt. Eigentlich war dieser Ball eine einzige Farce, wie alles andere in meinem Leben auch.

Gerade ist mir wieder bewusst geworden, was für ein Außenseiter ich doch bin.

Warum habe ich es überhaupt darauf angelegt, mir diesen Abend zu vergegenwärtigen? Ich atme laut aus und balle die Fäuste. Am liebsten würde ich auf etwas einschlagen, um meiner Enttäuschung Luft zu machen. Stattdessen rapple ich mich mühsam auf und stolpere zu meiner Pritsche. Nachdem ich mich hingelegt habe, fange ich an, zu grübeln. Über mein tristes Leben im Allgemeinen. Und über meine merkwürdige Entwicklung im Besonderen.

Es wundert mich, dass ich so lange über diesen Ball nachdenken konnte. Wie habe ich das nur gemacht? Auch wenn es mich traurig und fast ein bisschen wütend gemacht hat, bin ich stolz auf mich. Seit Monaten schon stecke ich in einer Endlosschleife fest. Immer passieren die gleichen Dinge, die eben nicht passieren. Und meine Gedanken drehen sich nur um das aussichtslose Jetzt.

Wie habe ich es geschafft, den Kurs zu ändern?

Woher habe ich die Kraft genommen, in die Vergangenheit zu schauen?

Eine undefinierbare Zeit später wache ich aus einem ungewöhnlich ruhigen Schlaf auf. Ich fühle mich irgendwie anders. Mir ist zwar immer noch schlecht, aber ich weiß nicht sofort, wieso. Erst als ich mich ein wenig umsehe, kommt alles wieder hoch.

Dort vorne sitzt er am Tisch. Die Vorbereitungen. Es wird nicht mehr lange dauern.

Ich kann mich gar nicht mehr erinnern, eingeschlafen zu sein. Trotzdem fühlt es sich an, als hätte ich das alles nur geträumt. Die Situation, die ich vor mir gesehen habe, ist jetzt nur noch ein verschwommenes Mosaik. Überzogen mit grauen Schlieren und dunklen Flecken.

Ich versuche, mich noch einmal an die Bilder zurückzuerinnern. Auch wenn ich es nicht ganz schaffe, weiß ich, dass sie schöner waren als alles, was ich in den letzten Wochen gesehen habe. Ich verspüre fast so etwas wie Euphorie.

Und dann kommt mir noch ein befreiender Gedanke: Meine Grübelei vorhin war zwar nicht erfüllend, aber dennoch war es keine Panikattacke.

Ich habe einfach nur an einen verkorksten Schulball gedacht. Als ich mir der Trivialität dieser Erinnerung bewusst werde, schleicht sich ein Lächeln auf meine Lippen.

„Sieh dir das an", höre ich ihn jetzt sagen.

Er winkt mich zu sich.

Ich sammle meine neu gewonnenen Kräfte und konzentriere mich.

25

Als Luisa am nächsten Morgen das PK 14 betrat, herrschte schon reger Betrieb. Sobald sie sich niedergelassen hatte, stellte Ben ihr eine Tasse Kaffee auf den Tisch und fing an zu reden:

„Moin. Nele habe ich gerade zu Herrn Schmied geschickt, damit auch er zu Herrn Rothensteiner befragt wird. Ich dachte mir, das ist unbedingt notwendig, denn wir können ja immer noch nicht ausschließen, dass der Anschlag wirklich ihm galt."

Luisa klopfte ihm lobend auf die Schulter und nahm einen Schluck von ihrem Kaffee.

„Außerdem habe ich gerade Frau Engel, die Ex-Freundin von Paul Renke einbestellt. Sie sollte in einer guten halben Stunde da sein."

Luisa war beeindruckt. Ben legte sich wirklich ins Zeug.

„Angenommen, alle haben gestern die Wahrheit gesagt..."

„Aber Isa, davon kannst du doch nicht automatisch ausgehen. Mir würden da schon ein paar Männer einfallen, die sich etwas komisch benommen haben."

„Da muss ich dir recht geben. Man konnte aber trotzdem ein einheitliches Muster erkennen. Viele Aussagen haben sich überschnitten."

„Ich meine ja nur, dass wir uns langsam vortasten sollten."

„Das stimmt. Was ich vorhatte, war aber nichts Verwerfliches. Falls Herr Bernstein und Herr Fost uns gegenüber ehrlich waren, kennt unser Vermisster solche panischen Zustände schon seit längerer Zeit." Sie betonte das erste Wort des Satzes extra, um Ben zufriedenzustellen. „Ich möchte noch einmal zu Ida Renke. Sie ist schließlich Pauls Großmutter und hat vielleicht etwas von diesen Panikattacken mitbekommen."

Ben nickte zustimmend.

„Ich hole dich übrigens heute gegen sieben ab, wenn es dir passt", sagte er mit leuchtenden Augen. Luisa wollte gerade etwas erwidern, als ihr Handy vibrierte. Mit einer entschuldigenden Geste griff sie danach und las die eben eingegangene SMS. Sie war von Nele: „Schmied kennt Rothensteiner nicht. Weder Namen noch Foto."

Luisa drückte Ben aufgeregt ihr Mobiltelefon in die Hand: „Siehst du? Wir sind ganz sicher auf der richtigen Fährte!"

„Vorerst müssen wir ihm das wirklich glauben. Im Moment hat sowieso der Fall Paul Renke oberste Priorität."

Luisa schlug sich mit der flachen Hand vor die Stirn und stöhnte: „Du gibst mir das Stichwort: Wir haben vergessen, Nele Herrn Ober befragen zu lassen."

„Du meinst den, der nicht bei der Befragung war?"

„Genau."

Ben gab Luisa das Handy zurück und hob abwehrend die Hände. Schnell tippte sie eine Nachricht an ihre Kollegin.

In diesem Moment klopfte Adrian Ben auf die Schulter. „Gerade ist eine Frau aufs Revier gekommen, die sich mit Engel vorgestellt hat. Anscheinend hättest du sie einbestellt. Dürfte ich wissen, wieso?"

Ben eilte schon zum Eingang, sodass die Erklärung an Luisa hängen blieb.

„Wir haben einen Hinweis erhalten."

„Einen Hinweis? Von wem?"

„Ben und ich haben uns gestern ganz ungezwungen mit

ein paar Gästen der Bar MALEK unterhalten."

„Wie lautet der Vorwurf gegen sie?"

„Es gibt keinen wirklichen Vorwurf. Ein Zeuge will einen Streit zwischen ihr und Paul Renke beobachtet haben."

„Ich dachte, es geht bei der Befragung um den Anschlag in der Bar?"

„Ja, unter anderem."

„Und was hat diese Frau Engel damit zu tun?"

„Sie ist Paul Renkes Ex-Freundin", sagte sie geduldig.

„Trotzdem hätte es gereicht, ihr zu Hause einen Besuch abstatten, meinst du nicht?"

„Frau Engel ist wirklich schüchtern. Wenn wir ihr keinen Druck machen, wird sie uns vielleicht wieder nicht die Wahrheit sagen."

„Sei behutsam mit ihr!", warnte Adrian sie mit erhobenem Zeigefinger und ging dann wieder zurück in sein Büro.

Es ärgerte Luisa zunehmend, dass ihr Chef sie andauernd so bevormundete. Schon seit Längerem machte es den Anschein, als würde er nicht recht viel von ihrer Ermittlungsarbeit halten.

Natascha Engel saß inzwischen in einem der Vernehmungszimmer und wartete darauf, befragt zu werden.

Als Ben und Luisa die Tür öffneten, zuckte sie erschrocken zusammen.

„Was habe ich denn überhaupt getan, dass Sie mich hergeholt haben?", fragte sie leise.

„Es geht um Ihren Streit mit Paul Renke, den Sie mir neulich verschwiegen haben", erklärte Luisa, während sie sich der jungen Frau gegenübersetzte.

„Welcher Streit?"

„Ich denke, Sie wissen, wovon meine Kollegin spricht", sagte Ben ruhig.

„Ich habe Ihnen doch schon gesagt, dass unsere letzte

Begegnung lange zurück liegt!"

„Sie haben behauptet, dass Sie Herrn Renke seit Ihrer Trennung nicht wiedergesehen haben. Ein Zeuge hat aber etwas anderes ausgesagt."

„Na gut, ich gebe zu, dass wir uns vor etwa einem halben Jahr noch einmal gesehen haben. Aber dieses Gespräch hatte doch nichts zu bedeuten."

„Inwiefern es eine Bedeutung hatte, entscheiden immer noch wir", sagte Ben bestimmt.

Unsicher spielte Frau Engel mit den Fransen ihres Schals.

„Er war immer noch sauer auf mich, wegen der Trennung."

„Hat er sie tätlich angegriffen?"

„Um Gottes Willen, natürlich nicht!"

„Was dann?"

„Wir haben kurz gesprochen. Er bat mich, ihm noch eine Chance zu geben. Aber ich sah ihm ja an, dass er sich kein bisschen geändert hatte."

„Können Sie das ein bisschen konkretisieren?"

Frau Engel trank einen Schluck Wasser.

„Ich bin irgendwann einfach nicht mehr damit klargekommen, dass er diese Angstzustände hatte. Zuerst wollte ich ihm ja helfen, aber er hat immer mehr dicht gemacht. Irgendwann hat er mir nicht einmal mehr erzählt, was er gerade durchlitt."

„Also haben Sie die Beziehung beendet."

Sie nickte gequält. „Ich hatte ihn unfassbar gerne, aber mit dieser ständigen Belastung wollte ich einfach nicht mehr leben müssen. Dazu kam noch, dass ich ja deutlich gespürt habe, dass alle Versuche, ihm zu helfen, vergebens waren."

Luisa und Ben schauten sie nur prüfend an und fragten nicht weiter.

„Was hätten Sie denn an meiner Stelle getan?", fragte

Frau Engel entrüstet.

Diese Frage wusste Luisa sich nicht zu beantworten, denn sie konnte sich nicht genug in diese Situation einfühlen. Immerhin war Herrn Bernsteins Aussage durch Frau Engels Schilderung bestätigt worden. Und auch Herr Fost hatte bis auf den Zeitpunkt dieses Gesprächs nicht gelogen. Es war wohl einfach zu unwichtig für ihn gewesen, als dass er sich Genaueres gemerkt hätte.

Ben warf Luisa einen fragenden Blick zu und als diese nickte, bedankte er sich bei Natascha Engel für ihre Zeit und brachte sie nach draußen.

Als er kurz darauf zurückkam, fragte er Luisa: „Was denkst du darüber?"

„Noch nicht viel. Ich muss erst mit Ida Renke sprechen."

Sie schnappte sich ihren Mantel und rauschte aus dem Polizeirevier.

Als sie an Frau Renkes Tür klingelte, hörte sie weihnachtliche Musik aus dem Inneren der Wohnung. Sie musste leicht lächeln. Es waren nur noch zwei Wochen bis Weihnachten und Luisa freute sich schon sehr auf das Beisammensein mit ihrer Familie. Zum Backen war sie leider wie fast jedes Jahr noch nicht gekommen.

Genau wie bei ihrem ersten Besuch wurde die Tür nur einen Spalt breit geöffnet und ein von Falten umgebenes Auge lugte hindurch.

„Ach, die Polizei", hörte Luisa und da wurde ihr auch schon aufgemacht.

Aus der Küche schlug ihr der Geruch von frischen Kokosmakronen entgegen.

„Bin grade dabei, Kekse zu backen", erklärte Frau Renke die unordentliche Küche und die laute Musik. „Können sich ruhig setzen", sagte sie und deutete auf das Sofa, während sie das Radio leiser stellte.

„Gibt's was Neues?", fragte sie hoffnungsvoll.

Luisa schüttelte den Kopf. „Leider nicht, Frau Renke. Aber uns wurde zugetragen, dass der Junge unter Panikattacken litt. Können Sie das bestätigen?"

„Panikattacken? Glaub ich nich", wiegelte diese ab.

„Denken Sie noch einmal nach. Gab es keine außergewöhnlichen Vorkommnisse? Einer seiner Freunde hat das in etwa so beschrieben, dass Paul plötzlich einen sturen Blick bekam und enorme Angst hatte."

„Er war eben schon immer 'n sonderbarer Mensch", meinte sie und zuckte mit den Schultern.

„Wie meinen Sie das?"

„Na, die wenigen Freunde und die ewige Rumsitzerei. Das macht man in dem Alter doch nich mehr, oder?"

„So pauschal kann man das natürlich nicht sagen, aber es ist ungewöhnlich."

Ein schrilles Piepsen ertönte und Frau Renke ging gebückt in die Küche, um den Ofen zu öffnen. Sie schien unter sehr starken Rückenschmerzen zu leiden.

„Achso, ja, der Paul hatte immer starke Alpträume", fiel ihr da plötzlich ein. „Nachts schrie er manchmal einfach so los und fing an zu weinen. Ich hab mir nie was dabei gedacht; nach 'n paar Minuten war er dann ja wieder still."

Luisa musste schlucken, als sie begriff, wie wenig sich Frau Renke im Grunde genommen mit ihrem Enkel auseinandergesetzt hatte.

„Hat er Ihnen jemals erzählt, was ihm so Angst machte?"

„Unsinn, waren doch bloß Träume."

Luisa seufzte und stand auf. Auf dem Weg zur Wohnungstür fiel ihr das schwarz gerahmte Bild einer schönen jungen Frau auf.

„Wer ist das?", fragte Luisa und deutete mit einem Lächeln auf das Foto.

„Meine Schwiegertochter. Hübsch, oder?"

„Ja, durchaus. Ist sie schon verstorben?"

Die alte Frau nickte.

„War 'ne ganz tragische Geschichte damals. Als Paul in die Schule kam, hatte er schon keine Eltern mehr."

„Das tut mir sehr leid. Was ist passiert, wenn ich fragen darf?"

„Mein Sohn is schon kurz vor Pauls Geburt gestorben. Arbeitsunfall. Von da an wohnten Martina und Paul bei mir. Die hatten ja kein Geld."

„Und das lief glatt?"

„Anfangs schon. Dann war dieser Einbruch. Der hat alles geändert."

Luisas Interesse war geweckt. „Wann war das?" fragte sie und nestelte an ihrer Jackentasche, um ihr Büchlein hervorzuholen und mitzuschreiben.

„Vor fast zwanzig Jahren. Die Einzige, die was mitgekriegt hat, war die Martina. Als der Grobian das bemerkte, schlug er ihr hart auf den Hinterkopf, sodass sie bewusstlos wurde. Erst dachten wir, alles ist in Ordnung. Aber die Kopfschmerzen wurden einfach nicht leichter, also ging sie zum Doktor. Sie wurde sofort ins Krankenhaus eingewiesen. Einen Tag später starb sie dort, unsere Martina. Tödliches Blutgerinnsel im Kopf, sagten die Ärzte."

Mit wehmütigem Blick schaute sie auf das Foto und strich mit ihren knochigen Fingern darüber.

„Das ist wirklich schrecklich", gab Luisa traurig zu.

„Kopf hoch und durch, sagten 'wa uns. Paul und ich haben's ja ganz gut hingekriegt."

Luisa verschwieg ihr, dass sie davon einen ganz anderen Eindruck hatte.

„Was wurde bei dem Einbruch gestohlen?"

„Fast alle Wertsachen. Bargeld und etwas Schmuck. Wie 'Se sich sicher vorstellen können, hat der Dieb keine fette Beute gemacht", sagte sie und zeigte auf den kleinen unaufgeräumten Wohnraum im Hintergrund.

„Dankeschön! Mal sehen, ob uns das weiterhelfen kann."

Frau Renke runzelte die Stirn und öffnete die Haustür.

„Ich wünsche Ihnen noch einen schönen Tag. Wenn es Neuigkeiten gibt, melden wir uns natürlich", versprach Luisa der alten Frau zum Abschied.

26

Auf ihrem Weg ins Polizeikommissariat war Luisa mit einer ungewohnten Nervosität konfrontiert. Sie war sich zwar nicht ganz sicher, aber ihr Gefühl sagte ihr, dass der Einbruch irgendetwas mit Pauls Verschwinden zu tun hatte.

„War es so schlimm?", fragte Nele, die Luisas besorgten Gesichtsausdruck bemerkte.

„Eher ziemlich interessant", gab diese zurück.

„Na endlich geht es voran! Herr Ober ist übrigens total unauffällig. Um die 50, ein totaler Spießer, hässlich gekleidet und nicht einmal besonders nett."

Luisa musste kurz über diese oberflächliche Beschreibung lachen. Dann kam sie zum eigentlichen Thema zurück: „Wie ihr wisst, war ich gerade bei Ida Renke."

Ben und Nele setzten sich zu Luisa und warteten gebannt auf Luisas Bericht.

„Wir müssen unbedingt einen verjährten Einbruch prüfen", sagte sie.

„Wo?", fragte Ben sofort und öffnete ein Fenster auf seinem Computer.

„In der Pelzerstraße 5."

„Bei Frau Renke wurde eingebrochen?"

„Vor circa 20 Jahren, ja."

„Was hat das bitte mit unserem Fall zu tun?", fragte Nele.

„Ich weiß es doch noch nicht", polterte Luisa. „Deshalb versuche ich ja gerade, Genaueres darüber herauszufinden."

„Du bist ja richtig gereizt, Isa. Da setze ich mich doch lieber wieder an meine Protokolle, das wurde mir wenigstens auch aufgetragen", sagte sie mit giftigem Unterton.

„Tut mir leid, Nele. Ich will den Fall einfach unbedingt lösen."

„Schon gut, aber ihr schafft das sicher auch ohne mich", meinte sie und rollte mit ihrem Drehstuhl wieder zu ihrem eigenen Schreibtisch. Luisa schaute ihr mit gequältem Blick hinterher.

„Die kriegt sich schon wieder ein", sagte Ben zu Luisa. „Es ist ganz verständlich, dass dich das alles so mitnimmt."

Verwirrt schaute Luisa ihn an. „Wie kommst du darauf?"

„Adrian hat mich eingeweiht."

„Na toll, jetzt bin ich also für alle die überforderte Kommissarin."

„Im Gegenteil. Er will nur, dass du dich wohlfühlst."

Luisa schnaubte leise. Sie wusste nicht so recht, was sie davon halten sollte.

„Konzentrieren wir uns lieber auf Paul Renke", schlug Ben vor.

„Gute Idee", antwortete sie erleichtert. Gedankenverloren stapelte sie ein paar Akten auf ihrem Schreibtisch. „Kannst du dich noch erinnern, was uns Herr Bernstein über diese Panikattacke erzählt hat?"

Ben nickte. „Herr Renke hat laut ihm etwas von einem Mörder in seinem Haus gefaselt."

„Was mir Frau Renke eben erzählt hat, würde sehr gut dazu passen. Pauls Mutter wurde bei diesem Einbruch tätlich angegriffen und verstarb infolgedessen."

„Darum also die Recherche, ich verstehe."

Während Ben die Daten eingab, plapperte Luisa weiter: „Es könnte doch sein, dass Pauls Alpträume auch mit diesem Thema zu tun hatten. Frau Renke wusste jedoch sehr wenig darüber; und ich kann mir kaum vorstellen, dass er sich jemand anderem anvertraut hat."

„Denkst du, Frau Engel könnte noch mehr wissen, als sie vorhin zugegeben hat?"

Luisa antwortete sofort: „Sie wollte schließlich ihre Beziehung beenden, weil Paul ihr eben nichts darüber erzählt hat. Du hast doch selbst gesehen, wie sehr sie das Thema belastet hat."

„Stimmt. Aber was willst du jetzt tun? Wir haben schließlich keine Beweise für diese Theorie."

„Es ist ja noch nicht einmal eine fertige Theorie. Ich versuche nur, Zusammenhänge herzustellen." Sie drehte ihren Stuhl um die eigene Achse.

„Ich habe jetzt die Akte über den Einbruch hier", verkündete Ben. „Die Ermittlungen wurden leider schnell eingestellt. Da es am Tatort keinerlei verwertbare Spuren gab, ist die Identität des Täters bis heute nicht bekannt."

„Mist!", rief Luisa aus. „Dann bringt uns das alles ja wieder gar nichts!"

„Generell ist es ein guter Anhaltspunkt, Isa", tröstete Ben sie.

„Und wenn schon. Das erklärt immer noch nicht, wieso Paul Renke verschwunden ist. Ich wüsste auch nicht, wen wir noch befragen sollten! Er war ja nahezu unsichtbar!"

„Wir versuchen einfach, herauszubekommen, wer den Einbruch damals begangen hat."

„Das können wir vergessen. Damals wurde das sicher alles genauestens untersucht. Wieso sollten wir also ausgerechnet jetzt damit Erfolg haben?"

Luisa war richtig niedergeschlagen.

„Sollen wir Adrian um seinen Rat fragen?"

„Vielleicht keine so dumme Idee."

„Er ist aber vorhin schon nach Hause gefahren."

„Dann fragen wir ihn eben morgen."

„Gut. Lass uns doch erst einmal ein großes Schaubild anfertigen. Dann können wir alle Verbindungen eintragen und haben womöglich einen besseren Überblick."

„Meinetwegen."

Die beiden schnappten sich dicke Marker und begannen, die Namen aller wichtigen Personen auf eine Glaswand zu schreiben.

Zwei Stunden lang hatten Luisa und Ben an ihrer Grafik gearbeitet. Obwohl sie sich sehr angestrengt hatten und wirklich alle Personen, mit denen sie in der letzten Zeit auch nur ansatzweise etwas zu tun gehabt hatten, mit eingebaut hatten, war Luisa inzwischen verwirrter als vorher. Sie konnten einfach nicht genügend Bezüge herstellen und erst recht keine der vermuteten Zusammenhänge beweisen.

Müde ließ sie sich auf die Couch in ihrer Wohnung fallen. Schon in einer halben Stunde würde ihr Kollege sie zum Essen ausführen, worauf sie sich nicht sonderlich freute. Viel lieber wären ihr ein heißes Bad und ein wenig gute Musik gewesen. Aber es half nichts, sie hatte es Ben versprochen und würde zumindest alles dafür geben, dass er nicht allzu enttäuscht war.

Dazu gehörte auch eine angemessene Aufmachung. Also rappelte sie sich wieder hoch und ging ins Badezimmer. Da sie aber kein Fan von starker Schminke war, tuschte sie nur kurz ihre Wimpern und puderte ihr Gesicht. Dann warf sie einen grauen Pullover über und legte ausnahmsweise eine kleine Kette und Ohrringe an. Zum Schluss sprühte sie sich noch ein wenig mit Parfüm ein. Das musste reichen.

Als Ben schließlich vor ihrer Tür stand, bereute sie ihre Kleiderwahl ein wenig. Ihr Verehrer hatte sich weitaus schicker gemacht, mit dunkler Hose und feinem Hemd. Trotz allem bot er ihr fröhlich seinen Arm an und führte sie dann zu seinem Auto.

„Wo fahren wir denn hin?"

„In ein hübsches Restaurant an der Elbe."

Luisa blickte wie gewohnt aus dem Fenster und verfiel in Schweigen. Sie empfand es außerhalb der Arbeitszeit als wirklich schwierig, ein ungezwungenes Gespräch mit ihrem Kollegen zu führen. Daher hoffte sie inständig darauf, dass Ben im Verlauf des Abends ein paar neutrale Themen anschnitt, zu denen sie etwas sagen konnte und wollte.

Luisas Hoffnungen wurden tatsächlich erfüllt.

Sie hatten einen hübschen Tisch mit Aussicht auf den riesigen Containerhafen zugewiesen bekommen, auf dem eine weiße Kerze ihr warmes Licht verströmte. Obwohl das Ambiente also sehr romantisch war, verlief das Essen recht ungezwungen und Luisa hatte sogar Spaß daran, sich mit Ben über Nichtigkeiten auszutauschen. Die Gerichte, die sie bestellt hatten, waren zudem wirklich fein: Tafelspitz an Meerrettichsoße für Luisa und gegrillte Calamari für Ben. Luisa hatte sogar in einem schwachen Moment ein kleines Stück seines Tintenfisches probiert. Aber jetzt, wo sie sich auf den Weg zum Parkplatz machten und sich über ihnen ein recht sternenklarer Himmel auftat, wurde ihr schlagartig wieder bewusst, dass sie gerade ein Date hatte. Hoffentlich würde Ben keine Anstalten machen, sie zu küssen, denn in diesem Falle würde sie ihn einfach wegstoßen müssen.

„Es war wirklich schön mit dir", sagte er gerade.

Luisa nickte ihm nur unsicher zu.

„Möchtest du noch in eine Bar gehen?"

„Von Bars habe ich im Moment ehrlich gesagt genug", witzelte Luisa und lachte leise.

Ben fiel zum Glück einfach in ihr Lachen ein, anstatt sie weiter zu drängen.

„Dann bringe ich dich eben nach Hause. Wir haben morgen schließlich wieder viel zu tun."

Luisa war für diesen Vorschlag mehr als dankbar, sagte aber nur ganz nüchtern: „Wahrscheinlich hast du recht, ja."

Auf der Fahrt dachte Luisa lange über Ben nach. Ihr gemeinsames Abendessen hatte ihr eigentlich wirklich gutgetan und sie hatte viele lustige Geschichten aus Bens Kindheit erfahren, die sie oft zum Lachen gebracht hatten. Es machte ihr beinahe Spaß, etwas Privates über jemanden zu erfahren, mit dem sie schon jahrelang im Beruf zu tun hatte. Wider Erwartens hatte sie sogar auch ein paar Anekdoten erzählt, worüber Ben sich sichtlich gefreut hatte. Letzten Endes hatte ihr der Abend durchaus gefallen.

Trotzdem sah sie in Ben nicht mehr als einen Kollegen. Die nächste große Herausforderung nach der Lösung ihres aktuellen Falls würde demnach sein, ihm das so schonend wie möglich beizubringen. Sie seufzte laut.

„Was ist los?", fragte Ben.

Luisa schreckte aus ihren Gedanken hoch und stammelte nur: „Nichts. Ich habe bloß wieder einmal über unseren Fall nachgedacht."

„Du meinst unsere Fälle", entgegnete Ben und betonte dabei den Plural.

„Ich würde mir einfach so sehr wünschen, dass wir ihn bald finden, bevor noch irgendetwas Schlimmes passiert." Noch während sie sich schämte, ihren Kollegen angelogen zu haben, bemerkte sie, dass das eigentlich gar nicht stimmte. Ihre Gedanken kreisten wirklich fast andauernd um Paul Renke, denn sie spürte, dass die Zeit immer knapper wurde. Außerdem wurde sie das Gefühl nicht los, irgendetwas übersehen zu haben.

Inzwischen waren sie an ihrem Haus angekommen. Da sie Ben keine Zeit für rührende Abschiedsworte lassen wollte, beschloss Luisa, sich zügig zu verabschieden.

„Komm gut nach Hause!", sagte sie und löste den Gurt. Als sie ausgestiegen war und gerade die Tür zuschlagen wollte, hielt sie noch einmal kurz inne und schickte hinterher: „Danke für die Einladung!"

Ben hob die Hand zum Gruß und brauste auch schon davon.

Luisa war sich nicht sicher, ob sie ihn jetzt verärgert hatte. Sie war jedoch immer noch überzeugt davon, dass es richtig gewesen war, nicht stärker auf ihn zuzugehen. Selbst wenn er unter ihrer Zurückweisung leiden würde und sie ihm das eigentlich nicht wünschte, war es nicht in Ordnung, ihm etwas vorzugaukeln.

In dieser Nacht träumte Luisa von dem Restaurant, in dem sie mit Ben gegessen hatte. Vor ihr stand auf einmal Martina Renke, Pauls Mutter. Sie schrie ganz laut, dass in ihrem Haus ein Mörder sei und feuerte dann eine Pistole ab. Plötzlich veränderte sich die Umgebung und alle Beteiligten befanden sich in der Neustädter Bar. Wie in Zeitlupe sah Luisa die Patrone an ihr vorbeifliegen. Als sie erkannte, wen sie treffen würde, war es schon zu spät. Ben wurde mitten ins Herz getroffen.

„Nein!", schrie sie und fuhr erschrocken hoch. Sie brauchte einen Moment, um zu erkennen, dass sie sich wohlauf in ihrem Schlafzimmer befand und auch Ben sicherlich gut zu Hause angekommen war. Mit zitternden Händen fuhr sie sich durch das schweißnasse Haar. An ruhigen Schlaf war jetzt nicht mehr zu denken, auch wenn Luisa die Müdigkeit deutlich spürte. Sie hatte es bisher noch nie geschafft, wieder einzuschlafen, wenn sie mitten in der Nacht aufgewacht war. Also beschloss sie, eine Tasse Ingwertee zu trinken und währenddessen noch einmal das Schaubild zu studieren. Sie hatte es vorsichtshalber fotografiert, da sie schon geahnt hatte, dass es sie stark beschäftigen würde. Barfuß tappte sie in die Küche, um Wasser für den Tee aufzusetzen.

Plötzlich hörte sie ein leises Geräusch. Sie blieb wie angewurzelt stehen und versuchte die Richtung zu ermitteln, aus der die Laute kamen. Es wunderte sie, mitten in der Nacht überhaupt etwas zu hören. Ihre Nachbarn waren eigentlich sogar tagsüber immer sehr still. Luisa merkte zwar, dass eine leichte Angst in ihr aufkeimte, aber ihr Drang, herauszufinden, was draußen vor sich ging, war größer. Sie war schließlich nicht umsonst Polizistin geworden. Als sie an ihrer Wohnungstür angelangt war, presste sie ihr Ohr an die Tür. Das Rascheln war inzwischen deutlich zu hören. Sie war sich ganz sicher, dass dort auf dem Gang jemand war. Sicherheitshalber nahm sie ihre Pistole in die Hand, die immer griffbereit neben der Eingangstür lag, und entsicherte sie. Bereit für jede Art von Überraschung, die sie draußen erwarten könnte, hielt sie sich neben dem Türstock bereit. Falls jemand die Tür aufbrechen würde, könnte sie den Störenfried überwältigen. Gebannt wartete sie ab, denn das Rascheln war nach wie vor deutlich zu hören. Geschlagene fünf Minuten stand Luisa dort und wunderte sich zunehmend darüber, dass nichts geschah. Vielleicht bildete sie sich auch nur irgendetwas ein, dachte sie bei sich.

Aber nein, in gleichmäßigen Abständen war noch immer dasselbe Geräusch hörbar. Nachdem sie es sich gut überlegt hatte, sicherte sie die Pistole wieder und legte sie beiseite. Dann öffnete sie entschlossen die Wohnungstür – und erblickte einen Jugendlichen, der an der Wand gegenüber lehnte und laut raschelnd einen Döner aß. Seinem Aussehen nach lebte er womöglich auf der Straße. Erleichtert kicherte Luisa.

„He, was machen 'Se hier?", fragte er mit ärgerlichem Gesichtsausdruck.

„Ich wohne hier", antwortete Luisa perplex und verschränkte die Arme. „Die Frage ist wohl eher, wieso Sie hier sind."

„Darf man nich mehr essen oder was", grummelte er und nahm einen weiteren Bissen.

„Um ehrlich zu sein, habe ich Sie hier noch nie gesehen", stellte Luisa fest.

Der Junge aß einfach weiter.

„Wollen Sie mir nicht erklären, wer Sie sind?"

„Juckt doch eh keinen", sagte der nur.

„Wieso sollte es niemanden interessieren? Theoretisch ist das Hausfriedensbruch. Und Sie stören die Nachtruhe"

„Das glauben 'Se ja wohl selber nich", sagte er gleichgültig.

„Sie haben recht, ich war tatsächlich schon wach."

Inzwischen hatte er fast aufgegessen.

„Ich geh dann mal wieder. Hab nur gedacht: Schau an, da öffnet dir einer 'ne Tür zu 'ner warmen Stube, also nix wie rein da."

Er zog seine zerfledderte Kappe und machte sich auf den Weg nach unten.

Zerknirscht schaute Luisa ihm hinterher. Bestimmt hatte der Obdachlose nicht damit gerechnet, um vier Uhr morgens ertappt zu werden. Wobei ertappt nicht das richtige Wort war, er hatte schließlich nichts Schlimmes getan. Er tat Luisa in erster Linie leid und sie ärgerte sich, nicht netter zu ihm gewesen zu sein. Immerhin hatte der Junge offensichtlich ein schweres Leben und nur selten einen festen Platz zum Schlafen. Sie ging wieder in ihre Wohnung und schloss fest hinter sich ab. Um wieder auf andere Gedanken zu kommen, druckte sie nun doch das Foto von der Glaswand im PK 14 aus. Sie wollte etwas haben, auf dem sie herumkritzeln und ihre Einfälle notieren konnte. Als sie zwei Stunden später von ihrem Wecker unterbrochen wurde, war sie vollkommen erschöpft vom Nachdenken. Sie war sich jedoch sicher, dass nur noch ein kleines Puzzleteil zur Lösung der Rätsel fehlte.

27

Das Herz schlägt mir bis zum Hals. Ich habe nicht mehr viel Zeit. Diesmal bin ich mir absolut sicher, dass es stimmt. Bin ich mir sicher?

Seit diesem weiteren schicksalsträchtigen Tag vor nicht allzu langer Zeit bin ich wirklich am Ende. Es fühlt sich beinahe so an, als ob ich nicht mehr selbst denken kann. Zum Glück unterstützt er mich weiterhin tatkräftig.

Nur die qualvollen Erinnerungen bleiben. Es war doch alles nur ein riesiges Missgeschick. Ich habe es mir selbst zuzuschreiben, dass es mir jetzt noch schlechter geht als zuvor. Vermutlich habe ich mir da wirklich etwas eingebildet. Aber jetzt ist es eh schon zu spät. Was habe ich denn noch zu verlieren?

Außerdem war es diesmal anders. Ich habe ihn genau erkannt. Jedes Detail stimmt. So gesehen könnte ich ganz gelassen an mein Vorhaben herangehen. Aber wie so oft habe ich große Angst. Und die lässt mich ständig an allem zweifeln.

Dieses schreckliche Gefühl.

Es muss weg.

Alles ist ganz anders.

Seltsam.

Aber?

Auch besser?

Vielleicht.

Es kommt mir so vor, als könnte ich nicht einmal mehr

in ganzen Sätzen denken.

Manchmal verändern winzige Begebenheiten das ganze Leben.

Begebenheiten, von denen man nie gedacht hätte, dass sie einmal eine so große Rolle spielen würden. Etwas Unbedeutendes, das nach und nach zu dem bedeutendsten Ereignis anschwillt, das man je erlebt hat.

Man spielt eine bestimmte Situation immer und immer wieder im Kopf durch, bis man das Gefühl hat, man müsste sich übergeben. Es ist, als hätte sich diese qualvolle Erinnerung fest eingenistet. Im Nachhinein kann man sie nicht mehr entfernen, denn auch wenn man sich übergibt, isst man irgendwann wieder etwas. Und genau diese Nährstoffe tragen dazu bei, dass sich die fiesen Gedanken weiter ausbreiten. Es ist ein Teufelskreis.

Der Entschluss, etwas zu ändern, hat mich alle mentale Kraft gekostet, die ich noch hatte. Plötzlich hat sich ein neues Gefühl in mir breitgemacht. Eine Art Unwohlsein, wenn man einen Fehler gemacht hat. Man hat ein schlechtes Gewissen, weil man als Schüler vielleicht jemandem einen Streich gespielt hat. Vielleicht geht es auch um andere Kleinigkeiten, über die man aber nur kurz nachdenkt, um sich dann wieder von anderen Dingen ablenken zu lassen.

Im Laufe der Zeit wird es dann anders. Aus Gewissensbissen werden starke Schuldgefühle, die im schlimmsten Fall allgegenwärtig sind. Tag und Nacht. Jahr um Jahr.

So ist es auch bei mir. Ich habe einige große Fehler gemacht und ich werde wohl nie aufhören können, mich schuldig zu fühlen. Dazu gehören Momente, in denen ich Personen nicht das geben konnte, was ich wollte, oder unüberlegte Aussagen, mit denen ich diese Personen verletzt habe. Im Nachhinein will man diese Dinge rückgängig machen. Irgendwann erkennt man, dass man seine Chancen verpasst hat.

Dann begann in meinem Leben eine ruhige Phase. Ich habe akzeptiert, dass ich nichts mehr tun kann. Die Schuldgefühle sind geblieben, doch irgendwann spürte ich sie nur noch als dumpfen Schmerz. In dieser Phase bin ich auch heute noch.

Ich weiß nicht genau, was mich wachgerüttelt hat, doch jetzt werden die Gefühle eindeutig wieder stärker. Mir fällt der Schulball ein, von dem ich neulich geträumt habe. Die Erinnerung daran ist zurzeit das Kostbarste, was ich habe, auch wenn mich das Mädchen damals versetzt hat. Es ist so viel Zeit vergangen, in der ich keine Energie hatte. Ich habe es nicht einmal geschafft, mich unter Leute zu mischen. Und jetzt, als ich es nach einer Ewigkeit wieder getan habe, war es seltsam.

Trotzdem weiß ich, dass ich weitermachen muss. Das alles muss ein Ende finden. Bald. Nur will ich es diesmal anders angehen.

28

An diesem Morgen war Luisa fast die Erste, die im Kommissariat auftauchte. Sofort setzte sie sich vor die Glaswand und studierte noch einmal alles ganz genau, um ihren Kollegen später ihren Verdacht zeigen zu können.

Bevor jedoch Adrian, Ben oder Nele eintrafen, bekam Luisa Besuch von einem Bekannten. Ulf Bernstein stand auf wackeligen Beinen am Tresen und rief nach Luisa.

„Frau Koch, ein Glück, dass Sie hier sind", sagte er zu ihr und trommelte nervös mit seinen Fingern auf den Empfangstresen. Sie war ziemlich überrascht, ihn zu treffen.

„Was ist passiert?", fragte sie alarmiert.

„Ich habe eine Drohung bekommen!"

„Eine Drohung?"

„So in etwa. Es ging ganz schnell."

„Kommen Sie doch erst einmal rein und setzen Sie sich."

Er folgte ihr zu ihrem Schreibtisch, ließ sich auf einen Stuhl fallen und atmete dann ein paarmal laut ein und aus, bis er sich einigermaßen beruhigt hatte. Dann kramte er einen Zettel aus seiner Hosentasche und überreichte ihn Luisa mit zittrigen Fingern. In krakeliger Kinderschrift stand darauf: „Nimm dich in Acht."

Besorgt fragte sie nach der genauen Geschichte.

„Ich saß gestern spätabends noch im MALEK. Die meisten Gäste waren schon gegangen, nur ein paar Männer, die ich noch nie gesehen habe, saßen da herum. Plötzlich stand einer von ihnen ruckartig auf und legte mir beim Hinausgehen diskret diesen Zettel hin."

„Können Sie den Mann beschreiben?"

„Ja schon. Er war normal gebaut und hatte hellblondes Haar. Außerdem trug er eine Brille und hatte ein auffälliges Muttermal am Kinn."

„Das sind sehr gute Hinweise, Herr Bernstein", sagte Luisa und notierte sich alles. Sie griff in ihre Schublade und holte eine kleine Plastiktüte heraus. Später würde sie das Blatt Papier in die KTU geben, um die Fingerabdrücke untersuchen zu lassen.

„Sein Auftreten war trotzdem recht komisch. Er hatte schon den ganzen Abend mit zusammengezogenen Augenbrauen umhergeblickt. Seine beiden Hände hatte er dabei die meiste Zeit in seinen Jackentaschen vergraben. Er wirkte sozusagen etwas bedrohlich. Denken Sie, dass er mir etwas antun will?" Er fing wieder an, am ganzen Körper zu schlottern und sich gleichzeitig den Schweiß von der Stirn zu wischen. Luisa war froh, nicht in seiner Haut zu stecken. Unsicher zuckte sie mit den Schultern, denn sie wusste einfach keine Antwort darauf. Der Brief konnte alles bedeuten.

„Sie denken wirklich, dass er mich töten will?", fragte Herr Bernstein, jetzt noch eine Spur verzweifelter.

„Wir müssen leider vom schlimmsten Fall ausgehen, ja."

„Und denken Sie, dass dieser Mann dahintersteckt?"

„Ich denke nicht. Welcher Mörder gibt dem Opfer einen Vorlauf und sagt ihm, dass er ihn gerne umbringen will? Sie müssen zugeben, dass das absurd klingt."

„Vielleicht hat er ja einfach nur einen Tipp bekommen und hat gar nichts damit zu tun?"

„Das wäre möglich."

„Aber ich kann doch jetzt nicht mehr nach Hause!"

„Doch, aber wir stellen Ihnen natürlich Personenschutz zur Verfügung. So können Sie sich die nächste Zeit in Sicherheit wissen."

Ulf Bernstein war die Skepsis ins Gesicht geschrieben. Es

war nicht verwunderlich, in solch einer Situation niemandem zu trauen. Umso erleichterter war Luisa, dass er sich gleich auf dem Kommissariat gemeldet hatte. In diesem Moment schwang die Tür auf und eine breit grinsende Nele kam in den Raum stolziert.

„Entschuldigen Sie mich bitte kurz", sagte Luisa und ging auf ihre Kollegin zu.

„Heute so gut gelaunt?", fragte sie, um das Gespräch versöhnlich zu beginnen.

„Ich habe gestern Abend den Typen schlechthin getroffen! Er ist Kanadier!", schwärmte sie.

„Da freue ich mich natürlich für dich. Aber hör mal, dort drüben sitzt ein Mann, der einen Drohbrief erhalten hat, vielleicht auch einen Warnbrief. Es wäre klasse, wenn du mit ihm ein Phantombild erstellen könntest."

Jetzt war auch Nele ernst geworden. „Das nimmt dich ja ziemlich mit, was? Ich kümmere mich gleich darum", sagte sie und steuerte tatsächlich schon auf Herrn Bernstein zu.

„Gut geschlafen?", fragte da eine bekannte Stimme hinter ihr. Ben.

Luisa erinnerte sich an die letzte Nacht, in der sie alles andere als gut geschlafen hatte, und nickte dann. „Ich habe vorhin das letzte Puzzleteil gefunden", raunte sie ihm zu.

„Wie meinst du das?", fragte er verblüfft.

„Naja, zumindest passen die Ereignisse für mich jetzt in ein Gesamtbild."

Sie zog ihn am Ärmel zur Glaswand hinüber und fing an, ihm ihre Vermutung zu erklären: „Ich bin mir sicher, dass Paul Renke Dreh- und Angelpunkt dieses ganzen Schlamassels ist. Zu Beginn verschwand er plötzlich und niemand hat ihn mehr irgendwo gesehen. Dann wurde Herr Schmied fast erschossen, wir wissen aber nicht, wieso er nicht tatsächlich getroffen wurde. Inzwischen wirkt es auf mich, als hätte der Täter einfach zu spät erkannt, dass es sich um den

Falschen handelt. Als nächstes wurde Georg Rothensteiner in der Elbe aufgefunden. Getroffen vom Projektil einer PSM, das zufällig das gleiche Kaliber aufweist wie das, das in der Bar gefunden wurde. Und jetzt schneit auch noch Herr Bernstein herein und bringt uns diesen Zettel!"

„Von welchem Zettel redest du?", fragte Ben verwirrt.

Luisa überreichte ihm die Tüte, in der sie das Beweisstück verstaut hatte. Ben schaute es sich genau an und bedeutete ihr dann, weiterzusprechen.

„Wir haben jetzt also drei Personen, die in irgendeiner Weise von Verbrechen betroffen sind oder waren. Jeder von ihnen ist oft im MALEK. Das schreit doch nahezu nach einer Verbindung!"

„Und wie passt dieser Einbruch bei den Renkes ins Bild?"

„Vielleicht will Paul ja Rache üben!"

„Also denkst du, dass er der Übeltäter ist? In jedem der Fälle?", fragte Ben zweifelnd.

„Es könnte auch sein, dass er einen Komplizen hatte."

„Angenommen, deine Vermutungen sind richtig, wieso greift er dann drei verschiedene Personen an? Der Einbruch wurde eindeutig von einem einzelnen Mann verübt."

„Oder von einer Frau", warf sie laut seufzend ein.

„Das macht es nicht leichter."

„Ich bin mir absolut sicher, dass wir nicht mehr weit von der Lösung des Rätsels entfernt sind."

„Vielleicht weihst du jetzt endlich Adrian ein", riet Ben ihr und ließ die Augen zu dessen Büro wandern, das inzwischen aufgesperrt war.

„Ich hole ihn her", sagte sie.

Kurz darauf klopfte sie an Adrians Bürotür.

„Luisa! Was machen die Ermittlungen?", fragte er fröhlich.

„Darüber wollten wir mit dir sprechen. Hast du einen Moment für uns?"

„Immer doch. Setz dich."

„Komm lieber mit, wir wollen dir nämlich etwas zeigen."

Sie führte Adrian zu der großen Glaswand und erklärte ihm, was sie herausgefunden hatten. Als sie zu der Stelle mit dem Verhör im MALEK kam, wurde sie etwas zurückhaltender. Anstatt sie jedoch zurechtzuweisen, wollte ihr Chef einfach nur die Liste der Befragten sehen. Luisa kramte in ihren Unterlagen herum und reichte sie ihm. Adrian überflog die Namen kurz und lachte dann auf: „Der Wilhelm!"

„Kennst du ihn?"

„Ein richtig feiner Kerl. Wir waren gemeinsam in der Ausbildung. Er hat aber dann hingeschmissen, weil sein Vater unbedingt wollte, dass sein Sohn die Firma übernimmt. Hin und wieder spielen wir auch heute noch eine Partie Schach."

„Kennst du sonst noch jemanden?"

„Herr Fost ist mein Versicherungsberater."

„Fooost", korrigierte Luisa ihn kichernd.

Adrian schaute sie nur verwirrt an und sagte dann: „Eigentlich ein netter Mann."

Luisa beschloss also, die beiden zu den Guten zu zählen. Inzwischen ging sie ja sowieso davon aus, dass Paul die Angriffe verübt hatte. Blieb ihr nur noch, das auch Adrian zu erklären. Also fuhr sie fort, bis sie ihn über jedes Detail ihrer Erlebnisse und Mutmaßungen informiert hatte.

„Jedenfalls bin ich mir sicher, dass Paul Renke der gesuchte Verbrecher ist. Das würde nämlich auch erklären, wieso er einfach verschwunden ist", beendete sie ihren Vortrag.

„Du glaubst also, dass ein Mann aus Rache für einen vor 20 Jahren verübten Einbruch versucht, drei verschiedene Menschen umzubringen?" Adrians Sprechweise war deutlich anzumerken, dass er davon nicht viel hielt. Sogar Luisa musste zugeben, dass die Geschichte so, wie Adrian sie gerade zusammengefasst hatte, sehr konfus klang.

Ben mischte sich ein und sagte: „Und Isa, so leid es mir tut, das sagen zu müssen: Wir haben keine Beweise."

„Was viel schlimmer ist, ist doch der Fakt, dass ich nicht einmal weiß, wo mein Hauptverdächtiger steckt", jammerte Luisa und raufte sich die Haare.

„Zuerst einmal fahnden wir weiterhin nach Paul Renke", sagte Adrian bestimmt.

„Und nach dem Kerl, zu dem Herr Bernstein gerade ein Phantombild anfertigt", fügte Luisa hinzu.

„Exakt. Und der Mann muss natürlich geschützt werden", sagte Adrian. „Ganz abgesehen von deinen wilden Thesen müssen wir diesen Zettel ernst nehmen."

Luisa und Ben nickten zustimmend.

„Im Moment können wir also wieder nichts anderes tun, als abzuwarten?"

„Wir müssen herausfinden, wer der Mann war, der Herrn Bernstein diese Nachricht überbracht hat."

„Ich denke, er ist Renkes Komplize", stellte Luisa klar.

„Ein Komplize überbringt keine warnenden Hinweise", gab Adrian zurück. „Aber wenn wir wissen, woher er diese brisanten Informationen hatte, sind wir schon ein ganzes Stück weiter."

„Wir können aber doch auch nicht ausschließen, dass sich jemand einen üblen Scherz erlaubt hat und Herrn Bernstein einfach einen Schrecken einjagen wollte", gab Ben zu bedenken.

„Ganz recht, wir müssen eben allen Spuren nachgehen", sagte Adrian mit einem Schulterzucken.

„Ich fahre noch einmal zu Ida Renke", beschloss Luisa. „Vielleicht erkennt sie den Mann auf dem Phantombild ja."

Genau in diesem Moment betraten Nele und Herr Bernstein wieder den Raum. Luisa eilte zu ihnen und erklärte

Herrn Bernstein, dass sie alle Hebel in Bewegung setzen würden, um ihn zu schützen. Dann wies sie einen uniformierten Kollegen an, ihn zu seinem Haus zu begleiten und abzuwarten, bis die Personenschützer eintrafen.

Nele hielt das Phantombild vor Luisas Gesicht. „Der Mann konnte ihn wirklich gut beschreiben, das muss man ihm lassen", sagte sie beeindruckt. Ein junger Kerl mit hellblonden Haaren, einer Nickelbrille und einem dicken Leberfleck am Kinn blickte ihr entgegen. Er sah recht hässlich, gleichzeitig aber auch sympathisch aus.

„Ben, schreib diesen Mann zur Fahndung aus", wies Luisa ihn an und drückte ihm das Blatt in die Hand.

„Und Nele, wir müssen noch einmal zu Frau Renke."

Adrian klatschte langsam in die Hände und spottete: „Frau Kriminaloberkommissarin, Sie benötigen mich hier ja gar nicht mehr. Scheint, als könnte ich mir jetzt endlich meinen wohlverdienten Kaffee holen."

Luisa nickte ihm leicht genervt zu und konnte es sich nicht verkneifen, zu sagen: „Die Schrift auf dem Zettel könnte sich mal jemand ansehen. Vielleicht willst du ihn ja in die KTU bringen?"

„Ist mir ein Vergnügen. Und noch viel besser finde ich es, dem Staatsanwalt zu erzählen, dass dieser Fall immer komplizierter wird", sagte er mit Sarkasmus in der Stimme.

„Andererseits führen uns die neuen Hinweise vielleicht zum Täter. Darüber wird sich der Staatsanwalt bestimmt freuen." Dann wandte sie sich zum Gehen.

„Wieso willst du denn mich mitnehmen und nicht Ben? Ihr seid doch inzwischen das Dream-Team", sagte Nele zu Luisa, als sie sie eingeholt hatte.

„Genau deswegen wird es Zeit, dass ich wieder mehr mit dir unternehme", antwortete Luisa mit einem vielsagenden Blick.

Nele lachte laut los. „Da sieh mal einer an, und ich dachte

schon, ich bin jetzt komplett überflüssig."

„Niemals", versicherte Luisa Nele und zwinkerte ihr verschwörerisch zu.

Als auch beim dritten Klingeln der Türsummer nicht ertönte, beschlossen die beiden Kommissarinnen, es wohl lieber zu einem anderen Zeitpunkt zu versuchen.

Sie wollten gerade wieder losfahren, als Luisa Neles Hand vom Schaltknüppel zog und auf eine Person in der Ferne deutete. Also stiegen sie wieder aus und gingen Frau Renke entgegen, die in jeder Hand eine schwer aussehende Einkaufstüte hielt. Rasch nahmen sie ihr die Taschen ab und fingen an, mit ihr zu plaudern. Als sie dann am Haus mit der Nummer 5 ankamen, fingerte Luisa das Phantombild aus ihrer Tasche und zeigte es Frau Renke.

„Wer is das?", fragte diese interessiert. „Der Entführer? Hatten 'Se endlich Erfolg?" Sie hatte ganz leuchtende Augen bekommen.

„Nein. Sie kennen ihn also nicht?"

„An so 'n fettes Muttermal könnt ich mich doch erinnern", sagte sie dann bestimmt. „Wer is das denn jetz?"

„Das wissen wir eben auch nicht", seufzte Nele.

„Was hat der denn überhaupt mit der Sache zu tun?", fragte die alte Frau weiter.

„Das dürfen wir Ihnen leider wirklich nicht sagen", schaltete sich Luisa ein, bevor Nele etwas Falsches sagen konnte. „Dafür helfen wir Ihnen noch mit den Einkäufen."

„Das is doch mal 'n Wort", freute sich Frau Renke. „Die vielen Treppenstufen sind nich ganz ohne."

29

Noch ist es nicht vorbei. Ich habe es viel zu lange hinausge-
zögert, doch es muss sein. Verkrampft sitze ich vor der Karte und versuche, mir die ganzen Details einzuprägen. Doch
ich schaffe es einfach nicht, mich zu konzentrieren. Mein
Blick bleibt wieder an meinen Fingern hängen.

Das Mädchen, dem ich damals von den Panikattacken erzählt habe, hat keinen Namen. Ich weiß ihn schlicht und
einfach nicht mehr. Selbst das Gesicht ist in meinen Erinnerungen nur ein leerer weißer Kreis.
Marie? Sonja? Liane? Bedeutungslos.
Aber wieso schweifen meine Gedanken in meinen klaren
Momenten dann immer zu ihr?
Ich habe mich mittlerweile daran gewöhnt, öfter an die
gleichen Dinge zu denken. Es ist nur neu für mich, dass es
sich nicht mehr automatisch um den Einbruch handelt. Alles, was ich denke, hat normalerweise mit diesem grausamen Tag zu tun.
In den vergangenen Tagen habe ich überraschenderwei-
se noch weitere Erinnerungen zugelassen. Winzige, kurze
Phasen meines Lebens, aber auch Dinge, die über einen län-
geren Zeitraum Bestand hatten. Die Bilder des Schulballs
sind dennoch die konkretesten geblieben. Und mittlerweile
habe ich gelernt, wie ich sie deuten muss.
Das Mädchen war wirklich nichts Besonderes.

Nein, aber die Frau, mit der ich einmal eine Beziehung geführt habe, war etwas Besonderes. Sie war die erste Person, die mehr auf meinen Charakter gab als auf meine Probleme. Bei ihr war ich anfangs vorsichtiger vorgegangen. Vielleicht war das der Grund dafür, dass es so gut funktioniert hat: Wir hatten so viele schöne Momente, in denen kein einziges Mal eine Panikattacke dazwischenkam, sodass ich ihr erst sehr spät davon erzählt habe. Und zu diesem Zeitpunkt hatte sie sich bereits in mich verliebt.

Aber was soll ich sagen? Es war nicht für die Ewigkeit. Oder doch? Eigentlich bin ich der festen Überzeugung, dass es ernst war zwischen uns. Doch wer lebt schon gerne mit jemandem zusammen, der so verkorkst ist wie ich?

Mit der Zeit wurde es immer schwieriger und wir unternahmen nur noch ganz selten etwas. Meistens lagen wir auf ihrem Sofa und sahen uns Filme an. Selbst das war nicht mehr so leicht.

Und dann ließ ich mir nicht mehr helfen. Es war einfach zu anstrengend, mich weiterhin auf jemanden einzulassen, der selbst unter meinen Problemen litt. Ich konnte einfach nicht mehr. Natürlich fühlte ich mich wohl bei ihr, doch ich schaffte es einfach zusehends seltener, nur für sie da zu sein und den Augenblick zu genießen. Ich verstehe bis heute nicht, wieso. Diese Beziehung war das Beste, was mir je passiert war. Und trotzdem habe ich dabei zugesehen, wie alles den Bach hinuntergegangen ist. Ich ahnte bereits, dass Natascha so nicht mehr weitermachen wollte und das war auch verständlich.

Sie sagte es mir eines sonnigen Nachmittags auf einer Parkbank. Es war für mich, als bräche eine Welt zusammen, obwohl sie kein einziges böses Wort fallen ließ. Ich hatte mir geschworen, es tapfer hinzunehmen, doch ich war heillos überfordert. Schluchzend saß ich da und wartete darauf, dass sie ging. Doch sie wollte mich im wahrsten Sinne des Wortes nicht komplett sitzen lassen. Sie sagte mir, dass ich noch immer auf sie zählen konnte, wenn es mir einmal schlecht ging. Ich sollte ihr einfach meine Sorgen erzählen, wenn es nicht mehr ging. Sie brachte es einfach nicht übers Herz, mich so allein zu lassen. Doch es musste so sein.

Ich meldete mich nie wieder bei ihr, denn sie hatte etwas Besseres verdient. Meine Probleme waren der einzige Grund gewesen, wieso die Beziehung nicht funktioniert hatte. Wäre es da nicht verquer gewesen, nur die Gespräche darüber aufrecht zu erhalten, während sie mir nicht mehr ihre Liebe schenkte?

Für mich stand die Antwort fest.

Irgendwann brach der Kontakt ganz ab. Ich zwang mich, alles zu vergessen. Zu vergessen, dass dieser Einbruch mein Leben zerstört hatte.

Mein Kopf tut weh. Ich kann nicht leugnen, dass ich unglaublich erschöpft bin. Jeder Gedanke verlangt mir Kraft ab, die ich eigentlich nicht habe. Und trotzdem kann ich mich nicht dagegen wehren, dass ich diese Einfälle habe. Sie kommen immer dann, wenn ich es gerade genieße, einfach nur nichts zu denken. Alles andere tut weh.

Und es tut noch mehr weh, wenn ich es nicht kommen sehe. Früher dachte ich immer, dass es besser wird, wenn ich den Gedanken nur oft genug zulasse. Aber lag ich damit denn richtig?

Dass inzwischen fast zwanzig Jahre vergangen sind, ist Antwort genug, denke ich.

Ich höre das Ticken der Uhr. In meinem Kopf dreht sich alles. Vor mir verschwimmen die Buchstaben. Nicht, weil ich weinen muss. Geweint habe ich schon lange nicht mehr. Es kommt vielmehr von meiner Erschöpfung. In der letzten

Zeit habe ich öfter bemerkt, dass meine Augen schmerzen, wenn ich sie beanspruche. Dann kann ich plötzlich nicht mehr klar sehen und muss versuchen, mich zu entspannen.

Das ist jedoch schwierig. Selbst beim Schlafen denke ich noch. Ich würde es so gerne stoppen, doch die Gedanken lassen mich nie allein. Ständig wiederholen sie sich. Jetzt wird mir wieder warm. Ruhig bleiben, rede ich mir ein. Vielleicht lege ich mich besser hin.

Mir wird immer heißer. Ich kenne die Symptome. Und wie immer weiß ich, dass ich es nicht schaffen werde, der Angst zu entkommen. Mein Atem geht schneller. Da höre ich seine besorgte Stimme.

„Möchtest du nicht doch zu einem Psychologen gehen?"

Dieses Wort gibt mir den Rest. Schon oft habe ich darüber nachgedacht, mir helfen zu lassen, doch die Vorstellung ist abschreckend. Ich bin überzeugt, dass sich mein Zustand nur verschlechtern würde, wenn ich in Behandlung wäre. Wie sähe denn so etwas aus? Dumme Übungen, um zu bemerken, dass man anders ist?

Er fasst mir an die Schulter. Mein Herz rast und ich habe das Gefühl, zu ersticken. Dann wird mir schwarz vor Augen.

30

Schön langsam kehrte im Kommissariat wieder der Alltag ein. Es war nun ganze drei Tage her, seit Herr Bernstein den kleinen Papierschnitzel vorbeigebracht hatte und die kriminaltechnische Untersuchung hatte rein gar nichts ergeben. Dass Schriftabgleiche in diesem Fall nicht viel helfen würden, stand bei dieser unleserlichen Kritzelei außer Frage. Jemand musste penibel darauf geachtet haben, seine Schrift stark abzuändern. Inzwischen war die ganze Stadt mit dem Phantombild, das Nele und Herr Bernstein angefertigt hatten, zugepflastert worden. Bisher hatte sich jedoch niemand gemeldet, was für Luisas Team bedeutete, dass sie nicht viel tun konnten außer abzuwarten und Tee zu trinken. Für Luisa galt das im wahrsten Sinne des Wortes, denn je näher Weihnachten kam, desto öfter löste der Ingwertee ihren geliebten Kaffee ab. Sie schlief auch wieder besser, was nicht nur an der eingehaltenen Nachtruhe auf dem Flur, sondern auch an den Ermittlungen lag. Die neuen Anhaltspunkte erschienen ihr wie eine Bestätigung ihrer Theorie und das ließ sie Hoffnung schöpfen. Auf Adrians Anweisung hin hatten sich Nele und Ben mit dem persönlichen Umfeld von Ulf Bernstein beschäftigt, wo sie aber keine Ungereimtheiten entdecken konnten.

Für Luisa stand fest, dass die Hauptaufgabe darin bestand, Paul Renke zu finden. Sobald sie das geschafft hätten, wären sie gewiss nur noch wenige Schritte von der Lösung des Falls entfernt und das beruhigte sie. Jetzt hieß es, geduldig zu sein, auch wenn das schwerfiel.

Während Luisa gerade, wie so oft, über den Akten zum Einbruch bei Familie Renke saß, fiel ihr auf einmal ein, dass sie ganz vergessen hatte, sich mit dem WSPK abzusprechen. Sie hatte sich weder über deren Ermittlungsergebnisse informiert noch darum gebeten, den Fall zu bekommen. Ihr wurde ganz heiß, als sie bemerkte, was sie da versäumt hatte, und beeilte sich, ihre Kollegen an der Elbe zu kontaktieren. Anstatt sie anzurufen, wie sie es eigentlich vorgehabt hatte, entschied sie sich dann spontan für einen kleinen Spaziergang, der sie wie zufällig am WSPK vorbei führen würde. Ihr war sehr wohl bewusst, dass sie Adrian fragen sollte, bevor sie loszog, doch sie war sich eigentlich sicher, dass er nichts dagegen hatte. Alles, was dabei half, den Fall korrekt zu lösen, gefiel ihm.

Also machte Luisa sich auf den Weg zum Jungfernstieg, von wo aus sie mit der S-Bahn zu den Landungsbrücken fahren würde. Eigentlich vermied sie Bahnfahrten, da sie den Trubel in den Waggons nicht ausstehen konnte, aber an diesem Vormittag war der Bahnhof nicht sonderlich überfüllt.

Da die S-Bahnen fast im Fünf-Minuten-Takt abfuhren, brauchte Luisa nicht lange, bis sie ihr Ziel erreichte. Sie liebte die salzige Brise, die ihr entgegenwehte, während sie sich durch die Touristenmengen am Hafen kämpfte. Als es schließlich ruhiger wurde, konnte sie das Kommissariat der Wasserschutzpolizei schon sehen. Der Weg dorthin war eine lange Uferpromenade, an der ein paar schöne Grünflächen angelegt worden waren. Luisa genoss es, kurzzeitig abschalten zu können und einfach nur auf die Elbe hinauszuschauen, auf der gerade ein großer Frachter daherschipperte, der gleich in den Containerhafen einlaufen würde. Kurzerhand beschloss sie, sich auf eine Parkbank zu setzen und dem Treiben noch ein paar Minuten zuzusehen.

„Frau Koch?", drang es leise an Luisas Ohren, während sie eine starke Hand an der Schulter rüttelte. Langsam schlug sie ihre Augen auf und schaute sich verwirrt um, bis sie erkannte, dass sie noch immer auf ihrer Parkbank saß. „Sind Sie jetzt endlich wach?", fragte der Mann wieder. Nachdem sie ein paarmal geblinzelt hatte, erkannte Luisa in ihm den humorvollen Polizeiobermeister, mit dem sie sich vor kurzem noch im WSPK unterhalten hatte.

„Entschuldigen Sie, aber was tun Sie hier?", fragte sie ihn, während sie sich auch noch das letzte Bisschen Schlaf aus den Augen rieb.

„Ich bin gerade auf dem Weg zum Imbiss dort vorne, um mir eine Currywurst zu holen", sagte er und deutete in die Richtung, aus der Luisa vorhin gekommen war. „Und Sie? Schlafen Sie öfter auf Parkbänken?", erkundigte er sich und fing an zu lachen.

„Wie witzig. Nein, ich bin einfach eingenickt", sagte Luisa. „Aber ich habe offensichtlich Glück, denn ich wollte sowieso zu Ihnen."

„Zu mir? Welch eine Ehre", erwiderte er mit einem Zwinkern. „Wenn Sie mich kurz begleiten, können wir unser Gespräch gerne fortsetzen."

Luisa zögerte nicht lange und stellte ihre wichtigste Frage: „Wie weit sind Sie im Fall Georg Rothensteiner?"

„Ach, daher weht der Wind. Wir haben leider keine weiteren Erkenntnisse gewonnen. Es ist wirklich zum Haare raufen, denn eigentlich waren wir ganz sicher, den Täter in seinem privaten Umfeld zu finden. Dem war aber nicht so", sagte er mit einem leichten Schulterzucken und schob seine Hände in die Hosentaschen.

„Das habe ich mir schon gedacht."

Der Polizeiobermeister zog kurz eine Augenbraue hoch und sprach dann weiter: „Seine Freundin ist kurz davor, uns umzubringen, weil sie ihrer Meinung nach so unfähig sind.

Das Einzige, was sie wohl davon abhält, ist der Fakt, dass wir ja die Polizei sind. Damit hätte sie sich dann ja keinen Gefallen getan", sagte der junge Kollege und fing wieder an, laut loszuprusten. Sein Lachen erinnerte Luisa inzwischen an das Wiehern eines Pferdes. Unauffällig verdrehte sie die Augen, während sie auf die Elbe blickte. Ein Besucherschiff fuhr gerade vorbei, doch auf dem Deck standen dank der kalten Jahreszeit nur wenige Passagiere. Es war tatsächlich komisch, sich Hamburg ausgerechnet im Winter anzusehen. Sie besann sich wieder auf den Grund, weshalb sie hergekommen war.

„Herr...", sie schaute kurz auf sein Namensschild und beendete dann die Anrede: „Nielsen."

„Ja?"

„Womöglich bin ich auf eine heiße Spur gestoßen, die unsere Fälle unweigerlich miteinander verbindet."

„Unsere Fälle?"

„Wir hatten vor ungefähr drei Wochen einen misslungenen Anschlag in Hamburg, wie Sie vielleicht mitbekommen haben. Jetzt hat ein Mann anonym ein Schreiben zugesteckt bekommen, das ihm rät, sich in Acht zu nehmen. Und auch wenn es für Sie jetzt unsinnig erscheinen mag, glaube ich, dass Herr Rothensteiner mit diesen Vorkommnissen in Relation gebracht werden kann."

Herr Nielsen schaute ziemlich verwirrt drein.

„Und jetzt wollen Sie uns also darum bitten, Ihrem Kommissariat den Fall zu übergeben?"

„Natürlich würde ich Ihrem Chef alle Fakten sorgsam darlegen und dann mit ihm gemeinsam entscheiden, ob das sinnig ist oder nicht", ruderte sie zurück.

Langsam nickte Herr Nielsen. „Nach meiner Mittagspause nehme ich Sie gerne mit. Ich bin selbst gespannt, was Sie uns noch zu sagen haben."

Drei Stunden später tippte Luisa missmutig auf der Tastatur ihres Computers herum. Inzwischen hatte sie schon eine ganze Seite mit sinnlos aneinander gereihten Buchstaben gefüllt. Wenigstens hatte Rolf den Bildschirm repariert.

„Alles gut?", fragte Nele und zog skeptisch eine Augenbraue nach oben.

Genervt blickte Luisa sie an. „Ich habe gerade eine geschlagene Stunde versucht, dem Kriminalhauptkommissar im WSPK zu erklären, dass es durchaus vernünftig wäre, uns die Ermittlungen im Fall Rothensteiner zu überlassen."

„Hat wohl nicht geklappt", stellte Nele nüchtern fest.

„Er wollte am Ende mit Adrian reden. Anstatt mir den Rücken zu stärken, hat unser Chef aber nur gesagt, dass er so etwas lieber auch nicht überstürzen würde. Damit war die Diskussion dann beendet."

„Wieder mal nur darauf aus, seinen guten Ruf zu retten", äußerte sich Nele dazu.

„Exakt", pflichtete Luisa ihr bei. „Und natürlich war er sauer auf mich, weil ich einen Alleingang gestartet habe." Ihre Theorie mit den hochgeschätzten korrekten Ermittlungen war nicht bestätigt worden.

„Gut möglich. Und jetzt?"

„Jetzt warte ich darauf, dass er mir eine Standpauke hält!"

„Ich versteh das nicht ganz. Hat er nicht neulich noch zu dir gehalten?"

„Er hat mich zumindest einfach machen lassen, ja."

„Manchmal ist er eben ein echt seltsamer alter Mann."

„Bin ich das?", fragte Adrian da verärgert.

Weder Luisa noch Nele hatten bemerkt, dass er sich hinter die beiden gestellt hatte.

Sofort schauten sie ihn erschrocken an.

„Hör mal, Luisa, ich weiß, dass du nur helfen willst, aber das Einzige, was du damit erreichst, ist der Spott anderer

Kommissariate! Ich habe vorhin noch einmal mit Rüdiger telefoniert und er hat mir gestanden, dass er deine wenig fundierte These für großen Quatsch hält." Jetzt, wo Luisa seinen Vornamen erfuhr, wunderte sie gar nichts mehr.

Nele entfernte sich leise und formte mit den Lippen ein „Viel Spaß, Isa" in die Richtung ihrer Kollegin. Luisa kniff die Augen böse zusammen und wandte sich dann wieder ihrem Vorgesetzten zu: „Adrian, schön langsam verdirbst du mir wirklich die Freude an diesem Beruf."

„Mag sein, Luisa, aber du verstehst hoffentlich auch meine Sichtweise."

„Ehrlich gesagt nicht. Ich werde weiter ermitteln und du wirst nichts dagegen tun können. Am Ende wirst du schon sehen, dass ich recht habe", sagte Luisa trotzig.

Im Moment war sie sich dessen zwar nicht mehr so sicher, aber das wollte sie sich um keinen Preis anmerken lassen.

„Also schön. Ich gebe dir noch bis Freitag Zeit. Wenn du dann irgendwelche Beweise gefunden hast, werde ich dich tatkräftig unterstützen. Deal?" Er hielt ihr seine große Hand entgegen.

Luisa schlug sofort ein. „Du kannst dich auf mich verlassen."

Adrian schenkte ihr noch ein warmes Lächeln und sagte dann etwas diskreter: „Ich wünsche dir doch auch, dass du richtig liegst, aber ich kann einfach nichts tun, solange wir kein belastendes Material haben, verstehst du?"

Dankbar für den versöhnlichen Ton, den Adrian jetzt angeschlagen hatte, nickte sie ihm zu. Sie würde sich sofort in die Arbeit stürzen. Und am besten ging sie dafür noch einmal in die Bar.

31

„Haben Sie zufällig auch etwas zu essen da?", fragte Luisa Malek, während sie es sich auf einer Eckbank in seiner Kneipe gemütlich machte.

„Nur Pommes", antwortete der Barmann.

„Dann eben Pommes", sagte Luisa und reckte einen Daumen in die Höhe. Sie hatte fast den ganzen Tag noch nichts gegessen und spürte den Hunger jetzt deutlich. Sie ließ ihren Blick umherschweifen und entdeckte einige bekannte Gesichter. Tizian Anders, der Jüngste der Stammtischrunde saß an diesem Tag an einem Einzeltisch, denn er war in weiblicher Begleitung. Die schmachtenden Blicke der beiden ließen darauf schließen, dass sie ein Paar waren. Abgesehen davon schien alles wie immer zu sein: Man spielte Karten, trank Bier und lachte währenddessen laut. Seufzend lehnte Luisa sich zurück. Hatte sie sich da vielleicht wirklich in etwas verrannt? Hatte sie wichtige Details übersehen? Hatte sie sich vielleicht viel zu lange dem fremden Fall gewidmet, anstatt sich mit ihren eigentlichen Aufgaben zu beschäftigen?

„Schlechten Tag gehabt?", fragte Herr Sorokin da und stellte einen Teller mit goldgelben Fritten auf den Tisch.

Beim Anblick des Essens musste Luisa lächeln und sagte nur schnell: „Alles gut."

Malek schien diese Antwort nicht zu reichen. „Ich sehe Ihnen doch an, dass Sie irgendetwas belastet."

„Ich stecke eben mal wieder in einer Sackgasse", sagte sie und fing dann an, die Pommes zu essen.

„Hat es immer noch mit meiner Bar zu tun?", fragte er und kratzte sich am Kopf. Luisa nickte nur, da sie den Mund voll hatte.

„Sie sind also beruflich hier?"

„Nicht wirklich." Sie steckte sich wieder ein paar Pommes in den Mund. „Naja, vielleicht habe ich unterbewusst auf Neuigkeiten gehofft", gab sie dann schulterzuckend zu.

„Es gibt tatsächlich Neuigkeiten. Zwei meiner Stammgäste sind schon seit längerer Zeit nicht mehr hier erschienen."

„Ach wirklich? Wer?" Das ließ Luisa dann doch aufhorchen.

„Herr Bernstein und Herr Tautrich."

Dass Ulf Bernstein die Kneipe vorerst meiden würde, hatte sie sich schon gedacht. Schließlich war ihm hier der ominöse Zettel übergeben worden. Über die zweite Person wunderte sie sich dann doch.

„Herr Tautrich? Wissen Sie, wieso?"

„Keine Ahnung. Da müssen Sie wahrscheinlich seine Kumpanen fragen", erwiderte er und deutete mit dem Kopf zum Stammtisch hinüber.

„Das werde ich nach dem Essen tun. Diese Fritten sind übrigens wirklich vorzüglich", lobte sie den Barmann mit einem Augenzwinkern.

„Dann lasse ich Sie mal in Ruhe essen. Ich habe schließlich einen Haufen Kundschaft!"

Tatsächlich hatten sich gerade ein paar Männer an die Bar gesetzt und fingen schon an, nach Malek zu rufen. Lächelnd sah Luisa ihm hinterher und stellte für sich fest, dass sie ihn wirklich liebgewonnen hatte. Obwohl sie nicht viel über ihn wusste, hatte sie in den letzten Wochen erfahren dürfen, dass er immer gut mit allen umging, was wahrscheinlich auch davon kam, dass er jeden Tag mit Menschen zu tun hatte. In der Gastronomie musste man zwei Dinge besitzen: Höflichkeit und gute Ware. Malek hatte eben beides und das war sein Erfolgsgeheimnis. Während Luisa weiteraß, schweiften ihre Gedanken zu Ben. Seit ihrem gemeinsamen Abend hatte er ihr kein einziges Mal Avancen gemacht, sondern ihr einfach jederzeit geholfen. Bei Gelegenheit würde sie sich dafür bei ihm bedanken müssen, denn sein Beistand hatte ihr immer wieder geholfen. Viel unangenehmer würde es werden, ihm gleichzeitig zu gestehen, dass sie seine Gefühle nicht erwiderte. Es war schade, dass eine Freundschaft oft nicht möglich war, sobald mit offenen Karten gespielt wurde und klar war, dass der eine mehr empfand als der andere.

Seufzend schob Luisa ihren Teller beiseite und beschloss, die Männer nach Wilhelm Tautrich zu fragen. Vielleicht war er ja gerade im Urlaub und Luisa hätte keinen Grund, noch tiefer in dieser Geschichte herumzustochern.

„Guten Abend, die Herren", grüßte sie lächelnd in die Runde. „Darf ich Sie schnell etwas fragen?"

„Nur zu, Frau Kommissarin!", entgegnete Stefan Quaden, der Luisas Meinung nach der Höflichste dieser Truppe war.

„Es geht um Herrn Tautrich. Wissen Sie, wieso er in letzter Zeit nicht zu Ihrem Stammtisch kam?"

„Ehrlich gesagt haben wir uns das auch schon gefragt", sagte ein älterer Mann, den Luisa bisher noch nicht angetroffen hatte.

„Wäre es denn möglich, dass er zurzeit einfach krank ist oder seine Familie besucht?"

„Wilhelms Sohn wohnt doch hier in Hamburg", warf Herr Wiehler ein.

„Machen Sie sich Sorgen oder passt das zu ihm, einfach nicht aufzutauchen?"

„Wenn man sich einmal überlegt, dass er sonst fast jeden Abend hier war, ist es tatsächlich ein bisschen komisch", sagte Herr Quaden.

„Außerdem habe ich in den letzten Tagen ein paarmal bei ihm geklingelt, da wir manchmal zusammen spazieren gehen, aber er hat nicht aufgemacht", sagte der ältere Mann. Schuldbewusst setzte er noch hinzu: „Da habe ich mir aber tatsächlich nichts dabei gedacht."

„Ist etwas mit ihm?", fragte Herr Quaden jetzt.

„Aber nein. Das war nur eine Frage aus reinem Interesse. Machen Sie sich noch einen schönen Abend!"

Luisa ging zur Theke und legte Malek das Geld für ihre Pommes auf den Tresen. „Wer ist der ältere Mann dort?", fragte sie und schaute zum Stammtisch. Herr Sorokin zuckte nur mit den Achseln und sagte: „Ich kenne ihn nicht. Er ist heute erst das zweite Mal hier. Dass er am Stammtisch sitzt, wundert mich aber auch." Als sie schon an der Tür war, drehte sie sich noch einmal um. Der Mann, dessen Namen sie nicht kannte, schaute sie besorgt an. Auch wenn Luisa ein böser Verdacht beschlich, schenkte sie ihm ein beruhigendes Lächeln und verließ dann die Kneipe.

Am nächsten Morgen vertraute sie sich ein weiteres Mal Ben an und erzählte ihm, dass Herr Tautrich länger nicht in der Kneipe gewesen war und was sie deshalb befürchtete.

„Deine Fantasie geht mit dir durch", wiegelte er wenig überzeugt ab.

„Ich werde ihm trotzdem einen Besuch abstatten."

„Hoffentlich wird der Mann nicht sauer", überlegte Ben laut.

„Du kannst dir also tatsächlich nicht vorstellen, dass etwas passiert ist?", fragte Luisa.

„Nicht wirklich", gab ihr Kollege zu.

„Dann fahre ich eben erst einmal zu seinem Sohn. Er soll mir bestätigen, dass Wilhelm Tautrich wohlauf ist und du kannst mich auslachen. Einverstanden?"

Ben gab sich geschlagen und nickte.

„Ich bin sogar so nett und suche dir die Adresse heraus",
sagte er und setzte sich an den Computer. Luisa widmete
sich währenddessen dem Schnee, der seit ein paar Stunden
vom Himmel fiel. Es war das erste Mal in diesem Jahr, dass
eine dicke Schicht auf dem Boden liegengeblieben war, die
einen Vorgeschmack auf echte weiße Weihnachten gab. In
Hamburg kam es sehr selten vor, dass es schneite. Die meiste Zeit über regnete es in Strömen. Daher liebte Luisa dieses
typisch weihnachtliche Wetter umso mehr. Sie schwelgte in
Kindheitserinnerungen und dachte an die schönen Festtage
früher, an denen sie sich um nichts Gedanken machen
musste.

„Justus Tautrich, An der Stadthausbrücke 3", sagte Ben
in die Stille hinein.

„Schon unterwegs", sagte Luisa und freute sich darauf,
die verschneiten Straßen entlangzulaufen.

Dass Weihnachten fast vor der Tür stand, war nun wirklich nicht mehr zu übersehen. Fast jedes Geschäft, an dem
Luisa vorbeikam, hatte das Schaufenster mit Rentieren,
Sternen oder Tannenbäumen geschmückt. Glücklich sog sie
die frische Luft ein.

Nach weniger als zehn Minuten stand sie vor einem
großen Haus aus Backstein und drückte auf den Klingelknopf mit der Aufschrift 'Tautrich'. Es knackte kurz in der
Gegensprechanlage und ein Teenager blökte mürrisch aus
dem Lautsprecher: „Wer ist da?"

„Hier ist Luisa Koch von der Kripo Hamburg. Sind deine
Eltern zu Hause?"

Sie hörte nur ein Schnaufen und kurze Zeit später meldete sich eine Frauenstimme: „Ich mache Ihnen auf."

Eine kleine hagere Frau öffnete die Tür und fragte vorsichtig: „Um was geht es denn?" Luisa warf einen kurzen
Blick an der Frau vorbei und bestaunte die riesige Diele, die
in einem warmen cremeweißen Ton erstrahlte, und die

glänzend lackierte Flügeltür schräg gegenüber. Dann fiel ihr wieder ein, wieso sie hier war, und sie wandte sich Frau Tautrich zu: „Es wäre sehr schön, wenn wir das Gespräch drinnen fortsetzen könnten."

„Bitte", sagte die Frau und machte eine einladende Geste. Ihr Gesicht schien allerdings genau das Gegenteil ausdrücken zu wollen. Sie ging voran und hielt Luisa die Flügeltür auf, hinter der sich ein großes Wohnzimmer befand. Ein teuer aussehender Perserteppich lag in der Raummitte und wurde von drei großen Ledersofas umrahmt. An der Wand hing ein riesiger Fernseher und auch die restliche Einrichtung schien nicht gerade billig gewesen zu sein.

„Es geht um Ihren Schwiegervater", sagte Luisa, nachdem sie sich das prächtige Zimmer eine Zeit lang angesehen hatte. Hier konnte man es wirklich aushalten. Trotzdem war sie wie so oft lieber stehen geblieben, als sich zu Frau Tautrich auf das Sofa zu setzen.

„Ist ihm etwas zugestoßen?", fragte diese jetzt mit besorgter Stimme.

„Davon gehen wir nicht aus. Es gibt trotzdem ein paar Umstände, die mich dazu veranlasst haben, nach ihm zu sehen." Luisa fiel auf, dass sie sich wieder einmal recht hochtrabend ausdrückte, was sie oft bei Gesprächen mit Zeugen oder Angehörigen tat, um nicht zu emotional zu werden.

„Wilhelm wohnt ein paar Straßen weiter, da haben Sie sich wohl vertan."

„Nein, ich bin absichtlich hierhergekommen. Ich wollte Sie fragen, ob Sie wissen, warum er in letzter Zeit nicht in seiner Stammkneipe ist." Luisa überlegte kurz, ob sie nicht doch zuerst den alten Herrn Tautrich besuchen hätte sollen, anstatt gleich die Familie seines Sohnes zu befragen, aber dann sagte sie sich, dass das vielleicht wirklich falsch gewesen wäre. Da er ein guter Freund von Adrian war, wollte sie ihn nicht mit einem falschen Verdacht verärgern. Allzu sicher war Luisa sich ihrer Sache dann doch nicht.

„Wir haben nicht sonderlich viel Kontakt zu ihm."

„Wie oft sehen Sie ihn denn?"

„Ungefähr alle zwei Monate. Mein Mann und er sind zwar nicht zerstritten, aber sie sind beide sehr temperamentvoll. Justus hat ja vor einigen Jahren die Firma übernommen und da gibt es auch jetzt noch einige Meinungsverschiedenheiten."

„Ich verstehe."

„Welche besonderen Umstände haben Sie denn jetzt hergeführt?", fragte Frau Tautrich pflichtbewusst.

„Nun ja, das kann ich Ihnen nicht ohne Weiteres sagen. Ist Ihr Mann vielleicht zu Hause?"

„Er ist noch in der Arbeit, aber er müsste jeden Augenblick zum Mittagessen kommen", sagte Frau Tautrich mit Blick auf die große Standuhr im Wohnzimmer.

„Dürfte ich wohl solange warten?", fragte Luisa.

„Von mir aus. Ich muss aber mal wieder nach dem Braten sehen", sagte sie und verschwand hinter einer weiteren großen Tür. Die Frau wirkte auf Luisa überaus zurückhaltend, was vielmehr von ihrer leisen schüchternen Stimme herrührte als von ihren Antworten. Interessiert schaute sich Luisa die Fotos an, die in prunkvollen Rahmen auf einer Kommode standen. Überall war eine glückliche dreiköpfige Familie zu sehen, die anscheinend schon an den kuriosesten Orten Urlaub gemacht hatte. Ein weiterer Punkt, der verriet, dass der junge Herr Tautrich offensichtlich ziemlich viel verdiente. Schließlich gehörte ihm eine große Baufirma, wie Luisa inzwischen herausgefunden hatte. Sie wunderte sich, dass die Familie nicht in einer nobleren Gegend wohnte. Das protzige Haus passte gar nicht hier her, auch wenn es von außen zugegebenermaßen eher schlicht ausgesehen hatte. Nachdenklich strich sie über einen Bilderrahmen. In diesem Moment drehte sich ein Schlüssel im

Schloss und schwere Schritte waren zu hören. Kurz darauf betrat Herr Tautrich das Wohnzimmer, wo er zuerst einmal die Post durchsah, die auf einem kleinen Tisch gleich neben der Tür bereitlag. Mitten in der Bewegung hielt er inne, denn Luisa hatte sich geräuspert. „Was tun Sie hier?", wetterte er sofort. Luisa streckte ihre Hand aus, um sich vorzustellen, doch Herr Tautrich schrie einfach weiter: „Ich habe Sie etwas gefragt!"

Wenn Luisa sich an den netten alten Mann erinnerte, den sie vor kurzem befragt hatte, konnte sie gar nicht glauben, dass das hier sein Sohn war. Sie wollte die Angelegenheit so schnell wie möglich hinter sich bringen.

„Es wäre nett, wenn Sie sich etwas beruhigen könnte. Mein Name ist Koch und ich bin von der Kriminalpolizei", sagte Luisa und hielt ihre Dienstmarke hoch.

Misstrauisch legte Herr Tautrich die ungeöffneten Kuverts zurück und kam auf sie zu. „Dann sagen Sie mir doch, wieso Sie hier in meinem Wohnzimmer stehen."

„Ich habe nur eine einzige Frage, dann verlasse ich Sie auch schon wieder", versprach sie. „Wissen Sie, wo sich Ihr Vater derzeit aufhält?"

„Ist er denn nicht zu Hause?"

Luisa biss sich auf die Lippe und ärgerte sich jetzt wirklich, nicht zuerst zu ihm gegangen zu sein.

„Beantworten Sie einfach meine Frage, Herr Tautrich."

Entnervt raufte er sich die Haare. „Ich muss zugeben, dass ich seit ein paar Tagen nichts von ihm gehört habe, obwohl wir gerade in einer Debatte um die modernere Ausrichtung meiner Firma waren, ja."

Luisa bekam Herzklopfen, als sie ahnte, dass sich ihre Vermutung vielleicht doch bestätigen könnte.

„Würden Sie mir einen Gefallen tun und demnächst noch einmal versuchen, ihn telefonisch zu erreichen? Wenn er sich nicht meldet, müssen Sie mir das bitte mitteilen", sagte sie und reichte ihm ihre Visitenkarte.

Herr Tautrich hatte inzwischen doch eine ängstliche Miene aufgesetzt.

„Wieso fragen Sie mich das denn überhaupt?"

„Zugegebenermaßen habe ich noch keine festen Anhaltspunkte, aber er wurde seit einiger Zeit nicht mehr in seiner Stammkneipe in St. Pauli gesehen."

„Das ist echt komisch", ertönte da eine piepsige Stimme hinter Luisa. Der etwa 13-jährige Junge lehnte in der Tür und schaute die beiden geschäftig an. „Opa war doch eigentlich immer dort."

„Hilf deiner Mutter bitte, das Essen vorzubereiten", wies ihn Herr Tautrich an. Der Junge warf Luisa einen verstohlenen Blick zu und trottete dann aus dem Raum.

„Danke für Ihre Mithilfe", sagte Luisa zu seinem Vater und ging zur Tür. „Ich finde alleine raus."

Als Wilhelm Tautrich auch nach dem fünften Klingeln nicht an die Haustür kam, überfiel Luisa eine Art Panik. Sie befragte auch noch ein paar Nachbarn, aber niemand hatte ihn in der vergangenen Woche gesehen. Sofort wählte sie Bens Nummer.

„Hast du ihn gefunden?", meldete er sich.

„Eben nicht!", antwortete Luisa.

„Mist."

„Und was für einer! Jetzt ist schon die zweite Person verschwunden!"

„Atme mal durch und komm zurück ins PK."

„In Ordnung."

Anstatt die verschneite Umgebung zu genießen, trabte Luisa diesmal im Laufschritt durch die Straßen. Sie mussten jetzt endlich handeln.

32

Die Situation kommt mir durchaus bekannt vor. Wieder ist er ziemlich sauer auf mich, weil ich vom Plan abgewichen bin. Er hat wohl irgendwie von meinem Alleingang erfahren.

Und es ist durchaus verständlich, dass er ihn nicht gutheißt. Dadurch wurde schließlich unser Vorhaben unmöglich. Dass es so enden würde, wusste ich nicht. Ich hatte doch einfach nur das Gefühl, menschlicher sein zu müssen.

Er starrt mich an. Dann schluckt er laut und reibt sich über die Stirn. Ich kenne diese Gesten auswendig. Seit Wochen habe ich keinen anderen Menschen mehr getroffen. Fast.

„Wir waren wieder so kurz vor dem Ziel!"

„Es tut mir leid."

„Du wirst für immer damit leben müssen."

Ich atme tief durch, denn ich weiß, dass er recht hat. Mir kullern ein paar kleine Tränen über die Wange.

„Bitte nicht weinen!", bellt er.

Das lässt mich nur noch stärker schluchzen.

Jetzt ändert sich seine Haltung. Er schließt mich in seine Arme, wiegt mich hin und her und flüstert nahe bei meinem Ohr: „Ich will doch nur, dass es dir gutgeht."

Ich nicke leicht und merke, wie mir die Augen zufallen.

Eine halbe Stunde später wache ich leicht benommen auf und muss mich erst einmal orientieren. Anscheinend hat mich die Müdigkeit wieder einmal ganz plötzlich übermannt. Als ich den Raum mit den Augen absuche, entdecke ich ihn an der gegenüberliegenden Wand. Er steht mit dem Rücken zu mir. Nach ein paar Minuten kann ich endlich wieder scharf sehen. Vor ihm hängt eine große Karte, auf der er hektisch herumkritzelt. Immer wieder kratzt er sich am Kopf und ich höre, wie er leise Zischlaute ausstößt. Dann schnellt sein Blick zu mir. Geistesgegenwärtig schließe ich die Augen. Bewegt habe ich mich ohnehin noch nicht. Nach ein paar Sekunden höre ich wieder das Quietschen des Filzstiftes auf der Karte. Ich luge noch einmal nach drüben. Er wirkt ziemlich verändert. Bisher habe ich ihn nur ruhig und nachdenklich kennengelernt. Jetzt hingegen macht es den Anschein, als ob er gleich explodiert. Sein Kopf ist ganz rot angelaufen. Er strengt sich sicherlich stark an. Oder ist er wütend?

Dann werden seine Züge wieder entspannter. Langsam nimmt er die Karte ab, rollt sie zusammen und steckt sie in einen Rucksack. Jetzt kommt er auf mich zu.

Er rüttelt mich leicht an der Schulter.

„Wir müssen unser weiteres Vorgehen besprechen."

Ich setze mich auf und sehe ihn fragend an.

„Diese Halle ist nicht mehr sicher genug. Ich denke, es wäre besser, umzuziehen."

„Wieso nicht mehr sicher genug?"

Er beißt sich auf die Lippe und sagt dann: „Hier erinnert dich alles an unschöne Dinge. Du musst mal wieder rauskommen. Und du hast es dir verdient, dich endlich auszuruhen."

Was er sagt, klingt logisch. Meine Gedanken kreisen gerade wirklich nur um ein Thema.

„Wir brechen in drei Stunden auf."

Ich nicke und lege mich wieder auf die Pritsche.

Meine Mutter kommt auf mich zu. Sie trägt diese rosa Schürze. Genau wie damals lächelt sie mich an. Doch plötzlich verändert sich ihr Gesicht. Als ich erkenne, wer sich hinter ihrer Erscheinung verbirgt, bin ich fassungslos. Er holt ein Nudelholz hervor und schlägt damit auf mich ein.

Schweißgebadet fahre ich hoch.

„Bist du bereit?", höre ich ihn von der Eingangstür aus sagen.

Wenn ich ehrlich bin, weiß ich das nicht. Ich sehe ihn plötzlich in einem anderen Licht. Wie er mich so wütend angeblickt hat und etwas auf eine merkwürdige Karte geschrieben hat.

Er hat dir auch geholfen, sage ich mir. Ohne ihn wärst du nichts. Außerdem kannst du auf ihn zählen, denn er wäre fast Polizist geworden. Er weiß, wie man sich nach einem Mord verhalten muss, um nicht geschnappt zu werden.

Diese Sätze präge ich mir ein, denn ich will sie glauben.

Aber ich habe Angst.

Während ich noch zwiegespalten bin, höre ich ihn wieder: „Es wird Zeit!"

Entschlossen stehe ich auf. Ich habe schließlich keine Wahl. Ich muss ihm vertrauen.

33

„Und du schlussfolgerst jetzt also, dass Wilhelm Tautrich entführt worden ist?", fragte Adrian argwöhnisch.

„Ich glaube nicht unbedingt an eine Entführung, aber sein Verschwinden passt laut seinem Umfeld nicht zu ihm", sagte Luisa bestimmt.

„Hast du das alles denn sorgfältig überprüft?"

„Immerhin habe ich mit einem seiner Freunde und der Familie seines Sohnes gesprochen. Keiner von ihnen wusste, wo er ist."

„Aber es ist durchaus möglich, dass er sich einfach ein paar Tage zurückgezogen hat, denn allzu viel Gesellschaft mochte er noch nie."

„Ich habe aber mehrfach geklingelt! Und sein Freund anscheinend auch!"

In diesem Moment läutete das Telefon. Bevor Luisa es sich angeln konnte, hatte Adrian das Gespräch schon angenommen.

„Sie können ruhig auch mir Meldung machen", sagte er in den Hörer. Dann nickte er ein paarmal, murmelte zustimmend und zupfte an einem weißen Haar auf seiner Jacke.

„Sie müssen uns ein Foto bringen", befahl er jetzt. Wieder hörte er stumm zu. Eine Minute später beendete er die Unterhaltung mit „Vielen Dank, Herr Tautrich" und legte auf. Luisa konnte sich schon denken, um was es gegangen war.

„Lass mich raten: er hat seinen Vater weder auf dem Festnetz noch auf dem Handy erreicht?"

„Es sieht fast so aus, als müssten wir auch nach ihm suchen", bestätigte Adrian. Seine müde Stimme ließ Luisa erkennen, dass der Fall ihrem Chef doch recht naheging. Außerdem rieb er sich dauernd über die Augen.

„Du magst ihn, oder?", fragte sie mitfühlend.

„Naja, er ist eben ein Freund. Oder zumindest ein sehr guter Bekannter."

„Wir setzen alles daran, ihn zu finden!", ermutigte Luisa ihn. Nach einer kurzen Pause fügte sie noch an: „Glaubst du mir denn inzwischen?"

„Deine Theorie mit den Opfern aus der Bar?"

Luisa nickte aufgeregt.

„Mittlerweile sieht es ganz danach aus, als hättest du ins Schwarze getroffen, ja. Der Staatsanwalt wird sich freuen."

Noch ehe sie antworten konnte, drehte er sich abrupt um und rief in den Raum: „Eine Fahndung muss raus!" Luisa schüttelte den Kopf. Ihr Vorgesetzter hatte wirklich Probleme damit, zuzugeben, dass er im Unrecht gewesen war. Ben setzte sich neben sie und fing an, mit ihr zu plaudern. Aber Luisa hörte nur noch mit halbem Ohr hin. Es durften nicht noch mehr Personen zu Schaden kommen.

„Ben, wir fahren zum MALEK. Wir müssen die Leute warnen."

Als die Kommissare diesmal die Kneipe betraten, war der Stammtisch zum ersten Mal leer. Luisa schaute sofort panisch zu Ben, der das Ganze wesentlich gelassener sah: „Isa, es ist Donnerstag. Und halb drei. Nicht die typische Zeit, um in einer Bar zu sitzen." Schon wieder waren die Nerven mit ihr durchgegangen. Luisa atmete hörbar aus und sah sich kurz im Raum um. Kein einziger Tisch war besetzt und nur Malek stand am Tresen und machte Abrechnungen. Sie ging auf ihn zu und tippte ihm auf die Schulter. Erschrocken fuhr er herum. „Ach, Sie sind das", keuchte er und fasste sich ans Herz. „Ich rechne in letzter Zeit dauernd mit dem Schlimmsten."

„Ganz so verkehrt ist das schließlich nicht", sagte Luisa.

„Das ist sogar der Grund, warum wir hier sind", ergänzte Ben.

Malek schaute sie entgeistert an und flüsterte: „Bin ich in Gefahr?"

„Wir möchten besonders Sie und Ihre Stammgäste dazu anhalten, etwas vorsichtig zu sein. Im Moment häufen sich die Verbrechen."

„Welche Verbrechen meinen Sie?"

„Ich sage nur so viel: inzwischen sprechen wir von fünf verschiedenen Personen, die involviert sind..."

„Und deren einzige Verbindung ist Ihre Bar", beendete Ben Luisas Aussage.

Malek Sorokin war unterdessen ganz blass geworden.

„Sie müssen keine Angst haben, Ihnen wird nichts passieren. Aber es wäre zum Beispiel gut, nicht alleine unterwegs zu sein und generell immer ein wachsames Auge zu haben."

Malek nickte langsam. Adrian hatte vorige Woche Herrn Sorokins Personenschützer abgezogen. Kein Wunder also, dass sich der Mann jetzt wieder hilflos fühlte.

Ben wies ihn an: „Richten Sie das bitte auch den anderen Gästen aus."

Der Barmann hatte noch gar nicht aufgehört zu nicken und blickte die Kommissare immer noch angstvoll an.

Alle möglichen Leute so aus der Bahn zu werfen, tat Luisa leid. Außerdem plagten sie Schuldgefühle, da sie es bisher nicht geschafft hatte, wirksam einzugreifen.

Da räusperte Herr Sorokin sich: „Die Sache wird ja wirklich immer schlimmer. Und dabei schicken Sie noch nicht einmal Ihre hübsche Kollegin als Überbringerin der frohen Botschaft." Er setzte ein künstliches Lächeln auf, aber die

Hand, die seinen Kugelschreiber hielt, zitterte unübersehbar.

„Wenn irgendetwas ist, sind wir sofort zur Stelle!", versprach Luisa noch, bevor sie mit Ben die Kneipe verließ.

„Adrian, der Mann braucht wieder Personenschutz", sagte
sie ins Telefon, als ihr Chef endlich abgehoben hatte. Luisa
und Ben saßen auf den Stufen vor dem MALEK, um kurz
durchzuschnaufen und zu überlegen, wie der nächste
Schritt auszusehen hatte. Andauernd traten sie nur auf der
Stelle, während irgendwo jemand dringend Hilfe benötigte.
Zumindest ging Luisa davon aus. Schon wieder drängte sich
das Bild von dem erhängten Jungen in Neumünster in ihr
Gedächtnis. Ein Schauer lief ihr über den Rücken. Sie wollte
um jeden Preis verhindern, dass noch mehr Menschen in
dieses Drama hineingezogen wurden.

„Die vermissten und bedrohten Personen haben jetzt
Vorrang!", bellte Adrian da. „Ich habe verschiedenste Such-
trupps angefordert, schließlich müssen wir jetzt schon zwei
Vermisste finden und die Zeit drängt!"

Tatsächlich nahm Luisa in diesem Moment über sich ein
lautes Knattern wahr und kurz darauf schob sich ein Poli-
zeihubschrauber in ihr Sichtfeld.

„Wir helfen natürlich mit. Wo sollen wir hin?", sagte sie
und war schon auf dem Weg zum Auto. Ben hatte sofort
verstanden, was zu tun war und startete den Motor.

„Fahrt durch Neustadt. Die anderen Kommissariate sind
verständigt und übernehmen ihre jeweiligen Bezirke."

Luisa legte das Handy weg und stellte das Blaulicht aufs
Dach. Dann begannen die beiden, alle Neustädter Straßen
zu durchkämmen.

Bei Einbruch der Dunkelheit wurden die Hubschrauber ab-
bestellt und auch Ben und Luisa kehrten zum PK 14 zurück.

„Auch keine Ergebnisse?", fragte Adrian nervös.

Ben schüttelte resigniert den Kopf.

„Heute ist ein schrecklicher Tag. Es wird immer bunter", sagte Adrian und setzte sich vor einen großen Bildschirm am Empfangstresen. „Hört euch das mal an."

Er öffnete ein Programm und ließ dann eine Tonspur laufen. Eine stark verzerrte Stimme sagte folgenden Satz: „Ich habe Bernstein mit Renke gesehen."

„Was zur Hölle...", entfuhr es Ben.

„Was ist denn das?", fragte Luisa Adrian irritiert.

„Ein anonymer Anruf. Vor gut einer Stunde reingekommen."

„Total seltsam!", rief sie aus.

„In der Tat. Und es muss jemand sein, der Herrn Bernstein kennt."

„Es würde schon reichen, wenn er einfach nur seinen Namen weiß. Da kommen sehr viele Personen in Frage", wandte Ben ein.

Nele stellte sich mit einem Telefon in der Hand zu ihnen. „Ich habe Ulf Bernstein schon wieder nicht erreicht."

„Versuch es nochmal!", sagte Adrian.

Luisa war verwirrt. Was der Anrufer da gesagt hatte, passte nicht so recht in das Bild, das sie von Herrn Bernstein hatte. Trotzdem war diese anonyme Botschaft eindeutig gewesen.

„Dann wollte er uns vielleicht mit diesem Drohbrief auf eine falsche Fährte locken!", überlegte sie laut.

„Dafür würde sprechen, dass auf dem Zettel nur seine eigenen Fingerabdrücke gefunden wurden", sagte Adrian.

„Wir müssen den Kerl befragen", sagte Nele und griff nach ihrem Mantel.

„Holst du ihn jetzt persönlich ab?", fragte Ben.

„Hast du denn eine bessere Idee?", gab Nele zurück und rauschte aus der Tür.

„Warte, ich komme mit!", rief Luisa und lief ihr hinter-her.

„Verflucht!", schrie Nele und trat gegen die Stufen vor Herrn Bernsteins Haus.

„Wo könnte er denn sonst sein?", fragte Luisa sie.

„Weiß ich nicht!", sagte Nele laut und betonte dabei jedes einzelne Wort.

„Jetzt werd mal wieder ruhig, Nele!", pfefferte Luisa zurück. „Rumschreien hilft uns jetzt auch nicht weiter!"

Nele verstummte und wischte sich eine Träne von der Wange. Luisa drückte noch ein sechstes Mal auf die Klingel und nahm ihre Kollegin dann in den Arm.

„Was hast du denn?"

„Der Kanadier ist wieder in Kanada", schniefte sie.

„Du findest doch im Nu wieder einen tollen Typen", versuchte Luisa sie aufzubauen.

„Aber den mochte ich besonders!", entgegnete Nele.

Luisa kannte diese Prozedur schon. Wenn ihre Erinnerung sie nicht trog, war der Kanadier der neunte besondere Mann in Neles Leben. Und sie kannte ihre Kollegin erst seit zwei Jahren.

Plötzlich hörte man ein Rasseln und dann Herrn Bernstein, der sagte: „Wollten Sie zu mir?"

Er stand jetzt in der Tür und sah aus, als wäre er gerade frisch aus der Dusche gekommen. Luisa blickte ihn ernst an und sagte dann: „Sie müssen bitte mit aufs Revier kommen, Herr Bernstein."

„Wieso denn das?"

„Das erklären wir Ihnen dort."

Der Mann schaute an sich hinab und zeigte dann auf seinen hellblauen Bademantel. „Darf ich mir noch was anderes anziehen?"

„Ich bitte Sie darum!", sagte Nele.

Also huschte er die Stufen hoch, während die beiden Kommissarinnen vor der Tür warteten.

„Wir sind so knapp an der Lösung dran!", freute Luisa sich. „Das spüre ich genau!"

Als Antwort fing Nele wieder an zu schniefen.

„Ein anonymer Anrufer hat uns heute mitgeteilt, dass er Sie zusammen mit Paul Renke gesehen hat", sagte Adrian und stellte ein Wasserglas vor Herrn Bernstein auf den Tisch. Dieser schaute sich unsicher im Verhörzimmer um.

„Daher liegt der Verdacht nahe, dass Sie mehr wissen, als Sie bisher zugegeben haben..."

„Oder sogar sein Entführer sind!", ergänzte Luisa.

„Nein! Ich habe Paul seit einer Ewigkeit nicht mehr getroffen!"

„Herr Bernstein, wenn Sie uns jetzt die Wahrheit sagen, wirkt sich das positiv auf Ihr Strafmaß aus!"

„Aber ich kann doch nichts zugeben, was ich nicht getan habe!"

„Was ist mit Ihrem Personenschützer? Kann er bestätigen, dass Sie sich nicht mit ihm getroffen haben?"

„Sicherlich, ja!"

„Gut, Nele wird das überprüfen", sagte Luisa mit einem Blick auf die verspiegelte Wand, hinter der ihre Kollegin gerade stand.

„Auf dem Zettel, den Sie uns gebracht haben, waren nur Ihre Fingerabdrücke zu finden. Wie erklären Sie sich das, wo doch ein Mann Ihnen den Zettel übergeben hat?", fuhr Adrian fort.

„Keine Ahnung", sagte Herr Bernstein voller Verzweiflung. „Aber ich kann Ihnen schwören, dass es genau so gewesen ist!"

„Die Beweise sprechen aber für sich!", sagte Luisa eindringlich. „Herr Bernstein, ich weiß zwar nicht, inwiefern

Sie in die Sache verwickelt sind, aber Fakt ist, dass immer mehr Unschuldige betroffen sind! Also reden Sie mit uns!"

„Ich habe keinen blassen Schimmer, wo Herr Renke ist!", sagte ihr Gegenüber und nahm einen Schluck Wasser. Er wirkte ziemlich nervös auf Luisa.

Die Tür wurde einen Spalt breit geöffnet und Nele lugte herein. Sie winkte Luisa und Adrian kurz nach draußen.

„Ganz wie es sich gehört, ist Bernsteins Personenschützer ihm bis hierher gefolgt. Er sitzt draußen im Wartebereich und hat die Aussage seines Schutzbefohlenen bestätigt. Und er ist jetzt schließlich schon eine ganze Weile bei ihm."

„Mist. Mir kam dieser Anruf gleich spanisch vor", ärgerte sich Adrian.

„Ich habe trotzdem noch ein paar Fragen an Herrn Bernstein", sagte Luisa und ging wieder ins Verhörzimmer. Dort setzte sie sich mit ernster Miene an den Tisch.

„Herr Bernstein, können Sie sich einen Reim darauf machen, wieso ausgerechnet Mitglieder Ihrer Stammkneipe bedroht oder angegriffen wurden?"

„Leider nicht. Hat das denn alles mit Pauls Verschwinden zu tun?"

„Das befürchten wir. Wir wissen nur noch nicht, welche Rolle er dabei spielt."

Der Mann schwieg eine ganze Weile. Dann sagte er vorsichtig: „Ich weiß ja nicht, ob Ihnen das weiterhilft, aber ich würde noch einmal Herrn Tautrich fragen. Soweit ich weiß, haben sich die beiden auch außerhalb der Kneipenabende regelmäßig getroffen."

„Wie bitte?", erschrak Luisa. „Wieso haben Sie das nicht früher gesagt?"

„Ich wusste ja nicht, dass das wichtig ist. Außerdem haben Sie ihn doch auch befragt."

„Woher wissen Sie von diesen Treffen?"

„Wie Sie ja inzwischen herausgefunden haben, wohne ich nicht weit von Paul entfernt. Abends habe ich sie früher manchmal die Straße hinuntergehen sehen."

„Wann war das ungefähr?"

„Naja, eben bis zu dem Zeitpunkt, als Paul plötzlich wie vom Erdboden verschluckt war."

„Sie können jetzt nach Hause", sagte Luisa, klopfte ihm auf die Schulter und rannte zu ihrem Schreibtisch.

34

„Isa, was tust du da?"

„Ich suche nach der Telefonnummer von Herrn Tautrich junior."

„Wieso?", fragte Ben verblüfft. „Mit ihm hast du doch vorhin erst gesprochen."

„Die Dinge haben sich eben geändert!"

Schon griff sie nach dem Telefon auf ihrem Schreibtisch.

„Was ist denn in dich gefahren?", fragte jetzt auch Adrian mit verärgerter Stimme.

Sie legte nur einen Zeigefinger an ihren Mund und bedeutete ihrem Team damit, leise zu sein.

„Würden Sie bitte mit Ihrer Frau auf das Polizeikommissariat 14 kommen?", fragte Luisa ungeduldig.

„Jetzt sofort?", fragte Herr Tautrich. Luisa bejahte und legte auf.

„Klärst du uns jetzt auf?", fragte Nele.

„Adrian, so leid es mir tut, ich glaube irgendetwas stimmt mit deinem Freund Wilhelm nicht. Er hat uns verschwiegen, dass er recht viel mit Paul unternommen hat."

„Wilhelm? Und das hat dir Ulf Bernstein erzählt?"

Luisa nickte.

„Und du glaubst Herrn Bernstein?"

„Sein Personenschützer hat doch bestätigt, dass er sich mit niemandem getroffen hat."

„Dass Wilhelm sich mit Paul Renke getroffen hat, beweist noch gar nichts!"

„Adrian, du gehst voreingenommen an die Sache heran.

Wäre es irgendein anderer, hättest du ihn längst befragt."

„Trotzdem!", rief er. „Du kannst doch nicht einfach seinen Sohn wegen ein paar Treffen einbestellen!"

„Wir haben jetzt enormen Druck! Ich glaube, dass wir irgendwo ein Detail übersehen haben! Bis gerade eben bin ich auch davon ausgegangen, dass Wilhelm Tautrich das Opfer einer Entführung ist. Aber wieso hat er uns dann nicht erzählt, dass er etwas mit Paul Renke unternommen hat?"

„Weil er etwas verheimlichen will", sprach Nele das Offensichtliche aus.

„Eben! Und da er selbst uns ja im Moment keine näheren Auskünfte geben kann, müssen wir eben seine nächsten Angehörigen fragen! Du hast doch selbst immer gesagt, dass wir jeder Spur nachgehen müssen, Adrian!"

Adrian presste seine Lippen zu einem dünnen Strich zusammen. Man sah ihm an, dass er durch Luisas Schlussfolgerungen sehr verunsichert war.

„Wir könnten auch noch diesen Mann aus der Bar befragen, von dem du erzählt hast. Er war doch anscheinend gut mit Wilhelm Tautrich befreundet", sagte Ben.

„Ich weiß seinen Namen nicht, das kostet zu viel Zeit."

„Es erscheint mir sinnig, erst einmal das Ehepaar Tautrich zu befragen", unterstützte Nele Luisa und nickte ihr aufmunternd zu.

Eine halbe Stunde später saßen Justus und Svea Tautrich nervös auf den ihnen zugewiesenen Plätzen.

„Sie müssen keine Angst haben. Es geht lediglich um Ihren Vater", sagte Luisa an Herrn Tautrich gewandt.

„Wir wissen beide nicht, wo er sich aufhält. Das wissen Sie doch schon."

„Stimmt. Ich würde Sie bitten, mir ein wenig über ihn zu erzählen. Wie würden Sie ihn beschreiben?"

„Recht ruhig und zurückgezogen. Ansonsten immer sehr

höflich", erwiderte Frau Tautrich. Denselben Eindruck hatte auch Luisa bei der Befragung in der Bar gehabt.

„Und Ihr Verhältnis war eher schlecht, sagten Sie?"

Unsicher schauten sich die beiden an. Dann sagte Herr Tautrich: „Quatsch, wir haben uns eben nicht allzu oft getroffen. Aber das ist ja nicht verwerflich, oder?" Er setzte wieder den grimmigen Blick auf, den Luisa schon von ihrem letzten Treffen kannte. Dann sagte sie: „Hören Sie, es geht darum, Ihren Vater..." Sie schaute schnell zu Frau Tautrich, die jetzt ein wirklich trauriges Gesicht machte, und setzte hinzu: „Beziehungsweise Ihren Schwiegervater zu finden. Wir wissen nicht genau, was mit ihm ist und deshalb ist Eile geboten. Also kooperieren Sie bitte!"

Die beiden nickten. Herr Tautrich genervt, Frau Tautrich verängstigt.

Luisa betonte noch einmal: „Wir wollen Sie mit dieser Befragung nicht einschüchtern. Im Gegenteil. Unser Ziel ist einfach nur, so viele Leben wie möglich zu retten. Das verstehen Sie doch sicher, oder?"

Wieder nickten sie. Luisa machte eine kurze Pause und dachte nach, wie sie wohl am schnellsten die Antworten bekam, die sie sich erhoffte.

„Kennen Sie Paul Renke?", sagte sie dann. Kurz glaubte sie einen Funken Panik in den Augen der beiden aufflackern zu sehen, aber im nächsten Moment war er schon wieder verschwunden.

„Hat dieser Mann Wilhelm etwa entführt?", fragte Svea Tautrich entgeistert.

„Das wissen wir eben nicht. Kennen Sie ihn nun?"

Beide schüttelten den Kopf.

„Sind Sie sich da sicher?"

Jetzt bejahten sie gleichzeitig und Justus schloss seine Hand fest um die seiner Frau.

Luisa seufzte laut. So einhellig, wie die beiden dauernd

antworteten, war es unwahrscheinlich, auf ein Ergebnis zu kommen. Sie beschloss, sich kurz mit Ben, der die ganze Zeit neben ihr gesessen hatte, zu besprechen. „Ich werde sie einzeln befragen. Zusammen sind sie irgendwie seltsam", flüsterte sie ihm zu. Also stand Ben auf und sagte laut: „Herr Tautrich, während Ihre Frau kurz bei meiner Kollegin bleibt, stelle ich Ihnen nebenan ein paar Fragen."

„Wieso denn das?", fragte er mit vielen Zischlauten. Seine Backen hatten sich inzwischen ganz rot verfärbt. Der Mann schien gleich zu explodieren.

„Folgen Sie einfach meiner Anweisung", sagte Ben und nahm ihn am Ellenbogen. Herr Tautrich schüttelte ihn zwar sofort wieder ab, stand aber trotzdem auf und verließ ohne einen weiteren Laut den Raum. Luisa hatte währenddessen genau auf Frau Tautrichs Reaktion geachtet. Sie war leichenblass geworden und zappelte auf ihrem Stuhl hin und her. Luisa schenkte ihr ein aufmunterndes Lächeln, das jedoch nicht erwidert wurde. Also entschied sie sich für den direkten Weg: „Okay, sagen Sie es mir: Was macht Sie so nervös?"

Frau Tautrich fing jetzt an, an ihren Nägeln herumzukauen und sagte dann schnell: „Das ganze Umfeld hier ist eben ungewohnt."

„Ich glaube nicht, dass das der Grund ist. Sie und Ihr Mann haben gerade eben auf alle Fragen mit der gleichen Geste geantwortet. Das war schon etwas merkwürdig."

„Wir waren uns eben einig. Ist das nicht gut?"

„Für mich sah es eher so aus, als hätten Sie aus Prinzip Herrn Tautrich nachgemacht."

„Dann haben Sie sich getäuscht."

„Und Sie sind sich sicher, dass Sie noch nie etwas von einem Herrn Renke gehört haben?"

„Ganz sicher", sagte sie und schaute wieder auf ihre Hände.

„Dann zeige ich Ihnen jetzt noch eine andere Person, vielleicht kennen Sie die ja", sagte sie und legte das Foto von Paul Renke auf den Tisch. Svea Tautrich lugte kurz auf das Bild und stellte dann fest: „Nein, den habe ich noch nie gesehen." Anders als bei dem Namen vorhin wirkte sie jetzt aber gefasster. Mit einem sicheren Blick schaute sie Luisa in die Augen und fragte: „War es das dann? Mein Sohn wartet zu Hause."

Luisa stützte ihr Kinn in die Hände und überlegte.

„Ich möchte kurz mit meinem Kollegen sprechen. In der Zwischenzeit können Sie ja noch einmal nachdenken. Sollten Sie mich angelogen haben, wird das Folgen haben. Nicht nur für unsere Arbeit, sondern auch für Sie", sagte sie mit Nachdruck.

Draußen vor dem Zimmer stand bereits Ben.

„Der schweigt wie ein Grab", sagte er mit einem Schulterzucken.

„Sie auch. Hast du ihn nach Renke gefragt?"

„Klar. Er will ihn nicht kennen."

„Genau wie sie. Aber sie ist so dermaßen verkrampft, dass ich ihr nicht ganz glaube."

„Also denkst du, sie lügen uns an?"

„Gut möglich."

„Er hat mich zudem schon zweimal gefragt, ob er wieder zu seiner Frau kann."

„Wir müssen mehr Druck aufbauen, wenn wir sie knacken wollen."

„Du hast recht, wir haben zwei Vermisste und keinen einzigen Anhaltspunkt. Wie willst du es machen?"

„Lass uns andeuten, dass der jeweilige Partner zugegeben hat, Renke zu kennen. Dann werden wir schon sehen, wie sie reagieren."

„Meinetwegen", seufzte Ben. „Aber lass das Adrian nicht hören."

„Adrian ist mir im Moment egal", sagte sie und warf einen Blick zu ihrem Chef und Nele hinüber, die geschäftig auf einem Plan herummalten und sich wohl wieder der Fahndung gewidmet hatten.

„Also gut", seufzte Ben und ging wieder zu Herrn Tautrich.

„Ihr Mann hat gestanden, Herrn Renke flüchtig zu kennen."

„Wirklich?", fragte sie erstaunt.

„Wirklich", log Luisa. „Bleiben Sie bei Ihrer Aussage?"

„Naja", druckste sie herum. „Ich habe den Namen schon einmal gehört."

„Und gesehen haben Sie ihn noch nie?"

„Nein."

„Das ist falsch. Sie haben vor ein paar Minuten ein Foto von ihm gesehen."

„Das war er?", rief sie und schlug sich die Hand vor den Mund.

„Offensichtlich schockiert Sie das mehr, als Sie zugeben wollen", bemerkte Luisa.

„Unsinn", sagte Frau Tautrich und verschränkte die Arme vor der Brust.

Luisa setzte sich auf die Tischkante und zwang die Frau somit, sie anzusehen.

„Denken Sie doch mal nach. Womöglich wird Wilhelm Tautrich gerade von ihm festgehalten. Wir wissen inzwischen, dass er viel mit Paul Renke zu tun hatte."

Wieder schnappte Svea Tautrich nach Luft.

„Überfordert Sie das Gespräch?"

Langsam nickte sie und stotterte dann: „Ich hatte...hatte ja keine...keine Ahnung."

„Wovon?", fragte Luisa nach und setzte sich wieder Frau Tautrich gegenüber.

„Dass die beiden in Kontakt standen. Oh Gott, Sie müssen

meinen Schwiegervater finden!", rief sie nun verzweifelt.

„Nichts anderes als das versuchen wir gerade! Aber Sie müssen uns schon helfen."

„Wie denn?", flüsterte sie. Sie schien den Tränen nahe zu sein.

„Erzählen Sie alles, was Sie über Paul Renke wissen. Sie haben doch vorher zugegeben, seinen Namen zu kennen."

„Wann verjährt eine Tat?", fragte Frau Tautrich nach einer kurzen Pause und blickte an die Decke.

Obwohl Luisa gehofft hatte, dass die Wahrheit anders aussah, schwante ihr Böses.

„Normalerweise nach zwanzig Jahren", pauschalisierte sie.

Svea Tautrich schien kurz nachzurechnen, stieß dann die angehaltene Luft aus und fing zögerlich an zu erzählen: „Er ist ein Tabu in unserer Familie, verstehen Sie. Schon kurz nach der Hochzeit hat Justus mich eingeweiht und mir das Versprechen abgenommen, niemals über ihn zu sprechen. Was natürlich jetzt, wo er es selbst gebrochen hat, hinfällig ist. Also, es ist so: Als mein Mann noch sehr jung war, war er ein ziemlicher Dummkopf. Er hatte einen besten Freund namens Boris und zusammen mit ihm hatte er wohl beschlossen, eine Art Gang zu gründen. Das müssen Sie sich einmal vorstellen, mit über zwanzig!" Sie tippte sich mit dem Finger an die Stirn. „Jedenfalls bestand die Mutprobe, die sich die beiden füreinander ausgedacht hatten, darin, bei einer nicht besonders reichen Familie einzubrechen und irgendwelche Wertgegenstände zu entwenden. Dabei ging es anscheinend eher um die Ehre als um die Beute. Fragen Sie mich nicht, wie man auf so etwas Bescheuertes kommt." Jetzt verdrehte sie die Augen.

Luisa merkte, dass es der Frau guttat, sich diese Dinge von der Seele zu reden. Gleichzeitig hatte sie ein schlechtes Gewissen, da sie das Geständnis nur durch eine Lüge bekommen hatte.

„Der arme Boris ist dummerweise kurz vor den geplanten Einbrüchen bei einem Unfall ums Leben gekommen. Laut Justus war er ein feiner Kerl, aber seit ich von der Geschichte weiß, empfinde ich nicht einmal meinen eigenen Mann mehr als feinen Kerl. Wie dem auch sei, Justus machte dann eine schlimme Phase durch. Boris war damals sein einziger richtiger Freund gewesen. Und tja, dann zog er diesen Einbruch eben durch. Dass die junge Frau an den Verletzungen später sterben würde, hatte er natürlich nicht gewusst und auch nicht beabsichtigt."

Luisa ließ die Geschichte kurz auf sich wirken. Was Frau Tautrich da erzählt hatte, erschien ihr plausibel. Die erste Theorie, die ihr dann in den Sinn kam, erschien ihr ziemlich glaubhaft. Wahrscheinlich hatte Paul sich absichtlich mit Wilhelm Tautrich angefreundet, um sich dann an ihm oder seinem Sohn für den Einbruch damals rächen zu können. Blieb nur die Frage, woher er gewusst hatte, dass Justus Tautrich der Täter war.

Sie wandte sich wieder an die Frau ihr gegenüber: „Danke, dass Sie reinen Tisch gemacht haben. Allerdings muss ich Sie warnen, denn der Fall liegt nur 19 Jahre zurück. Ganz unbescholten wird Ihr Mann also nicht davonkommen."

Ihre Augen weiteten sich zum gefühlt zehnten Mal vor Schreck. Bevor sie anfangen konnte zu weinen, öffnete Luisa die Tür und ließ sie nach draußen gehen. Dort saß schon Justus Tautrich, der jetzt mit einem großen Satz auf sie zusprang und sie anschrie: „Wieso hast du es weitergesagt?"

„Du hast es doch selbst weitergesagt!", entgegnete sie verschreckt.

„Wie bitte? Gar nichts habe ich!"

Ben empfand es wohl als angemessen, jetzt einzuschreiten: „Verzeihung, aber wir wussten nicht, wie wir sonst an ein Geständnis kommen sollten. Wir müssen dringend Ihren Vater finden, Herr Tautrich, denn so wie es aussieht, hat Paul Renke ihn in seiner Gewalt. In so einem Fall ist uns jedes Mittel recht."

Also war ihr Kollege auf das gleiche Ergebnis gekommen wie Luisa.

„Schmutzige Methoden hier bei der Polizei!", pfefferte Herr Tautrich Ben entgegen. Svea Tautrich versuchte, ihm beruhigend einen Arm um die Schulter zu legen, doch er stieß sie nur weg. Die Frau tat Luisa wirklich leid und sie streichelte ihr besorgt über den Rücken. Währenddessen hatte sich Herr Tautrich gesetzt und massierte sich beide Schläfen. Luisa winkte Adrian heran und flüsterte ihm schnell die neuesten Details ins Ohr. Er schaute genauso erschrocken drein wie Svea Tautrich schon seit einer halben Stunde. „Na los, wir müssen ihn finden!", rief er und klatschte ein paarmal in die Hände. Aus dem Hintergrund hörte man Nele sagen: „Die Handyortung bringt nichts. Sein Handy ist ausgeschaltet oder kaputt."

„Wollen Sie nicht endlich etwas tun? Kann die Polizei denn heutzutage gar nichts mehr?", kam es wieder von Herrn Tautrich. Jetzt war Luisas Geduld aber wirklich zu Ende. „Herr Tautrich, hören Sie bitte auf, dumme Sprüche zu klopfen und unser Kommissariat zusammenzubrüllen! Wir brauchen jetzt Ihre Mithilfe, um zum Beispiel herauszufinden, wo er zuletzt gesehen wurde! Jeder Hinweis kann wichtig sein!", rief sie und baute sich vor ihm auf.

Das schien seine ablehnende Haltung aber nur noch zu verstärken: „Sie tun ja gerade so, als ob mein Vater der Entführer wäre! Aber ich habe nun mal keine Ahnung von Paul Renke und weiß deshalb auch nicht, wo die zwei sein könnten!"

Verdattert ging Luisa drei Schritte zurück.

„Wie Sie sehen, setzen Sie meiner Kollegin wirklich stark

zu, Herr Tautrich, also halten Sie sich jetzt bitte zurück", bat Adrian in ruhigem Tonfall. Aber Luisa war keineswegs weggetreten, weil sie eingeschüchtert war. Es war vielmehr, weil sich ihr gerade eine neue Sichtweise auf den Fall offenbart hatte.

35

Draußen auf der Straße fährt ein Auto mit wummerndem Bass vorbei. Es ist so laut, dass ich mir die Ohren zuhalten muss, was jedoch nichts bewirkt. Inzwischen müsste das Auto doch ohnehin vorbeigefahren sein. Aber ich höre den Ton nach wie vor sehr deutlich. Vielleicht hält es auch vor dem Haus.

Welches Haus eigentlich? Der Raum, in dem ich mich befinde, ist sehr dunkel. Ich kann also nicht mehr in der großen Fabrikhalle sein. Aber wo bin ich dann? Eine Panik erfasst mich. Ich mache ein paarmal meine Atemübungen und hoffe, keine Attacke zu erleiden.

Einatmen. Ausatmen. Einatmen. Ausatmen. Einatmen. Ausatmen.

Aus dem Augenwinkel nehme ich eine Bewegung wahr. Sofort springe ich auf, denn ich habe Angst, dass mich jemand umbringen will. Ich weiß aus eigener Erfahrung, wozu starke Rachegelüste führen können. Da fällt mir wieder alles ein. Wilhelm hat mich hierher gebracht. Aber wo ist er? Ist er der Schatten?

Das Licht geht an. Als erstes erkenne ich verschwommen einen Kanonenofen, der nicht weit von mir steht. Aber er scheint nicht angeheizt zu sein, denn ich spüre keine Wärme von ihm ausgehen. Ich selbst liege auf dem kalten Boden. Neben mir türmen sich ein paar Holzscheite, die bestimmt für den Ofen gedacht sind. Angestrengt sehe ich sie an, denn der Stapel scheint sich zu verdoppeln. Plötzlich wird mir klar, dass die dröhnenden Basstöne nichts anderes als meine Kopfschmerzen sind. Vermutlich habe ich mich irgendwo gestoßen. Ich schaue mich weiter um. Außer ein paar Holzstühlen erkenne ich nur noch eine kastenförmige Truhe gleich neben der Tür. Und dort steht auch Wilhelm.

Ich habe eine fürchterliche Vorahnung, aber ich beschließe, weiterhin meine Rolle zu spielen. Ich kann ohnehin nichts anderes, denn ich bin völlig entkräftet.

„Wie lautet unser Plan?", frage ich und richte mich auf.

„Abwarten und Bier trinken", antwortet er und prostet mir zu.

Dann nimmt er einen großen Schluck aus einer Glasflasche. Erst jetzt bemerke ich, wie durstig ich bin. Er sieht es meinem Blick wohl an, denn er hält sein Getränk fragend in meine Richtung. Dankbar strecke ich die Hände aus, doch dann sagt er nur: „Das ist ja blöd, für dich habe ich leider nichts."

Meine Kehle ist wie zugeschnürt. Er hat mich reingelegt. Aber ich brauche wenigstens etwas zu essen. Als hätte er meine Gedanken gelesen, winkt er ab und sagt: „Essbares gibt es hier leider auch nicht."

Ich bin wütend, aber ich schaffe es nicht einmal, meine Fäuste zu ballen. Wo bin ich hier überhaupt? Der Raum ist klein und fensterlos, was mir Angst macht. Er wirkt auf mich wie das verstaubte Nebenzimmer einer urigen Gaststätte.

Wilhelm grinst mich hämisch an.

„Du bist ein dummer kleiner Junge."

„Bin ich das?", stoße ich hervor.

„Aber natürlich! Erst lässt du dich hervorragend benutzen, doch dann stellst du plötzlich alles in Frage. Du hast mir alles versaut."

Sein Gesichtsausdruck hat etwas Verachtendes angenommen.

Ich bin verwirrt. Was redet er da?

„Wer sind Sie wirklich?"

„Ich bin Wilhelm, das weißt du doch."

„Aber was wollen Sie von mir?"

„Lieber verrate ich es dir nicht zu früh."

„Zu früh? Was haben Sie vor?"

„Aber Paul, das ist doch kein Grund, mich plötzlich zu siezen."

Er lacht laut los.

Meine Kopfschmerzen sind immer noch da.

„Was haben Sie vor?", wiederhole ich und betone jedes Wort extra.

„Schlaf einfach weiter."

„Wie lange liege ich schon hier?", erkundige ich mich.

„Das ist doch nebensächlich. Du lebst noch, das ist das Einzige, was zählt. Vielleicht bist du mir später noch einmal nützlich."

Ich spüre einen Anflug von Panik. Wie immer sind meine Augen vor Schreck geweitet. Er hat meine Attacken nicht vermindert, sondern bewusst provoziert, fährt es mir durch den Kopf.

Ich sehe noch, wie er weit ausholt. Dann wird es dunkel um mich herum und ich bestehe nur noch aus Schmerz.

36

Luisa zog Adrian kurz ein paar Meter vom verwunderten Ehepaar Tautrich weg und raunte ihm dann zu: „Es wird dir nicht gefallen, aber was Herr Tautrich da gerade gesagt hat, hat mich auf eine Idee gebracht. Was, wenn nicht Wilhelm Tautrich das Opfer ist, sondern Paul Renke?"

„Wieso sollte Wilhelm ihm was antun wollen? Wenn hier jemand einen Grund hat, sauer zu sein, dann ist das zugegebenermaßen Herr Renke."

„Ja, das sehe ich ein und ich weiß auch noch nicht, was Herr Tautrich für ein Motiv hätte, aber es kommt mir plötzlich gar nicht mehr so abwegig vor. Vor allem, wenn man bedenkt, dass Paul Renke wahrscheinlich unter Panikattacken leidet."

„Du meinst, Wilhelm wollte das ausnutzen?"

„Könnte doch sein", sagte sie und starrte ihn eindringlich an.

„So etwas würde Wilhelm nie tun."

„Du stehst nicht in so engem Kontakt zu ihm, dass wir das ausschließen können, Adrian. Wir müssen es zumindest überprüfen. Oder hast du eine bessere Idee?"

„Tu, was du nicht lassen kannst", sagte er seufzend.

Sie ging wieder zu dem Grüppchen von Polizisten und Kommissaren, das sich inzwischen um die Tautrichs geschart hatte. Nervös knetete sie ihre Hände. Andauernd drängte sich ein Szenario in ihren Kopf, das sie nicht wahrhaben wollte. Sie hoffte inständig, dass es noch nicht zu spät war.

„Es tut mir leid, das zu sagen, aber wir können leider nicht die Möglichkeit außer Acht lassen, dass Herr Tautrich der Entführer ist."

Justus Tautrich war anzusehen, dass er jetzt wirklich kurz davor war, komplett die Fassung zu verlieren.

„Wie kommen Sie darauf?", presste er hervor.

„Ich habe natürlich keine Beweise...", begann Luisa, doch sie wurde von Nele unterbrochen: „Meine Damen und Herren, lange herumzureden, bringt in unserem Beruf selten ein Ergebnis. Wir müssen endlich handeln! Wenn zwei Personen verschwunden sind, ist unsere wichtigste Aufgabe, diese Personen zu finden. Wenn wir nicht nachweisen können, wer wen entführt hat, oder ob überhaupt jemand entführt wurde, dann bleibt uns nichts anderes übrig, als nach den beiden Personen zu suchen! Und zwar überall! Also sprechen wir jetzt nicht über die Zusammenhänge, sondern tragen wir Orte zusammen, wo die beiden sein könnten! Und da Ida Renke wahrlich keine Hilfe ist, fragen wir eben Sie, weil Sie sowieso hier sind: Gibt es ein Zweithaus oder etwas in diese Richtung, in dem sich Herr Tautrich aufhalten könnte?"

Nele hatte sich richtig in Rage geredet und die offenstehenden Münder ihrer Kollegen bewiesen, dass ihre Ansprache Eindruck gemacht hatte.

Ausnahmsweise hatte sich Svea Tautrich als Erste gefangen: „Es gibt eine Hütte draußen auf dem Land, wo er manchmal ein Wochenende verbringt."

Sie durchbohrte ihren Mann mit einem Blick und sagte noch: „Und Justus, gibt es nicht ein altes leerstehendes Vereinsheim, in dem er früher mit seinen Hockey-Freunden öfter ein Bier getrunken hat?" Endlich wich der eisige Gesichtsausdruck des jungen Herrn Tautrichs einem etwas milderen und besorgten.

„Wären beides mögliche Orte, wenn man mal davon ausgeht, dass er sich bewusst dazu entschieden hat, abzuhauen", gab er zu.

„Na, das ist doch schon mal was!", freute sich Luisa. „Wir teilen uns auf, würde ich sagen, oder?", fragte sie in die Runde.

Adrian nickte und gab dann die folgenden Anweisungen: „Ich fahre mit Ben zur Hütte auf dem Land; Luisa und Nele zum Vereinsheim. Lasst euch die Adressen sagen, nehmt Verstärkung mit und bleibt über Funk erreichbar! Wir wissen nicht, ob einer der Männer bewaffnet ist. Und wir brauchen Rolf! Wo ist er?"

Eine junge Polizistin eilte in den Nebenraum, um den IT-Spezialisten hinzuzuholen. Nur wenige Sekunden später stand er im Türrahmen und fragte: „Was soll ich tun?" Dann faltete er die Hände und verbeugte sich spaßeshalber.

„Sparen Sie sich die Scherze und bereiten Sie sich auf einen möglichen Einsatz vor. Sobald wir Sie anrufen, müssen Sie mit dem Transporter zum jeweiligen Ort fahren. Verbinden Sie sich mit all unseren Geräten und seien Sie wachsam. Wenn irgendetwas passiert, müssen Sie zusätzliche Verstärkung holen."

„Wird erledigt", sagte Rolf und eilte in den Raum zurück, aus dem er gekommen war.

„Dann los!", rief Adrian und klatschte in die Hände.

Luisa drückte genervt auf die Bremse. Um diese Uhrzeit war es brechend voll in der Innenstadt und sie kamen trotz Blaulicht nur langsam voran. Die meisten Autofahrer schafften es einfach nicht, in diesem Gedränge Platz für die Polizei zu machen. Nele bastelte in der Zwischenzeit an den Funkgeräten herum und testete sie kurz: „Ben, hörst du mich?" Es knackte ganz kurz und dann hörte man Ben wie durch Watte sagen: „Ja."

Kurz war es still, dann meldete er sich noch einmal: „Und

klappt es umgekehrt auch?"

„Bestens", erwiderte Nele. Dann rieb sie sich freudig die Hände und legte die Apparate beiseite.

„Spannend, endlich mal wieder einen großen Einsatz zu haben, oder?"

„Eher ziemlich nervenaufreibend", entgegnete Luisa und konnte endlich wieder einige Meter fahren. Es war auch wirklich zu dumm, dass das alte Vereinsheim der Hockeyspieler so weit außerhalb lag. „Vielleicht ist die ganze Mühe auch umsonst. Ich habe ein schlechtes Gefühl in der Magengegend", gestand sie.

„Unsinn, bald ist Weihnachten, wir müssen den Fall jetzt einfach lösen", sagte Nele und grinste.

„Wieso bist du so gut gelaunt?", wunderte sich Luisa. „Das letzte Mal, als ich mich mit dir unterhalten habe, warst du den Tränen nahe."

„Die Arbeit macht mir einfach Spaß. Mal was anderes als dieser öde Papierkram."

Luisa musste schon wieder abrupt anhalten und band in der Wartezeit ihre Locken zu einem Pferdeschwanz zusammen. Wenn sie unterwegs war, konnte sie keine ins Gesicht hängenden Haare brauchen.

„Und der Kanadier?"

Nele machte eine wegwerfende Handbewegung. „Der hat gerade nichts in meinen Gedanken zu suchen. Wir sind schließlich im Dienst. Und da vorne musst du rechts abbiegen."

Gerade noch rechtzeitig ordnete sich Luisa auf dem äußersten Fahrstreifen ein. Sie war ziemlich abgelenkt von ihren Gedanken, die sich inzwischen nur noch im Kreis drehten. Die immer wiederkehrende Frage lautete: Wieso könnte Tautrich Renke entführt haben?

„Ich glaube übrigens immer noch nicht an eine richtige Entführung", sagte Nele da, als ob sie gehört hätte, was Luisa gerade gedacht hatte. „Wahrscheinlich gibt es eine ganz plausible Erklärung für all das."

„Denkst du, Tautrich hat Renke entführt oder Renke Tautrich?", fragte Luisa unkonzentriert.

„Weder noch!"

„Tautrich oder Renke?", fragte sie noch einmal mit Nachdruck.

„Wenn überhaupt, dann war es Renke. Ich meine, der ist doch nicht berechenbar mit diesen Panikattacken! Wobei wir dafür natürlich keine Beweise haben."

„Wir haben für gar nichts Beweise", seufzte Luisa und bog nun endlich auf eine nicht ganz so stark befahrene Straße ab. Ihre Zieladresse war ein alleinstehendes Gebäude in Bergedorf, also aus jeder Hinsicht recht abgelegen. Demnach wäre es auf jeden Fall ein gutes Versteck für einen Entführer. „Nele, du musst heute professionell sein! Es ist nicht so lustig, wie du es dir gerade ausmalst! Vielleicht hat irgendjemand eine Waffe!"

„Jetzt mach mal einen Punkt. Ich bin nicht durch's Lotto-Spielen in unser Team gerutscht! Ich weiß sehr wohl, wie ich mich zu verhalten habe!"

„Tut mir leid."

„Und ehrlich gesagt denke ich inzwischen eher, dass du diejenige bist, die total gestresst ist und sich nicht so recht auskennt."

Als Antwort erhielt sie nur ein entrüstetes Schnaufen.

Da weckte ein dumpfes Geräusch aus dem Funkgerät ihre Aufmerksamkeit. „Alles okay?", fragte Nele sofort und hielt sich den Apparat ans Ohr.

„Ja, alles gut, wir dürften bald dort sein."

„Wir auch", antwortete Nele und setzte für Luisa hinzu: „Wie unfair ist das denn? Die beiden konnten Autobahn fahren und sind damit genauso schnell wie wir!"

„Mensch, Nele!", schimpfte Luisa. „Das hier ist kein

Wettstreit! Wir arbeiten alle zusammen! Und bei einer Entführung zählt jede Sekunde!"

Es machte ihr Angst, dass sie vielleicht nicht rechtzeitig zur Stelle waren. Sie hatte sich fest vorgenommen, diesmal das Schlimmste zu verhindern. Hoffentlich war es noch nicht zu spät dafür.

Die restliche Fahrt legten sie in einvernehmlichem Schweigen und glücklicherweise schnellerem Tempo zurück.

Endlich konnte man das Vereinsheim sehen. Es lag mitten in einem kleinen Waldstück und war somit schlecht einsehbar. Ein ideales Versteck. Luisa parkte hinter ein paar Bäumen und bedeutete den zwei Streifen, die sie begleitet hatten, es ihr gleichzutun.

Als Luisa die letzten Anweisungen gab, blickte sie in lauter hochkonzentrierte Gesichter. Sie konnte sicher sein, dass sich alle mit größter Vorsicht im Haus umsehen würden. Dieser Gedanke beruhigte sie ein wenig. Sie nickte kurz, dann pirschte sich der sechsköpfige Trupp langsam an das Gebäude heran.

Von außen hörte man keinerlei Stimmen, aber das musste noch nichts bedeuten, wie Luisa im Laufe ihrer Karriere festgestellt hatte. Leise stieß sie die Tür auf und winkte die anderen hinein. Sie hatte beschlossen, so geräuschlos wie möglich vorzugehen, um den Vermissten keine Möglichkeit zum Entkommen zu gewähren. Sofern sie flüchten wollten. Und sofern sich in diesem Haus überhaupt irgendjemand befand.

Es störte Luisa, dass sie sich trotz so vieler Hinweise nicht sicher sein konnte, was tatsächlich passiert war. Somit war es einfach nicht möglich, hundertprozentig vorbereitet zu sein.

Sie huschte zu einer großen Tür, an der ein Schild das

dahinterliegende Zimmer als „Gemeinschaftsraum" auswies. Vorsichtig drückte sie die Klinke hinunter. Sie hoffte
inständig, dass sie nicht allzu viel Lärm verursachte, doch
sie konnte nichts dagegen tun, dass die Tür laut quietschte.
Jetzt half nur noch die Flucht nach vorn. Mit gezückter
Waffe lief sie in den Raum und blickte sich vorsichtig um.
Nach einigen Sekunden ließ sie die Pistole langsam sinken
und atmete erleichtert aus. Der Gemeinschaftsraum war
vollkommen leer.

Sie drehte sich kurz um und sah, dass Nele und die anderen Polizisten sorgsam die restlichen Zimmer durchkämm-
ten. Also wagte sie sich weiter zum Tresen. Einer der Polizisten war ihr gefolgt und bot ihr Deckung. Aufmerksam
ließ sie ihre Augen umherschweifen. Die Wände waren über
und über mit den Bildern irgendwelcher berühmter
Hockey-Spieler bedeckt. Auf dem Boden lag Staub, was darauf hindeutete, dass schon lange niemand mehr hier gewesen war. Es sah so aus, als wäre Luisas Team an die falsche
Adresse geraten.

Sicherheitshalber stieß sie die schwere Eisentür auf, hinter deren rundem Fenster sie die Küche ausgemacht hatte.
Aber auch hier wurden sie nicht fündig. Nachdem sie sich
vergewissert hatte, dass der gesamte Schankraum leer war,
ging sie zurück zu den anderen. Alle vier Polizisten schüttelten den Kopf.

„Gibt es kein Obergeschoss?", fragte Luisa mit gedämpf-
ter Stimme.

„Nein, das Haus ist leer", sagte Nele und nun ließ das
ganze Team die Waffen sinken. „Ein Glück, die Verstärkung
hätte ewig gebraucht", sagte Luisa und atmete langsam aus.
„Dann sollten wir schleunigst zu dieser Hütte fahren. Eventuell brauchen unsere Kollegen Verstärkung." Alle verließen das Gebäude und liefen zu den Autos, während Nele in
das Funkgerät sprach: „Sauber."

Luisa hatte schon den Motor gestartet und die Anschrift der Hütte ins Navi eingegeben, da ließ sich Nele neben sie fallen und keuchte: „Wir haben bisher keine Antwort erhalten!"

Obwohl sie jetzt nervös wurde, ließ Luisa sich nichts anmerken und fuhr mit quietschenden Reifen davon. Nele versuchte es noch einmal: „Ben? Adrian?" Diesmal hörten die Kommissarinnen das vertraute Knacken und waren sofort erleichtert. Doch dann lief Luisa ein kalter Schauer den Rücken hinunter, denn alles, was Adrian sagte, war: „Sieht gefährlich aus. Wir brauchen das SEK."

„Fuck!", schrie Nele und schlug mit der flachen Hand auf das Armaturenbrett. Trotzdem handelte sie mit klarem Verstand, studierte kurz die Karte auf dem Navi und funkte Rolf an.

„Du musst nach Friedrichsruh fahren, Ödendorfer Weg. Von dort führt eine kleine Ringstraße weg, an der die Hütte liegt." Rolf ließ sie nicht lange auf eine Antwort warten und machte sich sofort auf den Weg.

Inzwischen war Luisa wirklich nervös. „Wie lange brauchen wir von Bergedorf nach Friedrichsruh?", fragte sie, da sie keinen Blick auf das Navi in Neles Hand erhaschen konnte.

„Eine gute Viertelstunde."

„Wir müssen Gas geben. Was Adrian da gesagt hat, kann alles bedeuten", antwortete Luisa und überholte einen Kleintransporter. Nele tippte hastig in ihr Handy und hielt es sich dann ans Ohr. Wieder gab sie die Daten des Standorts weiter. Luisa war viel zu geschockt, um noch länger zuzuhören oder sich Gedanken darüber zu machen, mit wem Nele gerade telefonierte.

Sie war zwar schon in einige brenzlige Situationen geraten, aber die Ungewissheit war immer der größte Feind. Noch dazu, wenn die Kollegen eventuell in Gefahr waren.

Alles, was sie im Moment tun konnte, war, sich auf den Verkehr zu konzentrieren und möglichst ein paar Minuten herauszuholen.

37

Es kam Luisa skurril vor, an hell erleuchteten Wohnzimmern mit schöner Weihnachtsdeko vorbeizufahren, während sie selbst um das Leben aller Beteiligten bangte. In solchen Momenten wurden ihr die Umstände ihres Berufs deutlich bewusst. Sie hatte sich aus Überzeugung für das Abenteuer entschieden und das bedeutete, dass sie zu jeder Zeit für Ermittlungen bereit sein musste. Das Verbrechen richtete sich nicht nach dem Kalender.

Schon bald passierten sie ein schloss-ähnliches Gebäude. Luisa fiel wieder ein, dass darin Otto von Bismarck begraben worden war. In der siebten Klasse hatten sie hier im Rahmen eines Schulausflugs eine Führung bekommen, weshalb sie sich noch gut an die Gegend erinnern konnte. „Noch ein paar Weggabelungen und wir sind da. Gleich geht es los!", sagte sie zu Nele. Aus dem Augenwinkel sah sie, dass ihre sonst so taffe Kollegin ganz blass geworden war.

„Da vorne stehen unsere Streifenwagen", sagte Nele und deutete auf einen provisorischen Parkplatz am Straßenrand. Luisa stellte das Auto ebenfalls dort ab und winkte die anderen Polizisten zu sich. „Das SEK lässt sich anscheinend Zeit, aber wir müssen trotzdem reingehen." Alle murmelten zustimmend und ließen ihre Hände zu den Pistolenholstern wandern.

Da es ein viel längerer Weg war, als sie erwartet hatten, begannen sie schon bald zu laufen. „Da vorne ist Karls Bus", flüsterte eine Polizistin und deutete auf den grauen Van, den man jetzt schemenhaft erkennen konnte. Die Dunkelheit war nicht gerade von Vorteil bei solchen Aktionen. Alle erschraken heftig, als sie eine Stimme neben sich wahrnahmen. Es stellte sich jedoch heraus, dass es nur Adrian war. „Wo wart ihr so lange?", schimpfte er kurz und berichtete dann aber gleich: „Wir haben frisch abgeknickte Zweige gefunden und waren uns deshalb sicher, dass erst vor kurzem jemand den Zugangsweg benutzt hat. Da die Hütte recht klein ist, haben wir uns darauf beschränkt, zu zweit hineinzugehen, um nicht zu viel Aufsehen zu erregen. Ich habe also den linken Raum durchsucht und festgestellt, dass er leer ist. Als ich länger nichts von Ben gehört habe, bin ich davon ausgegangen, dass es ihm genauso ergangen ist. Dann habe ich ihn aber nicht auf dem Funkgerät erreicht."

„Wann war das?"

„Gerade eben!"

„Also hat ihn jemand in seiner Gewalt?"

„Davon ist auszugehen, da er sich nicht mehr gemeldet hat."

„Wir müssen endlich reingehen!", zischte Luisa, die jetzt wirklich Angst hatte.

„SEK?"

„Müsste jeden Augenblick hier sein."

„Die Lage ist einfach zu blöd."

„Gehen wir jetzt oder was?", fragte Nele.

Rolf lugte aus dem Bus heraus und sagte: „Ich bin mit euch verbunden und kann das Sondereinsatzkommando jederzeit nach drinnen schicken."

Adrian nickte und winkte Luisa und Nele dann zu sich. Die drei schlichen leise durch das hohe Gras und hatten die Hütte bald erreicht. Luisa verfluchte innerlich die schwarze Nacht, die sie umgab. Wenigstens regnete es nicht. Adrian öffnete lautlos die große Holztür und nickte dann zur Tür rechterhand. Luisa und Nele nickten zurück und positionierten sich auf den beiden Seiten des Türrahmens.

Adrian schaltete seine Taschenlampe an, zählte langsam bis drei und stieß dann die Tür auf. Mit einem Blick in alle Richtungen schlüpfte Luisa ihm hinterher, während Nele weiterhin Wache stand. Es war schwierig, überhaupt etwas zu erkennen und auch Luisa holte geistesgegenwärtig ihre Lampe hervor. Die Dunkelheit war wirklich tückisch, denn die beiden Lichtkegel konnten nicht den ganzen Raum ausleuchten. Mit erhobener Waffe wagten sie sich weiter vor und suchten jeden Winkel ab. Der Raum war nicht sonderlich groß. Nachdem sie sichergestellt hatten, dass sich niemand hier aufhielt, fuhr Adrian sich aufgebracht durch die Haare. Allein diese Aktion schien ihn ins Schwitzen gebracht zu haben.

„Sie sind im Wald", sagte Luisa und zeigte auf das nur angelehnte Fenster.

„Gut, für eine Verfolgungsjagd bin ich nicht mehr gemacht", sagte ihr Vorgesetzter. „Es ist wohl besser, wenn ich das Ganze von hier aus koordiniere. Ihr zwei lauft weiter und lasst den Kontakt bitte auf keinen Fall abbrechen."

Rolf, der natürlich alles mitgehört hatte, meldete sich nun: „Soll das SEK mitkommen?" Adrian scheuchte Luisa und Nele nach draußen, sodass die beiden die Antwort nicht mehr mitbekamen.

„Wo ist die verdammte Taschenlampe?", fluchte Nele.

Luisa hatte ihre schon herausgeholt und suchte den Boden ab. Zum Glück war das Gras auch hier so hoch, dass man den zertrampelten Pfad leicht erkennen konnte. So hangelten sie sich Stück für Stück weiter durch das Dickicht. Laute Gespräche wollten sie möglichst vermeiden. Plötzlich piepte Nele und zeigte auf den dunklen Boden.

„Was ist?", flüsterte Luisa.

Nele hob ein Funkgerät auf. Bens Funkgerät. Die beiden wechselten einen wissenden Blick. Es war jetzt eindeutig, dass Ben diesen Weg nicht freiwillig gegangen war. Schnell schluckte Luisa den großen Kloß in ihrem Hals hinunter und rannte weiter.

Als sie nach zehn Minuten immer noch nichts gefunden hatten, wuchs Luisas Angst zu einer Panik. Auch Nele zitterte am ganzen Körper, was auch an den Minusgraden lag, die inzwischen erreicht waren. Die Kombination aus Kälte und Finsternis war wirklich ungünstig.

Jetzt hörten die beiden ein Knacken hinter sich. Sofort fuhren sie herum, nur um dann festzustellen, dass das SEK ihnen gefolgt war. Luisa atmete erleichtert auf. Anstatt die Verbindung zu ihnen zu testen, hoffte sie einfach inständig, dass Rolf dafür gesorgt hatte, dass sie sich im Notfall verständigen konnten. Sie wollte jetzt keine unnötigen Gespräche führen. Die beiden Kommissarinnen verharrten kurz, bis die Spezialeinheit ganz aufgeschlossen hatte. Dann gingen sie zügig weiter.

Ein paar Minuten später veränderte sich die Umgebung. Aufgrund der Wolken konnte man den Mond zwar nicht erkennen, aber die Bäume hatten sich gelichtet. Die Gruppe befand sich jetzt auf einem runden Fleckchen, auf dem das Gras niedriger war. Man konnte rings umher aufgestapelte Baumstämme erkennen.

„Eine Lichtung", flüsterte Nele aufgeregt.

Trotz der Dunkelheit verdrehte Luisa bei diesem nichtssagenden Kommentar die Augen. Schnell teilte sich der Suchtrupp auf und suchte den Waldrand nach Spuren ab. Nach nur einer Minute winkte einer der schwer bewaffneten Polizisten.

Luisa und Nele liefen wie auch zuvor schon voraus. Ein Uhu schrie in die Stille hinein, während rechts am Wegrand wieder ein Knacken zu hören war. Obwohl Luisa am liebsten umgekehrt wäre, kämpfte sie sich tapfer weiter. Auch die taffe Nele war wohl kurz davor, die Nerven zu verlieren. Luisa war sich sicher, dass ihre Kollegin genau wie sie vor Sorge um Ben fast gelähmt war. Solche Ausnahmesituationen konnten in der Ausbildung schließlich nicht durchgespielt werden.

Da nahm Luisa einen Hochsitz wahr, der sich schwach von der düsteren Umgebung abhob. Wieder handelte es sich um eine Art Lichtung und um ein Haar hätte Nele sie betreten. Luisa hielt sie gerade noch rechtzeitig zurück und wies auch das SEK mit einem Handzeichen an, zu warten und alle Lampen auszuschalten.

Es wurde fast komplett schwarz um sie herum. Soweit das in der Dunkelheit möglich war, sah Nele sie mit einem fragenden Blick an. Schnell flüsterte Luisa ihr ins Ohr: „Dieser Hochsitz ist relativ groß und wäre ein gutes Versteck in Anbetracht der Tatsache, dass der Wald noch unendlich groß ist."

Nele hatte sofort begriffen: „Du meinst, es gibt gar keine andere Möglichkeit, als irgendwo unterzuschlüpfen." Luisa nickte und spähte zwischen den Bäumen hindurch. Sie stellte das Funkgerät so ein, dass es automatisch alles aufnahm und kein Knopf mehr betätigt werden musste. Dann ließ sie es in ihrem Ausschnitt verschwinden und zog ihre Jacke bis zum Kinn zu. Nele bedeutete währenddessen dem SEK mit ausladender Geste, zurückzubleiben.

Luisa handelte zwar nur nach Intuition, aber sie war sich sicher, dass Behutsamkeit besser war, als sofort mit dem ganzen SEK aufzutauchen. Zur Sicherheit sagte sie leise in ihr Funkgerät: „Bitte zurückbleiben, bis ich ein Zeichen gebe."

Zitternd atmete sie noch einmal durch, um gleich darauf langsam die Lichtung zu betreten. Glücklicherweise konnte sie den Boden jetzt auch ohne ihre Taschenlampe erkennen, wodurch sie nicht sofort auffallen würde.

Es war ganz still um sie herum. Langsam wagte sie sich vorwärts, wobei sie darauf achtete, kein Geräusch zu machen. Die hohen Bäume warfen lange gespenstische Schatten auf die Lichtung und Luisa fühlte sich zunehmend unwohler. Doch sie musste dieses Gefühl ignorieren. Sie atmete tief durch und straffte die Schultern.

Einige Meter von ihr entfernt trat der Hochsitz jetzt immer deutlicher hervor. Sie konnte erkennen, dass sich auf ihrer Seite nur die Rückwand des Gestells befand. Also pirschte sie sich langsam näher heran und versuchte, zur Vorderseite zu gelangen. In diesem Augenblick riss der Himmel noch etwas mehr auf und der Mond schien auf die Lichtung. Plötzlich war sie sich nicht mehr so sicher, ob es eine gute Idee gewesen war, sich alleine so weit vorzuwagen.

Nur noch zwei Schritte trennten sie von der Leiter, die nach oben führte. Ein Scharren war zu hören und ließ Luisa das Herz bis zum Hals schlagen. Sie schaute zum Rand der Lichtung, zu dem sie jetzt am liebsten zurückgekehrt wäre. Kurzzeitig überlegte sie, ob sie die Aktion nicht abbrechen sollte, doch dann dachte sie wieder an Ben und beschloss, sich ein Versteck zu suchen. Sie benötigte einen Ort, von wo aus sie sich ungestört einen Überblick über die Umgebung verschaffen konnte.

Hektisch sah sie sich um. Nur ein paar Meter weiter lagen dicke Baumstämme, die aufeinandergestapelt worden waren. Vorsichtig schlich sie nach drüben und duckte sich. Die Lage war perfekt, denn die Stämme erstreckten sich einige Meter, sodass sie näher an die Vorderseite des Hochsitzes gelangen konnte. Mit angehaltenem Atem und auf allen Vieren kroch sie vorwärts, denn die Baumstämme waren nicht hoch genug, um sich unentdeckt aufrichten zu können. Sie schielte nach oben. Hoffentlich konnte man sie nicht sehen. Jetzt verdeckte eine Wolke den Mond. Die Umgebung wurde wieder zu einem Zusammenspiel kurioser Schatten.

Wieso hatte sie sich in diese Lage gebracht? Und was, wenn sie schon lange entdeckt worden war und gleich überraschenden Besuch bekommen würde? Oder hatten die Flüchtigen sich vielleicht ein ganz anderes Versteck ausgesucht und Luisa verschwendete gerade wertvolle Zeit?

Ein Knacken. Direkt hinter ihr. Erschrocken fuhr sie herum und konnte gerade noch verhindern, laut zu japsen. Niemand war zu sehen und es war ihr zu riskant, die Taschenlampe einzuschalten. Vielleicht ein Tier? Seit wann war sie nur so schreckhaft geworden? In diesem Moment hätte sie alles dafür getan, sich mit ihren Kollegen verständigen zu können, doch das war schlichtweg nicht möglich. Die Antwort hätte sie sowieso nicht empfangen, da sie sonst mit Sicherheit sofort entdeckt worden wäre.

Sie musste weiterkrabbeln. Sicherheitshalber griff sie zum Holster ihrer Pistole. Im Notfall musste sie schnell sein. Jetzt konnte sie immer mehr von der Vorderseite des Hochsitzes erkennen. Wenn sie nur ihre Taschenlampe benutzen könnte! Angestrengt blickte sie nach oben. War da etwas? Eine lange Minute verstrich, in der Luisa schon fast aufgeben wollte. Bestimmt war diese Aktion völlig lächerlich und sie konnte einfach zur Truppe zurückkehren. Später würde sie jeder dafür auslachen.

Doch dann nahm sie eine kleine Veränderung wahr. Hatte sich da etwas bewegt? Sie musste näher heran, um etwas zu sehen. Vorsichtig legte sie sich ins Gras und robbte in Richtung des Hochsitzes. Ihr war bewusst, dass sie gerade einen äußerst seltsamen Anblick bot, aber in diesem Moment konnte sie ja ohnehin niemand sehen. Zumindest hoffte sie das, denn das war schließlich Sinn und Zweck dieses Manövers.

Inzwischen waren es nur noch wenige Meter. Wieder

starrte sie nach oben. Da war nichts. Sie wollte sich schon aufrappeln und umkehren, da wurde das Mondlicht wieder stärker. Luisa stockte der Atem.

Schemenhaft zeichneten sich vor der Rückwand des Hochsitzes drei Personen ab.

38

Alles, was ich sehe, ist ein zierlicher Schatten. Schon wieder fallen mir die Augen zu. Ich habe keine Ahnung, wer Ben ist und ich habe auch keine Ahnung, wer die Gestalt dort oben ist. Dort oben? Oder ist es unten? Ich kann es nicht erkennen.

Ich spüre meinen Körper fast nicht mehr.

Inzwischen ist es mir sowieso egal. Wilhelm wird mich umbringen. Er muss es tun. Und endlich wird mein Leiden ein Ende finden.

Ich röchle.

Hunger.

Durst.

Schmerzen.

Wo bin ich?

Was passiert hier?

Als ich meine Lider für einen kurzen Moment anhebe, kann ich sehen, wie der Schatten näher kommt. Und auch Wilhelm fängt jetzt wieder an zu schreien.

Ich will mir die Ohren zuhalten, doch ich bin zu erschöpft.

Lass mich in Ruhe!

Lass mich einfach sterben!

Bis vor ein paar Tagen habe ich nicht gewusst, dass er so sein kann.

Gemein.

Unmenschlich.

Skrupellos.

Mir gegenüber war er immer hilfsbereit. War er das wirklich? Ich weiß es schlicht und einfach nicht mehr. Ich kann schlicht und einfach nicht mehr.

Aus dem Augenwinkel sehe ich eine kleine Bewegung.

Wilhelm?

Er war der einzige Mensch, dem ich vertraut habe und was ist sein Dank dafür?

Hunger.

Durst.

Schmerzen.

So etwas steht doch niemand durch.

Wie konnte ich darauf hereinfallen? Was hat er mit mir gemacht?

Hitze schießt mir ins Gesicht.

Ich brauche Wasser.

Und mein Kopf tut so unfassbar weh.

Einatmen. Ausatmen. Einatmen. Ausatmen.

Es bringt rein gar nichts. Mir ist übel. Wann habe ich das letzte Mal etwas gegessen?

Wilhelm schreit.

Was schreit er denn da?

Tot.

Tot.

Tot.

Ich kann zwar fast nichts mehr sehen, aber ich rieche Angstschweiß.

Unsicherheit.

Angst.

Panik.

Tod.

Höchstwahrscheinlich bringt er uns jetzt alle um. Je weniger Zeugen, desto weniger Probleme, das war ja immer schon sein Leitspruch.

Der Mord. Das Blut. Die Waffe. Der Tod.

Länger halte ich es nicht mehr aus. Wieder einmal wird mir schwarz vor Augen.

39

Die Wörter, die Herr Tautrich gerade gerufen hatte, klangen Luisa noch immer in den Ohren: „Einen Schritt näher und er ist tot!" Er hatte Ben nach wie vor im Schwitzkasten und hielt ihm die Pistole drohend an den Kopf. Im Dunkeln konnte sie es zwar nicht genau erkennen, aber für sie gab es keinen Zweifel, dass es sich um eine PSM handelte. Also steckte Tautrich hinter den Morden und Anschlägen. Wenn sie sich seine Bewegungen so ansah, musste sie tatsächlich zugeben, dass er noch recht flink für sein fortgeschrittenes Alter war.

Luisa war wie gelähmt. Sie musste endlich wieder einen klaren Kopf bekommen. Sollte sie das SEK hinzuholen? Dann musste sie damit rechnen, dass Herr Tautrich alle Umstehenden tötete. Sollte sie selbst eingreifen? Das war aufgrund des Höhenunterschieds zeitlich unmöglich. Sollte sie schießen? So wie dieser Mann aussah, konnte ihm auch kein Warnschuss etwas anhaben. Die Situation schien ausweglos zu sein.

Luisa stand weiterhin regungslos im Gras vor dem Hochsitz und starrte nach oben. Der Mann, der in der hinteren Ecke lag, musste Paul Renke sein. Ganz sicher war sie sich jedoch nicht. Es könnte auch eine weitere Geisel sein, die zum falschen Zeitpunkt am falschen Ort gewesen war. Sie hatte sich in jeder Hinsicht in eine verzwickte Lage manövriert.

„Was wollen Sie jetzt machen? Denken Sie, Sie können ganz alleine in den Wald spazieren und Ihren Freund retten?", fragte er spöttisch. Luisa stellte erleichtert fest, dass er ihre kräftige Verstärkung noch nicht bemerkt hatte. Ihre eigene Pistole hatte sie absichtlich noch nicht angerührt, um ihn ja nicht zu sehr zu verunsichern. Sie konnte nicht genau einschätzen, ob dieser Mann einfach nur verwirrt oder wirklich gefährlich war.

„Können wir nicht kurz reden? Vielleicht finden wir einen Kompromiss!" Luisa war froh, dass ihre Stimme einigermaßen fest klang und nicht zu sehr piepste.

„Ich mache keine Kompromisse!", brüllte er herunter. „Wenn Sie sich jetzt nicht vom Acker machen, erschieße ich ihn!" Zur Betonung drückte er den Lauf der Pistole jetzt so stark an Bens Kopf, dass man sah, wie er sich zur Seite neigte. Luisa schluckte nervös. Auch wenn sie ihren Kollegen nicht liebte, war er ihr doch unsagbar wichtig. Eigentlich hätte sie als Polizistin schon längst etwas tun müssen. Aber sie hatte das Gefühl, dass es richtig war zu warten.

Und plötzlich wusste sie, wie sie die Situation vielleicht retten konnte. Es war zwar riskant, aber sie hatte keine andere Wahl. Jetzt musste sie sich nur noch überlegen, wie sie möglichst unauffällig ein Signal geben konnte. Sie brauchten den Überraschungsmoment auf ihrer Seite.

Vorsichtshalber lugte sie noch einmal zu Ben hinauf. Seine Körperhaltung deutete darauf hin, dass er nicht so stark geschwächt war wie die andere Person. Etwas anderes, als zu hoffen, dass er richtig reagierte, konnte sie jetzt eh nicht tun.

„Verschwinden Sie endlich!"

Luisa drehte sich langsam um und gab vor, wegzugehen. In Wirklichkeit aber nutzte sie es aus, dass ihr Gesicht nun ganz vor Tautrichs Blicken verborgen war. Schnell flüsterte sie in das Funkgerät: „Zugriff!" Hoffnungsvoll blickte sie in die Richtung, aus der das SEK kommen würde. Sie benötigten sicherlich nur kurze Zeit, bis man sie von der Lichtung aus sehen konnte und zudem hatten sie gelernt, sich möglichst leise an ihr Ziel heranzupirschen. Herr Tautrich würde sie gewiss zu spät bemerken. Also wartete sie einfach.

Aber nichts passierte.

Was war hier los? Eine Art Panik überfiel sie wieder. Wieso war das SEK denn überhaupt mitgekommen, wenn es nicht auf die Befehle der Kriminaloberkommissarin hörte? Inzwischen war Luisa zum Glück wieder so gefasst, dass sie sich ihre Unsicherheit nicht anmerken ließ. Da sie gerade aber angekündigt hatte, fortzugehen, musste sie es auch weiterhin danach aussehen lassen. Mit langsamen Schritten trottete sie in die Richtung, aus der sie gekommen war, davon.

Sie wusste, dass Ben sicherlich unfassbar sauer auf sie war. Es war ja auch wirklich zu dumm, dass sie von hier aus fast nichts tun konnte. Der Hochsitz dort oben war von großem Vorteil für Herrn Tautrich. Verärgert biss sie die Zähne zusammen und steuerte nach wie vor auf den Waldrand zu.

Da kam ihr auf halber Strecke plötzlich ein Mann entgegen. Zuerst konnte sie aufgrund der Finsternis nicht ausmachen, wer es war, doch dann half der Mond wieder ein bisschen nach und sie konnte das mürrische Gesicht von Justus Tautrich erkennen. Geistesgegenwärtig schnellte ihre Hand zu ihrer Pistole. Doch Herr Tautrich hob abwehrend die Hände über den Kopf und kam weiter auf sie zu. Sofort schoss Luisa durch den Kopf, dass er wohl mit seinem Vater zusammenarbeitete. Fassungslos wich sie einen Schritt zurück.

Das durfte doch nicht wahr sein. Sie, die Polizistin, die sich erst mutig zu dem Hochsitz vorwagte, wurde dann von einem Vater-Sohn-Komplott erledigt. Sie hatte gar nicht bemerkt, dass der Eindringling ihr schon so nah war und erschrak fürchterlich, als er ihr plötzlich etwas ins Ohr flüsterte. Sie schüttelte sich kurz und schärfte ihre Sinne.

Hinter dem Hochsitz konnte man jetzt erkennen, wie zwei Schatten Richtung Wald liefen. Der dritte Mann war wohl einfach nicht mehr fähig, sich zu bewegen. Er benötigte unbedingt medizinische Hilfe. Justus Tautrich war schon weitergelaufen. Sollte sie einfach stehen bleiben, um sich nicht noch mehr in Gefahr zu bringen? Oder wäre es doch besser, mitzukommen? Sie entschied sich für ein Mittelding und schlich langsam, aber in sicherem Abstand zu Justus, zurück zum Hochsitz. Die zwei Personen stolperten gerade aus dem schwachen Mondschein hinter ein paar Bäume und waren jetzt aus Luisas Blickfeld verschwunden. Innerlich verfluchte sie sich dafür, dass sie nicht früher gehandelt hatte.

Auf einmal legte sich ein Arm um ihre Schulter und brachte Luisa damit um den letzten Rest Beherrschung. Schockiert wollte sie losschreien, doch eine eiskalte Hand presste sich auf ihren Mund. „Halt die Klappe!", zischte es hinter ihr. Erleichtert ließ Luisa die Schultern wieder sinken, als sie Neles Stimme erkannte.

„Mistvieh!", stieß sie noch hervor und schlich auf wackeligen Beinen weiter.

„Adrians Idee ist doch super!", wisperte Nele. „Familienangehörige bewirken meist mehr als eine ganze Spezialeinheit!"

„Und ich dachte schon, ich habe durch diese Aktion meine ganze Autorität verloren, als das SEK nicht reagiert hat", gab Luisa leise zurück. Ihre Nerven lagen blank.

„Vater?"

Das Wort hallte so laut durch den Wald, dass Luisa ein weiteres Mal zusammenzuckte. Wann war sie so schreckhaft geworden? Man musste zugeben, dass die Umgebung alles andere als behaglich war, aber es war nun mal ihr Beruf, Dinge zu tun, vor denen andere Menschen Angst hatten. Nele winkte sie näher zu sich heran. Sie hatte gar nicht bemerkt, dass ihre Kollegin inzwischen am Hochsitz angekommen war. Als sie ihn schließlich auch erreicht hatte, konnte sie gerade noch sehen, wie Nele dem jungen Herrn Tautrich etwas zuwarf. Während sie noch grübelte, was das gewesen sein könnte, flackerte plötzlich Licht auf und erfasste die zwei geblendeten Männer.

„Vater, warte endlich!", rief Justus Tautrich wieder. Zögerlich blieb dieser nun stehen, Ben immer noch fest in seiner Mangel. „Was willst du hier?", fragte sein Vater nervös.

„Diese Polizistin ist hier noch irgendwo! Die wird dich festnehmen!"

„Du kannst aufhören! Es ist vorbei! Ich habe mich gestellt!"

„Du hast dich gestellt?", wiederholte er fassungslos.

„Ich hatte einfach keine Ruhe mehr!", log Justus weiter.

Trotz der Entfernung nahm Luisa eine Regung in Wilhelm Tautrichs Gesicht wahr. Seine harte Miene wich einer etwas milderen, aber sehr erschrockenen.

„Eingreifen?", fragte Nele Luisa leise.

„Nein, warte."

Jetzt ging Justus Tautrich noch ein paar Schritte weiter auf seinen Vater zu. Doch der wedelte nur wild mit seiner Pistole herum und suchte Schutz hinter den Bäumen.

„Nimm die Waffe herunter, Vater", sagte Tautrich mit zitternder Stimme.

„Niemals!", hallte es aus dem Wald und mit einem Mal lag die Lichtung wieder fast im Dunkeln da. Justus drehte sich hilfesuchend nach Luisa und Nele um, konnte sie wohl aber nicht wirklich ausmachen. Glücklicherweise verstand Luisa sofort und warf ihm jetzt ihre Taschenlampe zu. Als der junge Herr Tautrich den Lichtkegel erneut auf die Stelle fallen ließ, wo gerade noch sein Vater mit Ben gestanden hatte, sah man nichts als schwarze Nacht. Nele fluchte leise und schaute Luisa drängend an. Luisa nickte kurz und wagte sich dann um den Hochsitz herum in den Wald, jedoch einige Meter neben Justus Tautrich. Dann flüsterte sie in das Mikrofon: „Einkreisen."

Diesmal reagierte das SEK. Mit tapsenden Schritten erreichte der Trupp in wenigen Sekunden Neles Standort. Luisa war derweilen noch weiter in das Dickicht vorgedrungen. Wieder ärgerte sie sich darüber, dass es so finster war, wodurch ihre Sicht deutlich eingeschränkt war. Noch dazu hatte Justus jetzt ihre Taschenlampe. Wenigstens konnte sie sich an deren Schein etwas orientieren. Jetzt erkannte sie wenige Meter vor sich zwei Schatten. Blitzschnell stellte sie sich hinter einen Baum, um nicht gesehen zu werden. Die Stimme von Tautrichs Sohn war jetzt wieder nähergekommen.

„Du wirst das alles bereuen, Vater!", sagte er gerade.

Und dann, wesentlich lauter: „Nein! Tu das nicht!"

Alarmiert schaute Luisa über ihre Schulter und nahm ein grausames Szenario wahr. Herr Tautrich hatte den Würgegriff um Ben gelockert und die Pistole jetzt an seine eigene Schläfe gelegt. Schlagartig wurde ihr bewusst: Wenn er jetzt abfeuerte, tötete er sich selbst und verletzte zusätzlich Ben. Sie war nur noch wenige Schritte von den beiden entfernt.

Dann geschah alles ganz schnell. Ben hatte einen kurzen Blick auf Luisa erhascht und da er sich sicher sein konnte, gedeckt zu werden, handelte er sofort. Er wand sich mit einer geübten Bewegung aus Herrn Tautrichs Umklammerung, was diesen kurzzeitig verblüffte.

Diesen Moment nutzte Luisa aus. Sie sprang auf ihn zu und schlang von hinten einen Arm um seine Schulter. Mit der anderen Hand bekam sie gerade noch die Pistole zu fassen. Doch Wilhelm Tautrich war aufmerksamer, als sie zuerst angenommen hatte. Sein kräftiger Arm wollte um jeden Preis die Schusswaffe weiter auf seinen Kopf gerichtet halten und er hatte seinen Finger schon am Abzug. Man sah seinem schmerzverzerrten Gesicht an, dass es in diesem Moment nichts mehr gab, was ihn am Leben hielt.

Wie ein Blitz durchfuhr es Luisa, als sie die Zusammenhänge endlich verstand. Dann mobilisierte sie ihre letzten Kräfte und riss seine Hand eine Zehntelsekunde, bevor er den Abzug betätigen konnte, nach unten.

40

Ich höre einen lauten Knall und wache wieder auf.

Bin ich tot? Hat der Schuss mich getroffen? Müde taste ich meinen Körper ab. Auch wenn ich im ersten Moment keine Verletzungen feststellen kann, bin ich mir nicht sicher, ob ich mir das vielleicht nur einbilde. Krampfhaft versuche ich, ein paar Wörter zu sagen. Doch alles, was ich herausbekomme, ist ein leises Krächzen. Dann fallen mir wieder die Augen zu.

Da dringt eine Stimme an mein Ohr. Es ist eine wunderschöne helle Stimme und so habe ich jetzt doch die Gewissheit, im Himmel zu sein. Aber wie kann das sein? Ich habe doch einen Menschen getötet! Mit so einer schwerwiegenden Tat kann ich wohl kaum im Himmel gelandet sein.

Habe ich ihn überhaupt getötet? Oder war es jemand anders?

Jetzt höre ich schon wieder diesen Ton. Diesmal deutlicher. Spricht da etwa jemand mit mir?

„...verletzt?"

Verletzt? Ist man im Himmel noch verletzt? Verdutzt hebe ich jetzt doch ein Augenlid an.

Vor mir steht der schönste Engel, den ich je gesehen habe. So weit ich es ausmachen kann, hat er goldene Haare und wunderschöne Augen. Und als ob der Anblick nicht schon genug wäre, berührt er mich jetzt auch noch mit zarten Händen an der Wange. Selig schließe ich wieder meine Augen.

Und reiße sie gleich darauf wieder auf, denn die zarte

Hand hat mir eine Ohrfeige gegeben.

Ich bin nicht im Himmel.

„Ob Sie verletzt sind, habe ich Sie gefragt!", sagt die Frau vor mir. Sie trägt einen dicken Mantel mit Pelzbesatz und schaut mich besorgt an. „Können Sie mich überhaupt hören?"

Dann steht sie auf und wendet sich an einen Mann, der eine Uniform trägt: „Ich glaube, er ist bewusstlos. Hoffentlich ist der Krankenwagen bald da."

Gerade nehme ich mir vor, mich doch irgendwie bemerkbar zu machen, da kniet sich die Frau wieder neben mich und hält meine Hand. Also beschließe ich, den Moment zu genießen und zu schweigen. Ich hätte eh keine Kraft gehabt, ihr zu antworten.

Als ich aufwache, ist alles um mich herum weiß. Zuerst habe ich Angst, dass ich jetzt wirklich tot bin, darf dann aber feststellen, dass im Zimmer einige Männer in weißen Kitteln umherlaufen. Ich bin im Krankenhaus. Das erste Mal seit Wochen kann ich ausatmen. All die Anspannung fällt langsam von mir ab. Ich atme einfach nur und freue mich, am Leben zu sein.

Mit der Zeit habe ich mich an die Helligkeit des Zimmers gewöhnt und erkenne jetzt endlich wieder mehr. Die engelsgleiche Frau ist inzwischen weg. Dafür sitzt meine Großmutter auf einem Stuhl neben mir.

„Wie fühlen Sie sich?", fragt einer der Ärzte.

Ich versuche, ein paar Wörter zu sagen, doch ich bringe nur ein Husten zustande.

„Du bist wach!", ruft da eine sehr bekannte Stimme. Nachdem ich kurz überlegt habe, kann ich das Geschrei meiner Großmutter zuordnen. Sie springt auf und tätschelt mir wie verrückt die Wange.

Naja, sie wusste eben noch nie, wie man angemessen mit

mir umgeht. Das sehen wohl auch die Ärzte so, denn sie drücken sie behutsam zurück auf den Stuhl. Dann nehme ich wahr, dass mehrere Menschen das Zimmer verlassen. Ein heftiger Kopfschmerz durchzuckt mich und ich schließe meine Lider wieder.

„Wie geht's dir denn, Junge?", fragt meine Großmutter da wieder. Obwohl es schmerzhaft ist, sehe ich sie an. Der Raum ist jetzt ganz leer, bis auf meine Großmutter. Ein einziger rot-lila-grüner Punkt inmitten eines komplett weißen Zimmers. Dass ihr Kleidungsgeschmack schräg ist, fällt mir sogar in diesem Moment noch auf. Eine Schwester kommt jetzt herein und bittet meine Großmutter, noch eine Weile draußen zu warten. Ich bin ihr unendlich dankbar und nicke sofort ein.

41

„Wie geht es den jungen Tautrichs?", fragte Nele und biss in einen Spekulatius.

„Sie werden mit dem Schrecken davonkommen. Auch wenn Justus Tautrich wirklich sehr beunruhigende Szenen gesehen hat."

„Das kann man wohl so sagen. Um ein Haar hätte sich sein Vater vor seinen Augen erschossen."

„Da kann seine Ehegattin von Glück reden, dass sie bisher nur eine grobe Zusammenfassung bekommen hat", warf Ben ein. Er hatte einige Schürfwunden am Arm und auf seiner Stirn klebte ein großes Pflaster, das er zum Schutz trug. Die kleine Platzwunde war erst am Vortag genäht worden.

„Aber ich bin gespannt, ob er verurteilt wird. Die Tat ist schließlich fast zwanzig Jahre her."

„Bestimmt. Die Beweislage ist in diesem Fall dann doch erdrückend", erwiderte Luisa. „Es sei denn, Paul Renke schweigt dazu. Ich persönlich glaube allerdings eher, dass er reden wird. Denn wer sollte ihm jetzt noch schaden können? Er muss eh ins Gefängnis."

„Bist du dir da so sicher?", fragte Ben.

„Wir reden hier von Mord!", warf Nele entrüstet ein.

„In ein paar Tagen wissen wir mehr", sagte Luisa beschwichtigend und griff nach einem Keks.

„Ich war so schockiert, als ich Paul gefunden habe", erzählte Nele mit starrem Blick. „Natürlich habe ich sofort auf seine Hände geschaut, um ihn auch sicher identifizieren zu können. Neun Finger. Die Narbe sieht scheußlich aus."

„Und er hat das wirklich selbst getan?", fragte Adrian ungläubig.

„Als die Ärzte ihn danach gefragt haben, hat er angeblich nur genickt. Mehr wollte er wohl nicht dazu sagen", berichtete Luisa.

„Es ist furchtbar, dass er sich verstümmelt hat", meinte Adrian.

„Absolut", pflichtete Ben ihm bei. „Hätte er das nicht getan, wäre ihm wohl einiges an Leid erspart geblieben."

„So kannst du das nicht sagen", warf Luisa ein. „Wir hätten ihn vielleicht nie gefunden."

„Eine Vermisstenanzeige gab es doch ohnehin", sagte Adrian. „Außerdem haben wir es jetzt nicht mehr nötig, irgendwelche Mutmaßungen anzustellen. Der Staatsanwalt ist zufrieden und hat mir gesagt, dass er auf einen frühen Verhandlungstermin drängen wird. Schon in ein bis zwei Monaten wird sich hoffentlich klären, wer wie lange ins Gefängnis muss."

Die anderen drei nickten. Schweigen machte sich wieder breit. Jeder genoss die Ruhe, die endlich eingekehrt war.

„Ich bin immer noch schockiert", setzte ihr Chef da kopfschüttelnd an und rührte in seinem Tee herum. „Wilhelm ist so ein guter Kerl."

„War", verbesserte ihn Nele mit hochgezogenen Augenbrauen.

„Was Herr Tautrich getan hat, war absolut menschenunwürdig und kann nicht gerechtfertigt werden", sagte Ben mit fester Stimme.

Adrian starrte weiter düster auf die Dampfschwaden, die aus seiner Tasse hochstiegen. Das Team hatte aufgrund der ereignisreichen Wochen beschlossen, an diesem Nachmittag eine spontane Weihnachtsfeier zu veranstalten. Da alle von der dramatischen Nacht im Wald noch ziemlich erschöpft waren und es zudem keine neuen großen Fälle zu bearbeiten gab, hatte sogar Adrian dem Vorhaben zugestimmt. Jetzt saßen alle um den runden Besprechungstisch und aßen mitgebrachtes Gebäck. Es waren natürlich keine selbst gebackenen Kekse, da niemand in diesem Dezember viel Zeit gehabt hatte, aber es war trotzdem schön, sich jetzt einmal zurücklehnen zu können und nicht über tote oder vermisste Personen sprechen zu müssen. Ein paar Dinge mussten aber immer noch geklärt werden.

„Wann genau werden Renke und Tautrich dem Haftrichter vorgeführt?", fragte Luisa Adrian.

„Übermorgen, sofern Renkes gesundheitlicher Zustand das zulässt", antwortete er. „Es wäre gut, wenn ihr alle dabei wärt."

Sie nickten einvernehmlich.

„Gestern waren Luisa und ich im MALEK", erzählte Nele. „Der ganze Stammtisch inklusive Malek Sorokin war furchtbar erleichtert, als wir ihnen erzählt haben, dass jetzt alles vorbei ist." Luisa nickte bekräftigend und sagte: „Man konnte richtig sehen, wie jedem von ihnen ein Stein vom Herzen gefallen ist."

„Was ist mit Ida Renke? War sie schon bei ihrem Enkel?", fragte Ben.

Luisa nickte. „Gleich am Morgen, nachdem er eingeliefert wurde. Frau Engel habe ich auch schon benachrichtigt."

„Sehr gut, Isa!", lobte Nele sie und klopfte ihr auf die Schulter. „Jetzt bist du uns nur noch eine Zusammenfassung schuldig. Du hast doch sicherlich eine Theorie, was zwischen Renke und Tautrich vorgefallen ist?"

„In der Tat, aber Paul Renke wird es immer noch am besten erzählen können."

„Schon klar. Aber hast du nun eine Idee?"

Luisa nickte und zwinkerte ihren Kollegen zu. „Wenn ich diese wundervollen Kekse aufgegessen habe, weihe ich euch ein."

Lachend schnappte sich Nele einen weiteren Spekulatius und auch die anderen beiden fingen wieder an zu essen. So sagte eine Weile gar niemand etwas und jeder gab sich seinen eigenen Gedanken hin.

„Verrückt. In nur fünf Tagen ist Weihnachten", sagte Luisa plötzlich in die Stille hinein. Freudig klatschte Nele in die Hand und holte ein kleines Päckchen hervor. „Und genau aus diesem Grund haben wir dir eine Kleinigkeit besorgt!", sagte sie.

„Eigentlich aus einem ganz anderen Grund", widersprach Ben und runzelte die Stirn, was ihm aber offenbar wehtat, denn er verzog das Gesicht zu einer schmerzverzerrten Grimasse.

Auch Adrian beteiligte sich jetzt wieder am Gespräch und sagte zu Luisa: „Hoffentlich gefällt es dir. Die Idee dazu hatte Ben."

Luisa hatte noch überhaupt nicht begriffen, wieso ihre Kollegen ihr etwas schenken wollten und schaute fragend in die Runde, als Nele ihr das Päckchen in die Hand drückte.

„Wieso denn das?", fragte sie mit dem Anflug eines Lächelns.

„Weil du mich gerettet hast. Und Tautrich auch. Und eigentlich uns alle", begann Ben. Nele fügte noch hinzu: „Du hast Mut bewiesen, indem du einfach zum Hochsitz gelaufen bist. Hättest du das nicht getan, wäre Justus Tautrich nicht rechtzeitig zur Stelle gewesen und Ben vielleicht sogar tot!"

„Und ich muss mich bei dir entschuldigen", räumte Adrian ein. „Von Anfang an warst du dir so sicher, dass alle Fälle miteinander verwoben waren und trotzdem habe ich dir nicht vertraut."

Luisa war überwältigt von den Worten ihres Teams. Geschmeichelt packte sie ihr Geschenk aus. Als sie das goldglänzende Papier aufgerissen hatte, musste sie lachen. Vor ihr stand ein hellblauer Thermobecher mit der Aufschrift „Power-Kommissarin".

„Damit du deinen heiß geliebten Kaffee auch unterwegs trinken kannst", lachte Nele.

„Oder den leckeren Ingwertee", ergänzte Ben und verzog angewidert das Gesicht. Selbst Adrian lachte darüber und stupste Luisa spielerisch in die Seite. Es tat allen gut, nach diesem aufreibenden Fall endlich wieder aufatmen zu können. Von der besinnlichen vorweihnachtlichen Stimmung hatten Luisa und ihre Kollegen in diesem Jahr nicht viel mitbekommen. Trotzdem waren alle guter Dinge und freuten sich, dass die Geschichte halbwegs glimpflich ausgegangen war.

„Vielen Dank, ihr seid wirklich lieb!", sagte sie und umarmte der Reihe nach ihre Kollegen. „Dann erzähle ich euch jetzt endlich, wie ich mir dieses Drama erkläre."

42

Zugegebenermaßen bin ich ziemlich nervös. Ungefähr hundert neugierige Augenpaare mustern mich durchgehend, denn mein Fall scheint etwas Besonderes zu sein.

Ich sehe einige bekannte Gesichter. Da ist meine Großmutter, die unentwegt weint. Neben ihr sitzt Natascha und streichelt ihr über den Rücken. Sie war schon immer sehr einfühlsam. Und auch Föstchen ist hier. Er hat sich wirklich stark verändert. Schon in unserem Alter hat er fast eine Glatze. Außerdem sitzen in den hinteren Reihen viele Menschen, die ich nur flüchtig kenne. Vielleicht ein paar ehemalige Schulkameraden oder Leute aus der Kneipe, in der ich so oft war. Ich kann es nicht genau sagen.

Mir ist heiß. Es hat zwar Minusgrade draußen, doch in dem großen Saal, in dem ich sitze, sind so viele Menschen, dass es sich anfühlt wie in der Sauna. Mit einem Taschentuch wische ich mir über die Stirn.

Dann lasse ich meine Augen zu Wilhelm wandern. Genau wie ich hat er einen Verteidiger an seiner Seite. Um Konflikte zu vermeiden, sitzt er an der gegenüberliegenden Wand. Doch auch das hält ihn nicht davon ab, mich unentwegt zu beobachten. Der Mann ist ein richtiger Psychopath. Und ich hasse ihn von ganzem Herzen.

Ich blicke wie so oft auf meine Narbe am kleinen Finger. Selbst Monate später tut sie noch weh. Der schmerzhafte Moment, in dem ich mir den Finger abgehackt habe, wird mir für immer im Gedächtnis bleiben.

„Bald sind Sie an der Reihe", flüstert mir mein Anwalt zu.

Ich zwinge mich zu einem kleinen Lächeln und hefte meinen Blick wieder auf den Richter, der gerade mit den Zeugen spricht. Zu siebt stehen sie neben dem Zeugenstand und nicken zu allem, was ihnen erklärt wird. Sie sind verpflichtet, die Wahrheit zu sagen. Aber was ist denn die Wahrheit? Liege ich mit meinen Einschätzungen richtig? Genau kann ich es schließlich nicht sagen, wenn man bedenkt, wie oft ich völlig weggetreten war.

Ich kenne nur Herrn Bernstein. Sein unverwechselbares Haar ist mir im Gedächtnis geblieben. Ich weiß, dass er nur wegen dieses Zettels hier ist. Zum Glück habe ich ihn nicht getötet. Neben ihm steht eine pummelige Frau, die ich noch nie in meinem Leben gesehen habe. Außerdem sehe ich den Barkeeper, in dessen Kneipe ich Wilhelm kennengelernt habe. Die anderen beiden sind vermutlich ein Paar, denn sie halten sich an den Händen. Welche Rolle sie spielen, kann ich zum jetzigen Zeitpunkt nicht sagen. Dahinter stehen noch zwei weitere Männer, die anscheinend auch oft in der Bar waren. Ich erinnere mich vage daran, dass der Richter vorhin erwähnt hat, dass er sie nur im Notfall befragen wird.

Eigentlich bin ich mir sicher, dass niemand etwas vom Schuss auf Herrn Rothensteiner mitbekommen hat. Andererseits hat die Polizei meine Waffe gefunden. Und auch die Latex-Handschuhe. Es gibt mehr als genug Beweise, die gegen mich sprechen. Somit steht außer Frage, dass ich am Ende des Tages in den Knast gehen werde.

Aber ich werde ihnen ohnehin die Wahrheit erzählen. Ich sehe keinen Sinn mehr darin, zu lügen.

Gemurmel wird laut. Die Zeugen werden nach draußen geschickt, was vermutlich damit zusammenhängt, dass sie sich nicht gegenseitig beeinflussen sollen. Als der mir unbekannte Mann sich umdreht, wird mir schlecht. Beim Hereingehen habe ich ihn nicht so genau gesehen, doch jetzt fällt mir die große Ähnlichkeit zwischen ihm und Wilhelm auf. Sind die beiden womöglich Geschwister? Nein, der Mann sieht jünger aus. Er muss sein Sohn sein. Als er an mir vorbeikommt, starrt er mich unverhohlen an. Ich ziehe scharf die Luft ein und schlage mir die Hände vor den Mund.

Diesmal ist er es wirklich. Ich bin wohlauf und habe keine Panikattacke. Gerade eben habe ich ganz ohne fremde Hilfe ein Gesicht identifiziert. Vor mir steht der Mann, der meine Mutter getötet hat. Mein Verteidiger bemerkt vermutlich mein erschrockenes Gesicht, denn er rüttelt mich an der Schulter und fragt besorgt, ob alles in Ordnung ist. Ich weiß, dass ich mich hier im Gericht eigentlich zusammenreißen müsste, doch wie so oft denke ich mir: Was habe ich noch zu verlieren?

„Er ist es!", sage ich laut und deutlich und sehe zum Richter.

Die Zeugen sind jetzt bei der Tür angelangt. Wilhelms Sohn dreht sich noch einmal um und sieht mich mit einer Mischung aus Verachtung und Angst an.

„Kommen Sie in den Zeugenstand. Sie können uns gleich erzählen, was Sie damit meinen", kommt es vom Richter.

Ich trotte langsam nach vorne und wappne mich innerlich für die Fragen.

Seit dem Tag, an dem ich dem Haftrichter vorgeführt worden bin, sind nun zwei ganze Monate vergangen. Somit kann ich heute schon ganz anders auf die Geschehnisse schauen. Ich hoffe, dass sich mein Zustand nicht verschlechtert, wenn ich die Geschichte später erzählen werde. Eigentlich sollte nichts schiefgehen. Seit Wochen habe ich mich auf diese Verhandlung vorbereitet und sie in Gedanken durchgespielt.

Zuerst soll ich aber nur ein paar private Dinge erzählen.

Wohnort, Einkommen, Werdegang und so weiter. Das ist schnell erledigt, da ich auf die Fragen vorbereitet bin und es ohnehin nicht viel dazu sagen gibt.

Dann verliest der Staatsanwalt die Anklage.

Als ich höre, was die Polizei sich zusammengereimt hat, bin ich schwer beeindruckt. Sie liegt in fast allen Dingen richtig. Natürlich ist die Beschreibung nicht sehr ausführlich, doch im Großen und Ganzen scheinen sie einiges an Material zusammengetragen zu haben. Ich wusste nicht, dass wir so viele Spuren hinterlassen hatten. Nicht einmal das hat er geschafft.

Nachdem der Richter den letzten Satz gesagt hat, blicke ich verblüfft nach oben. Nur die Umstände, unter denen ich in die Hütte im Wald gekommen bin, haben sie falsch eingeschätzt. Ich werde sie aufklären.

„Wollen Sie sich zu den Ihnen zur Last gelegten Taten äußern?"

Eifrig nicke ich.

„Sie haben das Wort", sagt der Richter und setzt sich.

Zuerst stehe ich eine Weile unschlüssig herum und überlege, wie ich am besten anfangen könnte. Soll ich mit dem Einbruch anfangen? Beim Gedanken daran verkrampfen sich meine Hände. Oder soll ich mit der Freundschaft zu Wilhelm anfangen? Oder mit den Panikattacken? Ich schlucke und schaue mich um. Alle sehen aus, als würden sie gleich vor Neugier platzen. Dabei hat der Richter doch sowieso schon alles vorgelesen. Aber sie können ja nicht wissen, dass es wirklich so gewesen ist. Die meisten Details klingen zu absurd.

„Haben Sie es sich anders überlegt, Herr Renke?", fragt der Richter.

„Nein, auf keinen Fall", antworte ich und drehe mich schnell um. Dann nehme ich all meinen Mut zusammen und fange an.

„Ich hatte nie vor, jemandem etwas anzutun. Ich bin kein Mörder."

Ein Raunen geht durch die Reihen. Mir ist bewusst, dass dieser Satz für fremde Ohren komisch klingt. Jeder weiß schließlich, dass ich einen Mann getötet habe.

„Damit will ich sagen, dass es eigentlich nicht meine Art ist. Also, ich muss anders anfangen. Wilhelm hat mich benutzt. Denn sein Sohn, der gerade den Raum verlassen musste, ist der Einbrecher."

„Bitte schildern Sie das alles etwas genauer."

Ich muss mich jetzt beherrschen. Die Erzählung über diese grausamen Sekunden wird mir einiges abverlangen. Die Angst, eine Attacke zu bekommen, ist durchaus da.

Da ich ganz in meinen Gedanken versunken bin, bemerke ich zuerst nicht, dass sich ein Mann neben mich stellt. Erst, als er mir eine Hand auf die Schulter legt, sehe ich ihn an. Es ist der Psychologe, mit dem ich gestern schon kurz gesprochen habe. Er soll mich wohl unterstützen.

Zum Glück haben sich meine schlimmsten Vorstellungen nicht bestätigt. Der Mann, der sich nach den Szenen am Hochsitz meiner angenommen hatte, ist wirklich in Ordnung. Ihm habe ich es zu verdanken, dass ich klar denken kann, während ich hier stehe und erzähle. Es war zwar nicht angenehm, mich jemandem anzuvertrauen, aber es hat mich auch nicht umgebracht. Außerdem: Was sollte mich jetzt noch umbringen können?

„An diesem Abend habe ich in meinem Zimmer gespielt. Meine Mutter hat in der Küche gekocht."

„Erzählen Sie von allen Details, die Ihnen einfallen. Ich bin hier", flüstert mir der Psychologe zu. Er meint es sicherlich gut mit mir, aber ich finde seine Gesten übertrieben. Sein Lächeln sieht aus wie das eines wiehernden Pferdes.

Wieso wird mir für die Gerichtsverhandlung denn ein neuer Betreuer zur Seite gestellt? Das ist doch nicht förderlich für die Heilung einer verkorksten Seele. Bestimmt gehört er zum Gericht.

Ich spüre einen leichten Händedruck.

Stimmt ja, alle Details. Ich weiß, dass es sein muss, doch der Gedanke ist wie immer total vernichtend. Langsam lasse ich mich auf den Stuhl fallen, der bereitgestellt wurde. Ich habe keine Ahnung, ob es üblich ist, in solch einer Verhandlung zu sitzen, aber da niemand etwas sagt, nehme ich an, dass ich als Psychopath eine Sonderstellung habe.

„Sie trug eine rosa Schürze. Die hatte sie immer an, wenn sie etwas in der Küche gemacht hat. Ganz gleich ob Kochen, Backen oder einfach nur eine Tasse Kakao. Sie legte großen Wert auf Sauberkeit."

Ich muss kurz eine Pause machen, denn ich erinnere mich jetzt sehr deutlich an ihr Gesicht. An das Gesicht, dessen warmes Lächeln Wilhelms Sohn ausgelöscht hatte.

„Es war noch hell draußen. Aber es war schon Abendessenszeit. Sie wollte einen Gemüseauflauf machen. Nebenbei trällerte sie immer irgendwelche Lieder."

„Wo war Ihre Großmutter?"

„Ich kann mich nicht daran erinnern", gebe ich zurück. „Was ich weiß, ist, dass ich in meinem Zimmer gespielt habe. Es lag gleich neben dem Wohnzimmer, in dem wir meistens gegessen haben. Wir hatten nicht viel Platz."

Ich atme tief durch, denn jetzt komme ich zum eigentlichen Geschehen.

„Als die Tür aufging, dachte ich zuerst, dass meine Großmutter heimkommt. Aber sie antwortete nicht auf den Gruß meiner Mutter. Ich war neugierig und lugte vorsichtig um den Türrahmen. Dort stand ein Mann, den ich noch nie gesehen hatte. Er machte mir Angst mit seiner dunklen Kleidung und dem geschwärzten Gesicht."

Mir fällt ein, dass das vielleicht der Grund allen Übels gewesen sein könnte.

„Ich denke, dass ich deshalb nie genau sagen konnte, ob ich vor dem richtigen Mann stand."

„Der Reihe nach, bitte", merkt der Richter an.

„Also gut. Ich versteckte mich also zur Sicherheit unter meinem Bett. In dem Moment kam meine Mutter aus der Küche. Sie war die einzige Person, die ihm im Weg war, also holte er irgendeinen langen Gegenstand aus seinem Rucksack und schlug ihr auf den Kopf. Fast hätte ich geschrien, so grausam sah es aus, als sie rückwärts auf unser Sofa fiel und reglos liegen blieb. Auch in mein Zimmer lugte er kurz, doch ich war klein genug, um ganz unter dem Bett verborgen zu sein."

Ich merke, wie meine Hände wieder zu zittern beginnen. Die Geschichte hier zu erzählen, ist wirklich aufwühlend. Nervös knete ich meine Hände und beobachte, wie meine Narbe sich ganz weiß verfärbt.

„Dann hat er viele Schubladen untersucht und allen möglichen Kram eingesteckt. Später habe ich dann erfahren, dass er unser ganzes Bargeld und einige Schmuckstücke mitgenommen hat. So richtig einschätzen konnte ich das damals aber nicht. Für mich zählte nur, dass er meiner Mutter wehgetan hatte."

„Sehr gut, Paul", flüstert der Psychologe. Schon jetzt nervt er mich.

„Mein Leben war nie besonders schön. Ich litt andauernd unter Alpträumen, die mit der Zeit zu ausgewachsenen Panikattacken wurden. Bereits die kleinsten Dinge erinnerten mich immer wieder an diesen schlimmen Abend. Die meiste Zeit verkroch ich mich also in meinem Zimmer und versuchte, mich mit irgendwelchen sinnlosen Beschäftigungen abzulenken. Als ich schön langsam erwachsen wurde, musste ich mir natürlich auch einen Job suchen. Ich fing an, bei Herrn Hurtig die Buchhaltung zu übernehmen."

„Welchen Schulabschluss haben Sie denn?"

„Ich habe nur die mittlere Reife. Aber dieses Büro lief schon immer schlecht und mein Arbeitgeber suchte jemanden, den er abzocken konnte und der trotzdem die lästige Arbeit für ihn übernahm."

„Inwiefern abzocken?"

„Er hat mir ganz sicher nicht genug Geld für diese aufwendige Arbeit gegeben."

Der Richter notiert sich etwas und setzt einen strengen Blick auf. Dann bedeutet er mir weiterzusprechen.

„Ich weiß nicht, inwiefern das wichtig ist, doch ich hatte eine längere Beziehung mit Frau Engel."

„Wieso wurde dieses Verhältnis später beendet?"

„Ist das nicht etwas zu privat?", frage ich skeptisch. Es tut mir irgendwie weh, sie mit einbeziehen zu müssen, obwohl sie nichts falsch gemacht hat.

„Sie werden gerade zu einem Mordfall vernommen. Ich denke also nicht, dass es jetzt angebracht wäre, Rücksicht auf ihre Privatsphäre zu nehmen."

„Da haben Sie natürlich recht. Naja, sie wollte nicht mehr unter diesen Panikattacken leiden. Solche Probleme belasten eine Beziehung enorm. Und ab einem gewissen Zeitpunkt habe ich mir nicht mehr helfen lassen. Weder von ihr noch von jemand anderem. Ich kann Ihnen aber nicht sagen, wann genau das war."

Nach kurzem Überlegen füge ich hinzu: „Und warum das so war, kann ich Ihnen leider auch nicht sagen."

Der Psychologe tätschelt mir schon wieder die Schulter. Er ist wirklich aufmerksam.

„Diese Angstzustände wurden immer schlimmer. Ich hatte Selbstmordgedanken. Mehrmals täglich. Mein Leben war unerträglich geworden. Ich wusste schlicht und ergreifend nicht mehr, wie ich weitermachen sollte. Meine einzige Routine war, in diese Bar zu gehen, wo ich mich ab und zu betrank. Auch wenn Alkohol vermeintlich alle Schmerzen lindert, war das leider nicht immer so."

„In dieser Bar hatten sie dann eine Attacke?", hilft mir der Richter auf die Sprünge.

„Ja, aber ich kann mich fast nicht mehr daran erinnern. Mir wurde ja schwindelig und ich habe nicht mehr viel mitbekommen. Das Einzige, was ich noch weiß, ist, dass viele Gäste zu mir gekommen sind und auf mich eingeredet haben. Ob ich selbst allerdings etwas gesagt habe, weiß ich nicht mehr."

„Dazu befragen wir die Zeugen später."

„Ein paar Tage darauf wurde ich von Wilhelm angesprochen."

Ich werfe ihm einen bösen Blick zu.

„Er bot mir seine Unterstützung an. Mein schlimmer Zustand hätte in ihm das Bedürfnis geweckt, mir zu helfen. Dann erzählte er mir davon, dass er immer schon Polizist werden wollte. Natürlich vertraute ich ihm da. Ich hatte ja keinen anderen und schöpfte an diesem Tag zum ersten Mal seit langem wieder ein wenig Hoffnung."

Ich drehe mich zu meiner Großmutter um und sehe, dass sie hemmungslos weint. Bestimmt bemerkt sie jetzt, dass sie sich nicht besonders gut um mich gekümmert hat. Trotzdem liebe ich sie. Bei Gelegenheit werde ich ihr das sagen.

„Im Nachhinein ist mir klar, dass er das gesagt haben muss, weil er einen Verdacht schöpfte. Wahrscheinlich habe ich bei meiner Panikattacke doch zu viele Details verraten. Dann musste er ja nur noch nachrechnen, ob ich damals ein kleiner Junge gewesen sein könnte."

Ich stocke. Was rede ich denn da? Nachrechnen? Was denn nachrechnen?

„Gerade wundert mich etwas. Wie konnte er sich so sicher sein, dass ich von diesem Einbruch damals spreche? Hat mich sein Sohn doch bemerkt? Und wenn ja, wieso hat er mich dann nicht ebenfalls geschlagen?"

„Das wird uns Herr Tautrich hoffentlich später erklären können", gibt der Richter zur Antwort.

Das hoffe ich durchaus auch.

„Gut, ich habe mich also auf ihn eingelassen. Der erste Schritt bestand darin, von der Bildfläche zu verschwinden. Er erklärte mir, dass die Polizei bald eine Fahndung nach mir herausgeben würde. Ich verkleidete mich ein wenig, färbte mir die Haare hell und so weiter. Am allerschlimmsten war jedoch die grausame Idee, die er dann hatte. Er schlug vor, einen Finger abzutrennen und ihn in die Alster zu werfen. Die Polizei würde vom Schlimmsten ausgehen und wir hätten somit mehr Zeit. Ich hatte unfassbar starke Schmerzen."

Ich schaue wieder auf die Stelle, an der früher mein kleiner Finger war.

„Womit haben Sie ihn entfernt?"

Entfernen ist ein äußerst beschönigendes Wort.

„Ein scharfes Küchenmesser. Wilhelm hat es danach vernichtet. Ich weiß aber leider nicht, wie."

„Sind Ihnen denn keine Zweifel gekommen, als er solch eine Verstümmelung vorschlug?"

„Es hat mich einiges an Überwindung gekostet. Aber ich wollte eben mein Ziel nicht aus den Augen verlieren", gebe ich zu. Dann füge ich noch ganz leise hinzu: „Wilhelms Ziel."

Der Richter nickt und bittet mich stumm, weiterzureden.

„Dann versteckten wir uns in Wilhelms alter Fabrikhalle. Da würde uns niemand finden, sagte er, da sie offiziell noch zur Baufirma gehörte, aber nicht mehr genutzt wurde."

Wieder atme ich tief durch.

„Der Rest der Geschichte erklärt sich ja von selbst. Wilhelm hatte den Plan, mich gegen so viele andere Personen wie möglich aufzuhetzen, und das nur, um von seinem eigenen Sohn abzulenken. Er hatte wohl Angst, ich könnte seinen Sohn verraten, wenn ich mich genauer erinnerte. Dass ich eigentlich nie einen Gedanken an tatsächliche Rache verschwendet hatte, bis ich ihm begegnete, spielte dann keine Rolle mehr. Er manipulierte mich komplett. Oftmals schlich er sich von hinten an und erschreckte mich. Damals dachte ich mir nichts dabei, aber heute bin ich mir sicher, dass er Panikattacken hervorrufen wollte. Sein Ziel war es, mich komplett aus der Bahn zu werfen. Er wusste, dass er mich gefügig machen konnte, wenn er mich nur lang genug verwirrte. Nach ein paar Wochen fraß ich ihm aus der Hand."

„Dafür, dass sie benutzt wurden, scheinen Sie ja ziemlich genau Bescheid zu wissen, was Ihr Entführer gedacht hat", merkt der Richter mit einer hochgezogenen Augenbraue an.

„Die letzten paar Wochen habe ich ausschließlich damit verbracht, über diesen verkorksten Lebensabschnitt nachzudenken. Wenn man mal nicht beachtet, dass eigentlich auch mein restliches Leben verkorkst war. Jedenfalls ist man nachher immer schlauer als im Moment selbst. Es mag zwar selbstgefällig klingen, aber ich versichere Ihnen, dass ich nicht dumm bin. Solange ich keine Panikattacken habe, kann ich sehr klar denken."

„Sie haben vorhin selbst davon gesprochen, an Selbstmord gedacht zu haben."

„Was hat das miteinander zu tun? Wenn ich erkenne, dass mein Leben keinen Sinn mehr hat, ziehe ich eben alle Möglichkeiten in Betracht."

„Wenn Sie meinen."

„Ich fühlte mich seltsamerweise teils wie ein fremder Mensch, während ich mich dann wieder so fühlte, als täte ich genau das, was ich wollte. Das war eine Kunst, die Wilhelm beherrschte wie kein anderer: Er ließ mich immer genau das denken, was er brauchte, um seinen perfiden Plan verwirklichen zu können."

„Entschuldigen Sie, aber Sie sprechen schon wieder so, als könnten Sie sich daran gut erinnern. Wieso haben Sie denn in diesen Momenten nichts getan?"

Ich schüttle den Kopf und reibe mir über mein Kinn. Der Psychologe mahnt mich leise: „Bitte behalten Sie die Nerven, Herr Renke."

„Vermutlich kann sich keiner hier vorstellen, wie es ist, nicht vor seinen eigenen Gedanken fliehen zu können. Sie halten einen gefangen. Und kaum ist der Moment wieder vorbei, kommt die Erkenntnis, dass man etwas lieber nicht getan hätte. Bei mir war es anders, denn Wilhelm war fast durchgehend bei mir. Immer, wenn ich anfing, nachzudenken, warf er mich wieder aus dem Konzept und provozierte mich. Nicht bösartig, das muss ich zugeben, doch das ist meistens noch schlimmer. Dadurch kam ich nie dazu, ganz distanziert auf mein Handeln zu schauen."

„Sie werden auf jeden Fall von einem Psychiater geprüft", sagt der Richter und unterstreicht eine Zeile auf seinem Skript.

Ich sehe nach links zu dem Psychologen, der mit mitleidiger Miene nickt und so tut, als müsste er sich die Tränen verkneifen. Dann greift er nach meiner Hand. Was für ein Spinner. Zum Glück ist er kein Psychiater. Ich werde ihn also bald los sein.

„Es lief immer gleich ab. Ich hatte Panikattacken und erinnerte mich an den Abend, an dem bei uns eingebrochen worden war. Dann lernte ich von Wilhelm, mir auch die Situation in der Bar immer wieder ins Gedächtnis zu rufen. Er wusste schließlich, dass ich dort irgendwo die Gesichtszüge des Einbrechers gesehen hatte."

Ich lege eine kleine Kunstpause ein. Als der Richter jedoch ungeduldig auf seine Armbanduhr schaut, rede ich schnell weiter.

„Im Endeffekt profitierten wir wohl irgendwie beide davon. Ich hatte ein Objekt, an dem ich mich für meine Qual rächen wollte, während Wilhelm dadurch geschickt davon ablenkte, dass sein Sohn diese Tat begangen hatte. Ich frage mich heute, wieso ich später nie wieder erkannt habe, dass gerade Wilhelm dem Einbrecher so ähnlich sah. Schließlich war er es, der in der Bar die alten Erinnerungen hervorgerufen hatte."

Ich höre Wilhelms Schnaufen bis hierher. Schnell werfe ich einen Blick nach drüben. Sein Gesicht ist knallrot angelaufen. Entweder er schämt sich oder er ist sehr sauer.

„Eines wundert mich aber am meisten: Wieso hat er zugelassen, dass ich Morde an anderen begehe, anstatt dafür zu sorgen, dass ich tot bin? Außer mir konnte ja niemand den Einbruch bezeugen."

„Niemand bringt gerne einen Menschen um", stellt der Richter nüchtern fest. Ehrlich gesagt finde ich diese Antwort mehr als unpassend. Es steht ihm nicht zu, so subjektiv zu sein. Glaube ich zumindest.

Ich bemerke, dass mir jetzt doch ein bisschen schwindelig wird. Schon seit einer halben Stunde sitze ich nun hier und gebe meine innersten Gefühle preis. Dabei steht doch sowieso fest, dass ich eingebuchtet werde.

„Ich glaube nicht, dass es darum geht, ob jemand etwas gerne tut oder nicht. Wilhelm war das Wohlbefinden anderer egal. Er wollte sich einfach nicht die Hände schmutzig machen. Schließlich muss ich jetzt für einen Mord ins Gefängnis und nicht er."

„Überlassen Sie das Urteil bitte mir!", erwidert der Richter genervt. „Es würde mir genügen, wenn Sie jetzt endlich von den Taten sprechen würden."

Ich finde den Richter schrecklich unhöflich. Aber mir ist bewusst, dass er allein über meine Zukunft bestimmen kann.

„Das Muster habe ich Ihnen ja bereits erklärt. Zuerst habe ich mich also maskiert, schwarz gekleidet und bin in der festen Überzeugung, dass Herr Sorokin der Widersacher war, zur Bar gegangen."

„Woher hatten Sie die Waffe?" Der Richter hält eine Tüte hoch, in der sich die Pistole befindet, mit der ich geschossen habe.

Die Fragen nerven mich schön langsam, denn die Antworten sind eigentlich offensichtlich.

„Von Wilhelm. Ich war unfassbar nervös an diesem Tag, weshalb ich den Mann auch knapp verfehlte. Vorher war mir eingetrichtert worden, im Notfall nochmal zu schießen, sofern ich die Zeit dazu hatte, doch plötzlich war ich mir nicht mehr so sicher. Zum einen muss mich wohl das fremde Gesicht irritiert haben, zum anderen war ich innerlich nicht bereit, einen Menschen zu töten. Wilhelm war sauer; er war übrigens immer sauer, wenn ich den Auftrag nicht ausführen konnte. Es war ihm aber trotzdem zu riskant, in der Bar in St. Pauli zu versuchen."

Ich zittere, denn ich weiß, dass es jetzt zum tatsächlichen Mord kommt.

„Das nächste Mal ging es mir schon schlechter. Mein eigener Wille war fast nicht mehr vorhanden. Ich will es kurz machen: Es war Nacht und ich wartete in der Nähe der Elbe. Wilhelm hatte herausgefunden, dass Herr Rothensteiner oft nachts noch eine Runde spazieren ging, da er schlecht schlief."

Als ich die Geschichte erzähle, merke ich selbst, wie unsinnig sie klingt.

„Es war genau so, wie er es vorausgesagt hatte, und diesmal traf ich auf Anhieb. Ich war total überzeugt. Hätte ich mehr gesehen, hätte ich womöglich angefangen zu zweifeln. Sein Plan war in jeder Hinsicht durchdacht."

Als ich jetzt in Wilhelms Richtung schaue, sehe ich, dass er gekonnt aus dem Fenster starrt. Es hat den Anschein, dass er nicht mehr wirklich zuhört.

„Mit Latex-Handschuhen haben wir den Körper auf einen Kutter gehievt."

Der Richter unterbricht mich, indem er auch dieses Beweisstück in die Höhe hielt.

„Die haben wir in der Halle gefunden, in der Sie sich die letzten Wochen befanden."

„Gut möglich", sage ich und zucke mit den Schultern. „Dann fuhr Wilhelm nach draußen und lud Herrn Rothensteiner ab. Mehr kann ich dazu nicht sagen, denn ich sollte am Ufer warten."

Ich mache eine Pause und ein paar Tränen kullern mir über die Wange. Tot. Er ist tot. Weil ich ihn umgebracht habe. Sein ganzes Leben habe ich ihm genommen.

„Weiter!"

Der Richter scheint nicht allzu viel Geduld zu besitzen. Ich wische mir schnell über mein Gesicht und spreche weiter:

„Bei Ulf Bernstein wurde ich dann skeptisch. Dank seiner Haarfarbe konnte ich mich noch relativ gut an ihn erinnern. Es ist immer schwerer, jemanden zu töten, den man kennt. Und ich hätte mich doch erinnert, wenn der Einbrecher so rötliches Haar gehabt hätte. Aber ich redete mir ein, dass er ansonsten alle Merkmale des Einbrechers hatte, die sich als vage Bilder in meinem Kopf befanden. Beziehungsweise ich ließ es mir einreden. Und seine Haare konnten ja gefärbt sein, genau wie meine. Nach dem letzten Mord war ich jedoch schockiert. Außerdem fühlte ich mich Stück für Stück wieder menschlicher. Bestimmte Erinnerungen kamen zurück und ließen alles in einem anderen Licht erscheinen. Ich wollte mein Gewissen beruhigen, indem ich Herrn Bernstein eine Nachricht zukommen ließ. Ob ich ihn dann ermordet hätte, kann ich nicht sagen, da es ja nie so weit gekommen ist."

Der Psychologe streichelt mir wieder über den Rücken. Lieber beeile ich mich jetzt.

„Ich ging stark verkleidet in die Bar, zog diese durchsichtigen Latex-Handschuhe an und legte beim Hinausgehen den Zettel auf seinen Tisch."

„Erzählen Sie uns etwas darüber", ordnet der Richter an und hält den Zettel hoch.

„Den Zettel habe ich natürlich selbst verfasst. Ich habe meine Schrift stark verstellt und lauter unnötige Schnörkel gemalt. Es war meiner Meinung nach unmöglich, mich dahinter zu vermuten."

Ich will schon weiter sprechen, da fällt ihm noch eine Frage ein.

„Können Sie die Verkleidung näher beschreiben?"

„Die Haare hatte ich mir ja ohnehin blond gefärbt." Zur Betonung deute ich an meinen Kopf. Erst als der Richter mich böse anschaut, sehe ich, dass er diese Geste als Beleidigung aufgefasst hat. Schnell nehme ich die Hand nach unten.

„Zudem trug ich eine dicke Brille und Wilhelm hat mir geholfen, einen fetten ekligen Leberfleck auf mein Kinn zu zaubern. Das war wohl ziemlich irreführend. Die Hand mit nur vier Fingern steckte übrigens durchgehend in meiner Tasche."

„Er hat Ihnen geholfen, sich zu verkleiden? Haben Sie den Drohbrief gemeinsam geplant?"

„Nein!", sage ich bestimmt. „Das war meine Eigeninitiative. Ich hatte Glück, dass Wilhelm an diesem Abend verhindert war. Er musste sich wohl mal wieder unter Leute mischen, damit niemand Verdacht schöpfte. Nur so habe ich mich getraut, in die Kneipe zu gehen."

Der Richter sieht mich fragend an. War da noch eine andere Frage? Schön langsam werde ich müde. Da fällt es mir wieder ein.

„Wilhelm wollte sichergehen, dass mich niemand identifizieren kann. Es hätte ja trotz aller Vorsichtsmaßnahmen sein können, dass jemand unser Versteck betritt."

„Fahren Sie mit der Geschichte fort."

„Dann ging es eigentlich recht schnell. Ich war etwas skeptisch, wieso Wilhelm weg wollte. Doch dank meiner Erschöpfung war an Auflehnung nicht einmal zu denken. Danach erinnere ich mich nur noch an kleine Fetzen. Ich muss tagelang nichts zu essen gehabt haben. Einmal waren wir in einer Hütte, dann mitten im dunklen Wald, dann lag ich auf einem Holzboden. Und schlussendlich war ich im Krankenhaus."

„Vielen Dank, Herr Renke", sagt der Richter und wendet sich dann den anwesenden Staatsanwälten zu: „Haben Sie noch Fragen?"

Kopfschütteln.

Der Psychologe drückt ein letztes Mal meine Hand.

Und diesmal stört es mich gar nicht so sehr.

43

Luisa war schockiert. Natürlich war sie auf die Erzählung vorbereitet gewesen. Es jedoch aus dem Mund des Opfers zu hören, war noch einmal eine ganz andere Sache. Sie konnte sich sehr gut in Paul Renke hineinversetzen. Er musste Todesängste ausgestanden haben. Auch Nele schien das Verhör mitgenommen zu haben.

„Ich bin jetzt schon so lange Kriminalkommissarin, aber diese Geschichte ist einfach nur traurig", flüsterte sie.

„Da gebe ich dir recht."

„Und dass er sich den Finger abschneiden sollte, ist absolut grausam."

„In der Tat."

„Aber sag mal, Isa, kannst du vielleicht Gedanken lesen? Woher wusstest du so genau, was bei denen abgeht?"

„Intuition", sagte sie nur und zuckte mit den Schultern. Im Moment war sie nicht ganz bei der Sache. Paul Renkes Geständnis hallte noch immer in ihr nach und beschäftigte sie. Obwohl inzwischen Februar war und die Festnahme im Wald bereits zwei Monate zurücklag, hatte Luisa noch immer an dem Fall zu knabbern. Sie war ganz auf der Seite des Mörders, der sich zurecht als unzurechnungsfähig beschrieb. Was er für Wilhelm Tautrich getan hatte, hätte kein gesunder Mensch getan. Luisa hoffte inständig auf ein faires Urteil.

„Wenigstens das mit der Entführung hast du falsch gesehen", sagte Nele in ihre Gedanken hinein. „Die war wohl nicht halb so gewaltsam, wie du dachtest. Renkes Erschöpfung kam einfach nur davon, dass er nichts mehr zu sich genommen hatte."

Es störte Luisa ein bisschen, wie stichelnd Nele darüber sprach, doch im Moment war das nebensächlich. Gerade hatte die Vernehmung von Wilhelm Tautrich begonnen. Nachdem er die Einstiegsfragen beantwortet hatte, bat der Richter ihn, die Geschehnisse aus seiner Sicht zu schildern.

Herr Tautrich sagte nichts.

„Inwiefern stimmen Sie Herrn Renkes Ausführungen zu?"

Er blieb stumm.

„Sie werden also nichts sagen?"

Tautrichs Anwalt begann wild zu gestikulieren. Es sah danach aus, als hätten die beiden eigentlich abgesprochen, sich zu äußern. Schon oft war das Strafmaß schlimmer ausgefallen, wenn der Angeklagte geschwiegen hatte. Er zeigte sich dann nicht einsichtig, was vor Gericht nie gut ankam.

Noch immer bedeutete der Anwalt Herrn Tautrich, zu reden.

Nach einer weiteren Minute gab sich dieser geschlagen.

„Also fragen Sie."

„Gut, ich wiederhole: Stimmen Sie Herrn Renkes Ausführungen zu?"

Die Frage schien ihn zornig zu machen.

„Der Junge kann nichts beweisen. Er ist eben auch ein bisschen verrückt."

„Haben Sie ihn zum Mord angestiftet oder nicht?", konkretisierte der Richter und faltete die Hände. Luisa konnte ihn gut verstehen. Jeden Tag entweder zu redselige oder zu schweigsame Leute vor sich sitzen zu haben, war nicht leicht. Es war für sie aber durchaus nachvollziehbar, dass Paul sich diese Dinge von der Seele geredet hatte. Es musste ihn befreit haben.

„Ich gebe zu, dass wir uns des öfteren unterhalten haben."

Herr Tautrich machte Anstalten, aus dem Zeugenstand zu gehen, was in einer Gerichtsverhandlung eigentlich nicht geduldet wurde. Sofort nahm ein Polizist ihn am Arm und versuchte, ihn zurückzuhalten. Als Luisa Wilhelm Tautrichs Gesicht musterte, erkannte sie, wie wütend der Mann war. Vermutlich jedoch mehr auf sich selbst als auf jemand anderen.

„Sie wollen dem also nichts mehr hinzufügen?"

Ohne eine Antwort zu geben, blieb Herr Tautrich stehen und heftete seine Blick wieder an die Fensterscheibe. Luisa war schon vorher aufgefallen, dass er sich verhielt, als hätte er überhaupt kein Interesse an den Verhandlungen. Er versuchte wohl, einen unsichtbaren Schutzwall um sich herum zu errichten.

Der Richter seufzte und bedeutete dem Polizisten, Herrn Tautrich vorerst in Ruhe zu lassen.

„Rufen Sie die Zeugin Xenia Ganter herein!", befahl er dann.

„Das ist die Frau, die den Überfall in Neustadt vom gegenüberliegenden Fenster aus beobachtet hat", flüsterte Luisa Nele zu. Ihre Kollegin nickte und blickte gebannt nach vorne.

Die etwas dickliche Frau ging zum Zeugenstand, während sie unaufhörlich in ihren Haaren herumwühlte. Luisa konnte verstehen, dass es Frau Ganter unangenehm war, hier zu sein. Ohne es zu wollen, war sie Zeugin eines Verbrechens geworden.

„Und du glaubst also immer noch, dass dieser Einbruch damals tatsächlich so stattgefunden hat? Es könnte doch immer noch sein, dass Herr Renke uns alle angelogen hat", fing Nele wieder an.

„Kannst du dich eigentlich einmal entscheiden? Vorhin hast du doch noch voller Mitleid gesagt, dass das eine traurige Geschichte ist", mischte sich Ben ein, der vor den beiden Kommissarinnen saß und eigentlich Xenia Ganter zuhören wollte. Genervt schüttelte er den Kopf.

„Na und? Traurig ist es ja! Aber traurig ist nicht gleichbedeutend mit wahr!", entgegnete Nele, doch Ben hatte sich schon wieder umgedreht.

„Bitte, Nele, du kannst jetzt ohnehin nichts mehr am Urteil ändern. Der Richter bewertet das, was er heute zu hören bekommt und nicht deine Einschätzung. Justus Tautrich wird sicherlich eine gerechte Strafe bekommen", sagte Luisa. Sie hatte eher den Eindruck, dass Nele ziemlich aufgeregt war. Obwohl sie sich immer taff präsentierte, schien sie sich genau wie Luisa viele Gedanken um die gerechte Bestrafung der Täter zu machen. Die beiden schauten wieder zu Xenia Ganter, die gerade sehr leise und undeutlich vor sich hin nuschelte. Ihre Schilderung war ohnehin nicht von allzu großer Bedeutung und schon bald wurde sie entlassen.

Dann wurde Ulf Bernstein hereingerufen.

„Wie ist das eigentlich mit Herrn Tautrich junior? Wird der heute auch verhört? Ein richtiger Zeuge ist er ja nicht", fing Nele wieder an.

Luisa wisperte ihr zu: „Vermutlich wird er später auch als Angeklagter zu Wort kommen, jetzt, wo Paul Renke ihn mit seiner Erzählung belastet hat."

„Möglich", sagte Nele. „Eigentlich müsste es da eine extra Verhandlung geben."

„Vielleicht gibt es die ja auch. Aber die Fälle hängen eben alle zusammen."

Wieder drehte Ben sich um und schaute seine Kolleginnen flehend an.

„Seid doch bitte leise. Es ist ganz einfach. Erst einmal lässt der Richter die Zeugen der aktuellen Verbrechen aussagen. Schließlich geht es immer noch um Mord!"

Die beiden nickten und Luisa ärgerte sich, dass Nele ausgerechnet an diesem wichtigen Tag ihren Mund nicht halten konnte. Schon wieder hatten sie einen Teil nicht gehört.

„Mir wurde eines Abends in der Bar ein Zettel zugeschoben", sagte Herr Bernstein gerade. „Der Mann war mittelgroß, hatte hellblondes Haar und trug eine Nickelbrille. Auffällig war noch der Leberfleck am Kinn."

Diese Beschreibung passte genau zu dem, was Paul Renke über seine Verkleidung gesagt hatte. Nele beugte sich wieder zu Luisa: „Jetzt habe ich auch keine Zweifel mehr daran, dass Paul die Wahrheit sagt. Er hat ja wirklich nichts zu verlieren."

Schweigend gab Luisa ihr recht und verdrehte unauffällig die Augen.

„Hatte der Mann Handschuhe an?", fragte der Richter jetzt.

„Darauf habe ich nicht geachtet. Aber ich glaube nicht."

„Könnte es sein, dass er durchsichtige Latex-Handschuhe getragen hat?", fragte der Richter und hielt die Beweismittel hoch.

Herr Bernstein zuckte mit den Schultern und sagte: „Ich habe ihn ja nicht berührt."

„Auf dem Kommissariat haben Sie ausgesagt, dass Sie sich nicht mit Herrn Renke getroffen haben, wie es der anonyme Anrufer gemeldet hat."

„Dabei bleibe ich. Meine einzige Verbindung zu dem Ganzen ist dieses Blatt Papier, das Sie gerade hochgehalten haben."

Luisa wusste nicht genau, ob sie es sich nur einbildete, aber Herr Bernstein schien Herrn Renke ein kleines Lächeln zuzuwerfen.

44

Es fühlt sich gut an. Gerade hat Ulf Bernstein mich angelacht. Jemand hat mich angelacht. Jemand interessiert sich dafür, dass es mir gut geht. Ein Freund. Bestimmt wollte er mit seinem Lächeln sagen, dass alles gut wird.

Alles wird gut.

Nachdem ich vorhin so lange gesprochen habe, bin ich jetzt ziemlich müde. Obwohl die Gespräche heute vermutlich interessanter sind als alle, die ich in den nächsten Jahren hören werde, kann ich mich nicht konzentrieren.

Es ist genau das passiert, was ich immer vermeiden wollte: Ich habe ungeniert über meine Ängste gesprochen. Im Endeffekt weiß nun jeder im Raum, was für ein seelisches Wrack ich bin. Natürlich musste ich mich dazu überwinden, aber wider Erwartens hat es gut getan, sich von diesen Gedanken zu befreien und sie endlich laut auszusprechen. Außerdem bin ich erleichtert, dass der Psychologe jetzt nicht mehr neben mir sitzt. Er hat mich eher bedrängt, als mir zu helfen. Aber in nächster Zeit werde ich öfter mit Leuten seiner Art zu tun haben. Leise seufze ich. Mein Leben hat sich noch nie so gut und so schlecht zugleich angefühlt wie heute.

Jetzt steht Herr Sorokin im Zeugenstand. Ich frage mich, wieso der Richter vorhat, so viele Leute aus der Bar zu befragen. Da der Barkeeper aber einen netten Eindruck hat und es mich interessiert, was er zu sagen hat, versuche ich, ihm zuzuhören.

„An diesem Tag hatte er eine Panikattacke. Er sprach von einem Mann und einer rosa Schürze...“

Der schicksalsträchtige Abend also. Hier muss wohl jedes noch so kleine Detail erst bestätigt werden. Schon habe ich keine Lust mehr, das Gespräch zu verfolgen.

Müde reibe ich mir über die Augen. Obwohl ich fast zwei Monate hatte, in denen ich mich ausruhen konnte, bin ich noch immer angeschlagen. Es ist doch ohnehin schon alles entschieden. Inzwischen ist es mir sogar egal, ob Wilhelm ins Gefängnis geht. Hauptsache, das alles hat ein Ende. Ich merke, wie meine Lider schwer werden. Das Reden hat mich angestrengt. Vielleicht kann ich ja eine kurze Verschnaufpause machen.

Ich wache erst wieder auf, als mich mein Anwalt leicht in die Seite kneift. Sofort schrecke ich hoch.

„Wie lange habe ich geschlafen?“, frage ich im Flüsterton.

„Nur ein paar Minuten. Mir ist es gerade erst aufgefallen.“

„Habe ich etwas verpasst?“

„Schauen Sie nach vorne.“

Da steht er und wendet sich gerade zum Gehen. Dabei wollte ich doch unbedingt dabei sein, wenn er verurteilt wird! Auf einen Schlag bin ich wieder ganz bei mir.

„Was hat er gesagt?“

„Er äußert sich nicht, das ist ja das Problem.“

Jetzt steht meine Aussage gegen sein Schweigen. Andere Zeugen gibt es nicht.

„Wie ist sein Vorname?“, frage ich und balle die Fäuste.

„Justus“, lautet seine Antwort.

Ich lasse mir den Namen auf der Zunge zergehen. Er schmeckt bitter und scharf zugleich. Schnell schlucke ich die Wut hinunter. Der bittere Geschmack bleibt. Ich kratze jetzt an meiner Narbe herum. Der Schmerz lenkt mich ein wenig ab.

Ich bin vorhin einfach davon ausgegangen, dass sich alles regeln wird. Aber es sieht komplizierter aus, als ich es erwartet hatte. Dieser Justus hat die gleiche Haltung wie sein Vater. Zu viel Stolz für so viel Schande, denke ich. Es ist ungerecht.

Die nächste Frau wird in den Zeugenstand gerufen. Ich habe keine Ahnung, wer es ist, da ich den Namen nicht gehört habe. Als sie jedoch durch die Tür kommt, erkenne ich in ihr die Frau wieder, die Justus an der Hand hielt.

Der Richter verliest wieder die normalen Fragen und ich kann aus ihren Antworten schließen, dass sie mit diesem Widerling verheiratet ist. Sofort sinkt sie in meiner Achtung. Ihr Mann hat meine Mutter auf dem Gewissen.

Jetzt beginnt der Richter, sie spezifisch zu befragen. Diesmal bin ich aufmerksam. Es geht um die Machenschaften ihres Schwiegervaters. Sie beteuert, nichts davon gewusst zu haben.

Ich habe nichts anderes erwartet. Familienmitglieder verraten keine anderen Familienmitglieder.

Dann kommt der Einbruch zur Sprache.

„Ihr Mann äußert sich nicht zu den Vorwürfen. Wollen stattdessen vielleicht Sie etwas dazu sagen?"

Sie sieht sich ängstlich um und als sie ihren Mann erblickt, bleibt ihr panischer Blick an ihm hängen. Er sieht sie nur spöttisch an.

Dann wandern ihre Augen zu mir. Ich sehe ihr an, dass in ihr ein Kampf tobt und sie nicht weiß, was sie tun soll. Auch wenn ich sie nicht kenne, bin ich mir sicher, dass diese Situation ihr einiges abverlangt. Man erkennt es an ihren unruhigen Augen. Noch immer schweigt sie.

Die Luft im Raum ist stickig und die Leute werden immer unruhiger.

Meine Geduld hängt an einem seidenen Faden.

Ich denke schon, Frau Tautrich sagt gar nichts mehr, da dreht sie sich mit einem Ruck zum Richter und sagt laut und deutlich: „Justus Tautrich hat den Einbruch begangen."

Perplex schaue ich meinen Anwalt an.

„Wenn wir Glück haben, reicht das aus", sagt er mit einem siegessicheren Lächeln.

Der Richter fragt weiter: „Können Sie uns die genauen Umstände schildern?"

„Er hat es mir kurz nach unserer Hochzeit erzählt. Es war ein dummer Scherz, aus dem dann Ernst wurde. Dass die Frau ums Leben kam, wollte er aber nicht. Das müssen Sie ihm glauben."

„Ihm glauben", wiederhole ich und lache verächtlich auf. „Was denn eigentlich? Er redet ja nicht."

„Bitte führen Sie das genauer aus", kommt es da vom Richter.

Diesmal bin ich wirklich gespannt. Ihre Aussage könnte ihren Mann stark belasten.

„Zur damaligen Zeit hatte er einen Freund, mit dem er eine dumme Mutprobe plante."

„Wie heißt der Mann?"

„Hieß", korrigiert sie ihn leise. „Boris Helbig. Er starb bei einem Unfall."

„Wann genau war das?"

„Vor 20 Jahren ungefähr. Jedenfalls war Justus völlig durcheinander und hatte niemanden mehr zum Reden und fühlte sich allein und wollte Boris stolz machen und beging diesen Einbruch und schlug dann zu und..."

An dieser Stelle bricht ihre Stimme und sie schlägt sich die Hände vors Gesicht.

„Beruhigen Sie sich", sagt der Richter, als sie laut aufschluchzt. Dann spricht sie stockend weiter.

Ich höre schon gar nicht mehr hin.

Ich will es nicht mehr hören.

Ich kann es nicht fassen.

Eine Mutprobe.

Meine Mutter ist wegen einer dämlichen Mutprobe und einem Jungen, der nicht mehr Herr über seine Gefühle war, gestorben. Seit diesem Zeitpunkt war ich so selten glücklich, dass ich mich nicht mehr daran erinnern kann. Ich habe sie so sehr vermisst. Ihr Lachen, ihre Fürsorge, ihre Nähe.

Ich habe zwanzig Jahre vergeudet; meine gesamte Kindheit und Jugend. Wie soll ich damit nur jemals zurechtkommen? Habe ich überhaupt noch die Chance auf ein normales Leben?

Meine Gedanken haben mich manipuliert. Ein Mensch hat mich manipuliert. Und zu allem Überfluss habe ich einen Mann getötet. Georg Rothensteiner. Der eine Frau hat, die jetzt ohne ihn leben muss. Wieso habe ich ihr das angetan? Und mir selbst?

Jetzt kullern mir dicke Tränen über das Gesicht. Ich kann es nicht mehr zurückhalten. Dass mein Rechtsanwalt mir ein Taschentuch reicht, nehme ich gar nicht mehr richtig wahr. Ich schluchze lauthals los und kann gar nicht mehr damit aufhören.

Ich weiß nicht, wie ich es jahrelang durchgehalten habe, ohne richtig zu weinen. Es ist das Befreiendste, was ich je getan habe.

45

Seit ein paar Minuten weinte Paul Renke hemmungslos und konnte sich nicht mehr beruhigen. Luisa hatte den Eindruck, dass er erst jetzt diese ganzen schrecklichen Gefühle herauslassen konnte.

Anfangs hatte der Richter noch versucht, ihm gut zuzureden, doch mit der Zeit war klar geworden, dass eine Pause nötig war.

Der Verteidiger führte seinen Schützling aus dem Raum und sprach leise mit ihm, Luisa konnte jedoch nicht verstehen, was er sagte.

„Verdammt", flüsterte Nele und sah sich nach Herrn Renke um. Auch Ben verfolgte ihn mit den Augen bis zur Tür und senkte dann den Kopf.

Eine schwere Stille senkte sich über den Raum. Noch nie hatte Luisa in einer Gerichtsverhandlung solch einen Anfall erlebt.

In Paul Renkes Schluchzern lag so viel Verzweiflung, Enttäuschung, Unglück, Schmerz und Reue, dass es auch den Besuchern das Herz zusammenschnürte. Hier und da wurden Taschentücher gezückt. Jeder hing seinen eigenen Gedanken nach und sicherlich freute sich manch einer insgeheim, kein solches Schicksal erlitten zu haben.

Luisa war genau wie alle anderen betroffen. Im Gegensatz zu ihnen war sie durch diesen Zwischenfall jedoch nicht ruhiger, sondern aufgeregter geworden. Je länger sie mit ansehen musste, wie mies es Paul Renke erging, desto mehr schrie ihr Herz nach Gerechtigkeit. Es war zwar unfassbar erleichternd, dass er noch am Leben war, doch sie konnte und wollte sich nicht vorstellen, wie es jetzt in seinem Kopf aussah. Er, der eigentlich überhaupt keine Schuld trug, war das wahre Opfer. Niemand konnte ihm seine traumatischen Erlebnisse nehmen. Hoffentlich wanderten wenigstens seine Widersacher ins Gefängnis. Aber noch war alles offen. Keiner der Tautrichs hatte sich bisher wirklich geäußert. Suchend blickte sie sich im Saal um.

Sie konnte sich durchaus vorstellen, wie schlimm es für Paul Renke war, dem Mörder seiner Mutter gegenüber zu stehen.

Herr Tautrich senior blickte nach wie vor gelangweilt aus dem Fenster.

Ließ ihn die Anschuldigung seiner Schwiegertochter wirklich so kalt, wie er vorgab? Luisa bezweifelte das, denn er hatte schließlich für seinen Sohn einiges riskiert. Taktisch gesehen handelte er momentan aber klug, denn niemand konnte seinen Gesichtsausdruck sehen.

Da erblickte sie Svea Tautrich, die inzwischen aus dem Zeugenstand entlassen worden war. Sie saß neben ihrem Mann und duckte sich ängstlich weg, als er einen Arm nach ihr ausstreckte. Luisa erinnerte sich an Justus Tautrichs jähzorniges Auftreten in den letzten Tagen. Sie konnte die Angst seiner Frau gut verstehen. Was, wenn er jetzt ausrastete? Schließlich hatte sie ihn gerade verraten. Ein wütender Ausdruck war auf sein Gesicht getreten und Luisa rechnete schon mit einem tätlichen Angriff mitten im Gerichtssaal, doch sie wurde überrascht. Seine Züge entspannten sich und er nahm seine Frau in den Arm.

Verblüfft stupste Luisa ihre Kollegen an und deutete nach vorne.

Minutenlang hielten sich die beiden und weinten Tränen in den Pullover des anderen.

Die Tür öffnete sich und Paul Renke kam herein. Gemeinsam mit seinem Verteidiger ging er wieder zu seinem Platz und setzte sich. Ihm war anzusehen, dass er sich noch nicht wieder wohlfühlte, doch er strich sich tapfer über die Augen und blickte geradeaus. Luisa erkannte, dass der Richter ansetzte, etwas zu sagen, doch da erklang gerade noch rechtzeitig Justus Tautrichs Stimme: „Ich will aussagen."

Überrascht blickte der Richter ihn an. Dann bedeutete er ihm, in den Zeugenstand zu kommen. Noch im Gehen fing er an zu sprechen: „Der Einbruch damals war die dümmste Idee, die ich je hatte. Ich hätte das nicht tun dürfen. Und ja, ich habe der Frau tatsächlich auf den Kopf geschlagen, aber wie hätte ich denn wissen sollen, dass sie daran stirbt?"

Den letzten Satz schrie er geradezu.

„Bitte mäßigen Sie sich!", befahl ihm der Richter.

Verzweifelt raufte Justus Tautrich sich die Haare und blieb stehen.

„Boris war kurz zuvor ums Leben gekommen. Er war doch damals mein einziger richtiger Freund. Er war mausetot, verstehen Sie? Ich hatte doch damals niemand anderen."

„Was ist mit Ihren Eltern?"

„Nun ja, Sie haben recht. Eigentlich waren sie immer für mich da."

Dieser Mann wusste wohl nicht, was es wirklich bedeutete, allein zu sein. Luisa schüttelte unmerklich den Kopf. Gegen Herrn Renkes Gefühlswelt war das hier ihrem Verständnis nach gar nichts.

„Sie haben Paul Renke damals nicht getötet. Woran lag das?"

„Ich habe ihn schlicht und einfach nicht bemerkt."

„Das kann nicht sein. Schließlich gehen wir davon aus, dass ihr Vater von ihm wusste."

„Es hat geraschelt. Ich kann mich noch an das Bett erinnern, von dem Herr Renke vorhin auch gesprochen hat."

Luisa konnte sehen, dass er schluckte und den Blick nicht vom Richter abwandte. Sicherlich wollte er einen Augenkontakt mit Paul Renke jetzt um jeden Preis vermeiden.

„Die Frau hat einen Namen gesagt. Somit war mir klar, dass noch jemand hier sein musste. Ich habe aber niemanden gesehen! Dann nahm ich aus dem Augenwinkel eine Bewegung unter dem Bett wahr. Zu dem Zeitpunkt bin ich jedoch davon ausgegangen, dass es sich um ein Haustier handelte. Erst viel später kam ich zu dem Schluss, dass es auch ein Kleinkind gewesen sein konnte."

„Und Sie haben sich Ihrem Vater anvertraut?"

Schuldbewusst nickte er.

„Sie werden unter den gegebenen Umständen nicht ganz ungestraft bleiben", sagte der Richter und notierte etwas. Dann richtete er sich an die Staatsanwaltschaft: „Haben Sie noch Fragen?"

Als niemand etwas sagte, war Luisa klar, dass die Verhandlung sich dem Ende neigte.

Doch da meldete sich Wilhelm Tautrichs Anwalt zu Wort.

46

Maßregelvollzug. So lautet das Urteil.

Oder einfacher gesagt: Forensik.

Oder noch einfacher gesagt: Gefängnis für psychisch kranke Straftäter.

Da ich als nicht ganz schuldfähig eingestuft wurde und Wilhelm letztendlich gestanden hat, fällt meine Strafe eher harmlos aus.

Ich werde ein halbes Jahr inhaftiert. Für einen Mord ist das nicht viel.

Ich blicke mit gemischten Gefühlen auf die Gerichtsverhandlung zurück. Es war eine regelrechte Achterbahnfahrt und alle Geständnisse kamen so unerwartet, dass ich es immer noch nicht fassen kann. Ich hatte nicht mehr damit gerechnet, dass Wilhelm zugeben würde, was zwischen uns passiert war.

Doch als er erkannt hatte, dass seine gestörten Aktionen völlig umsonst gewesen waren, hat er es getan. Auf wackeligen Beinen erzählte er letzten Endes die Geschichte aus seiner Sicht. Wie er sich die Geschichte überhaupt erst zusammengereimt hatte, wie er heimlich nachgeforscht hatte, wie er mich abgefangen hatte und vor allem wie er herausgefunden hatte, wie er mich manipulieren konnte. Dabei hat er keine einzige Träne vergossen.

Ich glaube, dass jemand, der zu solchen Dingen fähig ist, irgendwann keine Emotionen mehr zulassen kann. Er hat meine Panik gespürt. Er hat mein Leid hautnah erlebt. Er hat tagtäglich in meine traurigen Augen gesehen. Und trotzdem hat er seinen Plan durchgezogen. Das härtet sicherlich ab.

Seit ich im Krankenhaus aufgewacht bin, habe ich mich immer wieder gefragt, wieso er mich nicht getötet hat. Wäre das nicht viel einfacher gewesen?

Letzten Endes hat er jetzt auch eine Gefängnisstrafe bekommen. Er war schließlich gesund und bei vollem Bewusstsein, als er mich damals zu den Angriffen überredet hat. Für einen zusätzlichen Mord hätte er bestimmt eine lebenslängliche Haftstrafe bekommen.

Er ist eben kein Mann, der Risiken eingehen will. Zumindest keine zu großen.

Demnach hielt er es wohl für sinnvoller, mich mit einzubeziehen. Ich war das perfekte Werkzeug für ihn. Seine oberste Priorität war es – und das hat er auch gestanden – mich vom eigentlichen Täter abzulenken. Das ist ihm gelungen. Obwohl ich immer mit Tautrich zusammen war und später auch die Ähnlichkeit zwischen ihm und seinem Sohn erkannt habe, ist mir während dieser schlimmen Zeit mit ihm nichts aufgefallen.

Aber damit nicht genug: Indem er mich immer und immer wieder auf einen neuen Mann geprägt hatte, war ihm auch meine Verwirrung garantiert. Je öfter ich mir die Pläne für einen Mord einprägen sollte, desto schlimmer wurde das Chaos in meinem Kopf. Und das wurde durch seine perfiden Spielchen so lange verschlimmert, bis ich nicht mehr eigenständig denken konnte. Er hat meine Panikattacken auf grausame Weise ausgenutzt.

Wie weit wäre er wohl gegangen?

Als er mich entführt hat, habe ich es nicht für möglich gehalten, lebend aus dieser Sache herauszukommen. Er hatte sich so sehr verändert und ich traute ihm alles zu. Inzwischen glaube ich, dass er mich wohl niemals umgebracht hätte. Im Normalfall hätte dieser Ausflug auf den Hochsitz auch genügt, um mich „zur Vernunft zu bringen". Zum Glück hat mich die Kripo rechtzeitig gefunden und vor der Begehung weiterer Verbrechen bewahrt.

Ich bin so froh, dass ich es geschafft habe, mich vor dem zweiten Mord zu besinnen. Andernfalls hätte er mich wohl niemals in Ruhe gelassen. Wer von uns beiden ist nun der Verrückte?

Obwohl es die reinste Genugtuung für mich sein hätte sollen, als er dort stand und seine Taten gestand, empfand ich Mitleid. Unbewusst versetzte ich mich in seine Lage und stellte mir vor, wie es wohl ist, wenn man das eigene Kind schützen möchte. Ich bin mir sicher, dass ich niemals so etwas Furchtbares wie er getan hätte, und in irgendeiner Form ist er gewiss paranoid, doch es tat mir trotzdem weh, ihn so verletzt zu sehen.

Als ich das bemerkte, war ich vollends schockiert. Würde ich denn nie wieder zur Normalität zurückkehren können? Wieso hasste ich diesen Mann jetzt nicht mehr? Was zum Teufel war mit mir passiert?

Vielleicht habe ich einfach ein gutes Herz. Das hat jedenfalls die Kommissarin behauptet.

Ich war auch bei einem Psychiater. Im Gegensatz zu diesem nervigen Psychologen im Gericht war er in Ordnung. Er fragte mich über mein Leben aus und ich antwortete in kurzen Sätzen. Viel gibt es darüber eben nicht zu sagen. Dann führte er einige Tests durch und ließ mich noch einmal die ganze Geschichte erzählen. Ich müsste das jetzt aufarbeiten, sagte er. Also ließ ich alles geduldig über mich ergehen.

Später stellte ich ihm nach und nach meine Fragen. Endlich entstand eine Art Gespräch, worüber er sich sehr zu freuen schien. Und was noch viel besser war: Er beruhigte mich und versicherte mir, dass ich nicht verrückt sei. Dass ich nur eine außergewöhnlich lange traurige Phase durchlebt hätte und mir keine Sorgen machen sollte.

Ich glaubte ihm und es wurde besser. Und mir wurde immer klarer, was der große Unterschied zwischen ihm und Wilhelm gewesen war. Mein Psychiater sprach in respektvollem Ton mit mir. Durchgehend. Wäre ich bei klarem Verstand gewesen, hätte ich Wilhelms Spiel vielleicht durchschaut.

Auch mit meiner Großmutter und Natascha habe ich gesprochen. Beiden habe ich gestanden, wie sehr ich sie liebe. Auch wenn meine Ex-Freundin es zuerst nicht ganz angenommen hatte, stand sie letzte Woche plötzlich in der „Klinik für forensische Psychiatrie", wie sich die Einrichtung hier nennt. Sie besuchte mich. Niemand kann sich vorstellen, was für ein Glück ich empfunden habe.

Ich kann definitiv nicht stolz sein.

Trotzdem bin ich erleichtert.

Erleichtert, dass die große Angst ein Ende hat.

Erleichtert, dass ich nicht noch mehr Schaden angerichtet habe.

Erleichtert, dass ich wieder klarer denken kann.

Und vor allen Dingen bin ich erleichtert, dass die Menschen, die ich schon lange aufgegeben hatte, zu mir stehen. Denn sie haben den Glauben in mich nie verloren.

Plötzlich wurde mir bewusst, was ich alles verpasst habe, während ich jahrelang blind und taub durch die Welt gelaufen bin. Ich hätte alles haben können und hatte doch nichts. Vor mir liegt noch sehr viel Arbeit, doch ich weiß ganz sicher, dass mich meine Angst nie mehr so beherrschen wird wie früher.

Es mag komisch klingen, doch die Zeit im Gefängnis bedeutet für mich endlich Freiheit.

47

Es war eiskalt draußen. Luisas braune Locken wehten ihr ständig ins Gesicht und trotz ihrer kuscheligen Stiefel spürte sie ihre Zehen kaum noch.

Doch an diesem Tag störte sie das nicht. Sie war auf dem Weg zum Haus ihrer Eltern, wo sie mit ihrer ganzen Familie ihren Geburtstag feiern würde.

Diesmal war dieser Tag für Luisa etwas ganz Besonderes. Noch vor wenigen Stunden war sie bei Paul Renke gesessen und hatte sich davon überzeugt, dass er auf dem Weg der Besserung war. Je mehr sie über ihn erfuhr, desto glücklicher war sie, dass seine traumatisierende Zeit mit Herrn Tautrich nun endlich ein Ende hatte. Es war immer noch schwer vorstellbar, was er da alles durchgemacht hatte, doch schlussendlich zählte nur, dass er jetzt wieder nach vorne schauen konnte.

Obwohl er kein leichtes Leben gehabt hatte, war er doch stark geblieben und hatte Durchhaltevermögen bewiesen. Er hatte nicht die bequeme Variante gewählt und sich umgebracht. Und auch Wilhelm Tautrichs perfides Spiel konnte ihm nichts anhaben. Er war zwar jetzt ein gezeichneter Mensch, doch er war am Leben.

Luisa bewunderte die Kraft, die er aufgebracht hatte. Insgeheim war sie ihm sogar sehr dankbar dafür. Sie hatte das Gefühl, nun endlich mit dem Selbstmord in Neumünster abschließen zu können. Es war nicht die Schuld der Polizei gewesen, dass der junge Mann sich damals erhängt hatte. Die Verantwortung dafür lag vielmehr bei den Menschen, die ihm das Leben unsagbar schwer gemacht hatten.

Luisa konnte nicht verstehen, wie jemand mit dem Gedanken, einen Mann indirekt ermordet zu haben, leben konnte. Es war für sie als beteiligte Ermittlerin schon so belastend gewesen, dass sie sich nicht vorstellen wollte und konnte, wie es für die betroffene Person selbst gewesen war. Ihr war klar, dass die Erinnerung an den verjährten Fall sie noch eine Weile begleiten würde, doch sie konnte jetzt endlich ein wenig anders darauf schauen.

Paul Renke hatte es geschafft. Er hatte sich nicht unterkriegen lassen und das war genau das Richtige gewesen. Dass er gelitten hatte, war nicht seiner Schwäche, sondern der verhängnisvollen Stärke anderer zuzuschreiben.

Inzwischen lagen nur noch wenige Straßen vor Luisa. Es war ein ungemütlicher Tag und sie hatte schon den ganzen Tag über Kopfschmerzen. Als sie den Kopf in den Nacken legte, sah sie nur schwarze Wolken am Himmel hängen, die ganz Hamburg einen finsteren gespenstischen Anstrich gaben. Bald würde es regnen. Alle Fenster, an denen sie vorbeikam, waren hell erleuchtet. Auch wenn sie an diesem Tag ausnahmsweise niemanden ausspionieren wollte, blickte sie im Vorbeigehen in ein paar Häuser. Es gefiel ihr, etwas vom gemütlichen Alltagsleben der Familien zu sehen. Die Szenen waren dabei ganz unterschiedlich: Spielende Kinder, fröhliche Erwachsene, weinende Kinder, streitende Erwachsene. Manchmal lief auch einfach nur der Fernseher.

An einer Fensterscheibe blieb sie jedoch abrupt stehen. Auf den ersten Blick hatte das Wohnzimmer leer ausgesehen. Doch in einem Sessel in der Ecke entdeckte Luisa ein bekanntes Gesicht: Paul Renkes früherer Arbeitgeber, der nie ein gutes Wort für andere übrig hatte. Luisa hatte ihn bisher nur schimpfen gehört. Aber dieser Anblick zeigte ihn ganz anders. Max Hurtig saß mit hängendem Kopf da und putzte sich die Nase. Er sah einsam und unglücklich aus.

Mit gemischten Gefühlen schüttelte Luisa den Kopf. Wie leicht man sich doch in Menschen täuschen konnte. Oft war alles ganz anders, als es schien. Nicht jeder bekam die Chance, die er eigentlich verdient hätte. Doch das war eine Sache, die sich vielleicht ändern ließ. Luisa nahm sich vor, den Mann einmal zu besuchen.

Bei diesem tristen Wetter waren die Straßen wie ausgestorben. Alles, was sie hörte, war der matschige Schnee unter ihren Füßen. Umso mehr erschreckte sie das plötzliche Vibrieren ihres Handys. Sie holte es hastig hervor und als sie den Namen auf dem Display sah, musste sie lächeln.

Ein zweiter Blick rentierte sich eben immer.

Epilog

Es ist ein langer Weg.
Du musst dich zusammenreißen und immer weitergehen.
Wichtig ist die Entscheidung an der Weggabelung:
Wohin gehst du?

Nimmst du den einfachen Weg, der dir für einen Augenblick
die Illusion gibt, dass du dich besser fühlst?
Oder nimmst du den schweren Weg, der dir alles abverlangt, was du hast, aber dich letzten Endes stolz sein lässt?

Lass dich nicht unterkriegen.
Schau auf die guten Seiten des Lebens.
Hör auf dein Herz anstatt auf die Angst.
Nimm dir Zeit und handle nicht vorschnell.
Denn scheinbar ist alles anders.

Danksagung

Zuerst einmal bin ich sehr dankbar, dass ich die Kraft und die Ausdauer hatte, ein Buch zu schreiben. Ich war immer wieder kurz davor hinzuschmeißen, doch ich hatte viele Unterstützer, die mich immer wieder motiviert haben.

An dieser Stelle möchte ich daher den wichtigsten Menschen in meinem Leben danken: meiner Familie und meinen Freunden.
Ihr habt mir immer wieder Mut gemacht, mich aufgeheitert und meinen Ehrgeiz geweckt.
Vielen Dank dafür! Ohne euch wäre dieses Projekt nicht möglich gewesen.

Ich nenne hier absichtlich keine Namen, da sich hoffentlich jeder angesprochen fühlt und auch wirklich jeder einen Beitrag geleistet hat – sei es durch einen lieben Satz oder langes geduldiges Zuhören – ich habe mich über alles gefreut.

Es gibt aber natürlich auch Personen, die aktiv bei der Entstehung dieses Buches mitgeholfen haben und euch möchte ich insbesondere danken:

Ich danke dir, Korbi, dass du dir den ersten Entwurf angehört hast und mir deine ehrliche Meinung gesagt hast. Manche deiner Anmerkungen und Ideen haben sich bis zum Schluss durchgesetzt.

Ich danke dir, Chrissi, für die Reizwörter, die ich in die Geschichte einbauen sollte und die tatsächlich ihren Platz gefunden haben – welche das sind, verrate ich nicht.

Ich danke dir, Flo, dass du in Irland so ein tolles Foto geschossen hast und ich es für mein Cover verwenden durfte.

Ich danke dir, Maria, dass du mein Buch Korrektur gelesen hast und mir viele hilfreiche Verbesserungsvorschläge gemacht hast.

Ich danke dir, Stefan, für deine juristische Beratung. Ohne die langen Sprachnachrichten und dein geduldiges Nachschlagen im StGB wäre der Fall Renke wohl nicht so realistisch abgeschlossen worden (alle verbliebenen Unstimmigkeiten nehme ich auf meine Kappe).

Ich danke dir, Mama, dass ich dich wochenlang von meinem Buch fernhalten durfte. Dadurch warst du beim Erstlesen unvoreingenommen und konntest mich noch auf einige kleine Fehler hinweisen.

Ich danke dir, Papa, denn ohne deine technische Unterstützung wäre mein Buch gar nicht druckfertig geworden. Du hast mich beim Korrekturlesen immer wieder bestätigt, aber auch auf kleinere und größere Logikfehler aufmerksam gemacht. Und auch beim Layout warst du mir eine große Hilfe. Darüber hinaus hast du mir meine vielseitigen Fragen beantwortet, immer wieder mit mir an Formulierungen gearbeitet und warst bei alldem sehr geduldig.

Zum Schluss möchte ich mich bei allen bedanken, die diese Geschichte gelesen haben. Es ist schön, dass die lange Arbeit sich gelohnt hat und ich euer Interesse wecken konnte.